KB089984

항항포포

港港浦浦

항항포포

한승원 장편소설

H
현대문학

차례

1장 길을 가다가 잃어버린 길

2장 방황하는 넋

3장 너의 길, 나의 길

1장 길을 가다가 잃어버린 길

하얀 詩같은 웃음

　한여름의 출렁거리는 난만한 바다를 가르는 거대한 물새 같은 카페리의 항해는 원초적인 가학과 피학의 신화적인 몸부림이다. 카페리는 바다의 굽이굽이 맨살에 짓궂게 간지럼을 먹이고, 바다는 간지럼을 참지 못하고 몸을 뒤치면서 으하하하, 하고 비누거품 같은 하얀 웃음을 뿜어댄다. 그 웃음들은 용트림하듯이 부풀어 오르고 소쿠라지고 퍼져간다. 문명의 첨단 이기인 카페리를 타고 바다 여행을 하는 것은, 짙푸른 미지의 세계로 돌진해 가는, 바다의 하얀 詩 같은 웃음을 설레는 가슴으로 즐기는 것이다.

　쉼 없이 달려간 육중한 카페리가 바야흐로 흑산도항의 부두에 옆구리를 대 붙였다. 카페리의 꽁무니에는 아직도 하얀 신화적인 웃음들이 어지럽게 자지러지고 있었다.

배 안의 승객들은 각자의 배낭을 등에 짊어지거나 가방을 들고 입구를 향해 몰려나갔다. 바다 여행과 도착지에 대한 호기심으로 인해 알게 모르게 들뜨고 조급해 있는 그들은 비좁은 출구 앞에서 웅기중기 늘어선 채 서성거렸다. 정렬되지 않은 승객들의 줄은 주춤대면서 부두로 빨려나가고 있었다.

소설가 임종산은 항해로 인해 어질어질 설레는 가슴을 가라앉히며 승객들의 뒤쪽에 처져 걸어나갔다. 유리창 밖으로 보이는 흑산도의 숲은 검푸르고, 부두 근처의 갯바위들은 새까맸다. 미세하게 흔들거리는 널빤지 다리를 건너 부두로 내려서는데 눈이 부셨다. 풀기 없는 둥근 챙의 흰 모자 위에 햇살이 작렬했다. 챙의 가장자리 저쪽으로 보이는 하늘은 청명했다. 물결에서 튕겨 날아온 햇살을 피해 고개를 젖히는데, 가느다라면서 콧소리가 약간 섞인, 쨍 울리는 앳된 여자의 목소리가 등 뒤에서 날아왔다.

"선생님!"

누가 나를 알아보았을까. 그 여자 목소리의 무늬聲紋가 그의 영혼 한구석을 헤집어놓고 있었다. 그것은 그의 의식의 심연 속에 깊이 가라앉아 있는 한 여자를 수면 밖으로 떠오르게 하고 있었다. 오래전에 그의 영혼 한 자락을 움켜잡은 채 심연 속으로 들어간 물귀신 같은 소연素蓮.

종산은 몸을 움칠하며 뒤를 돌아보았다. 이십 대 중반으로 보이기도 하고, 삼십 대 초반으로 보이기도 하는 호리호리한 여인의 화장기 없는 해맑고 갸름한 얼굴이 눈에 들어왔다. 그 얼굴이 그를 향해 다가서며 속삭이듯이 말했다.

"선생님, 저 주워가지고 가세요."

그는 네? 하고 말하려다가 입을 다문 채 그녀의 얼굴을 응시했다. 헛것한테 홀리기라도 한 듯 어리둥절했고 당황했고 멍해졌다. 자기가 무슨 물건이기라도 한 듯, '저 주워가지고 가세요.' 라고 말하는 이 여자의 정체는 무엇인가. 그녀는 빨간색의 기다란 챙이 달린 모자를 쓰고 있었고, 머리칼은 새까만 해초처럼 늘어져 있었고, 속눈썹은 여치의 더듬이처럼 길었고, 쌍꺼풀은 명주오라기처럼 그려져 있었고, 코는 오뚝하고 입술은 얇았다. 모자 아래쪽의 테두리와 머리칼을 부착시켜놓고 있는 흰색 핀이 햇살을 반짝 되쏘았다. 어리둥절해 있는 그의 얼굴을 쳐다보며 그녀가 말했다.

"저, 길을 잃어버렸어요."

말이란 것은, 세상의 한가운데로 굴러떨어지는 모양새에 따라서 그 얼마나 야릇하게 반응하는 오묘한 것인가. 그 오묘함이 환상적인 무지갯살을 만들고 있었다. 그녀가 뱉어놓은 '저 주워가지고 가세요.' 와 '저, 길을 잃어버렸어요.' 라는 말이 아릿한 시詩의 한 구절들이고 선禪적인 화두였다.

그의 머리에는 생각이 회오리쳤다. 혼자 여행을 온 여자인데 혼자인 나와 한데 묶이어 더불어 흘러다니고 싶은 것인가. 목포에서 흑산도까지 오는 동안 내내 나의 동태를 살핀 결과 만만한 봉이다 싶어 나의 지갑을 간단히 볼가심하려고 작정을 한 꽃뱀인가.

그는 카페리 창가의 지정석에 앉은 다음, 멍히 허공을 바라보고 있다가 잠이 밀려들어 내내 잤었다. 어떤 점 때문에 나를 봉으로 여기는 것일까. 이 여자는 흑산도의 어느 고급한 술집의 여자가 아닐까. 그렇다면 만만한 남자 여행객들의 호주머니를 노리는 여자일 터이다. 어쩌면 그럴 것도 같고, 다시 어찌 보면 그렇지 않고 정숙할 것도 같았다. 종산은 종잡을 수 없도록 어지럽게 회오리치는 생각을 아직 확실하게 가다듬지 못한 채 "길을 잃어버렸다고요?" 하고 재차 물으며 그녀의 두 눈을 들여다보았다. 호수처럼 깊었다. 이 여자가 잃어버린 길이란 무엇인가. 석가모니가 평생 맨발로 걸어 다녔다는 '길 아닌 길'을 말하는 것인가. 이 여자는 형이상학적인 길 찾기를 하고 있다는 것인가 뭔가……. 하긴 대개의 사람들은 길 위에서 길을 잃어버리는 경우가 있다. 사실은 나도 그러한 사람 가운데 하나일 터이다. 그렇다면 이 여자는 시인인가. 화엄경 속의 선재 소년처럼 선지자들을 찾아다니는 것인가. 시인이 아니라면, 문학적인 감수성이 탁월한 것처럼 건방을 떨고 있는, 시쳇말로 살짝 돈 여자인 것인가.

아니다, 사실은 나야말로 길을 확실하게 잃어버린 것인데, 이 여자는 내 앞에서 길을 잃어버렸다고 말을 하고 있다. 그렇다면, 내 길을 찾게 해주려는 천수천안관음보살의 화신 아닐까.

그녀는 가볍게 그어진 쌍꺼풀과 기다란 속눈썹 아래의 짙푸른 심연처럼 깊은 눈으로 그의 시선을 빨아들이면서 하소연하듯이 말했다.

"선생님, 혼자 여행하시는 모양인데, 심심하지 않게…… 갈 길을 잃어버린 저를 데리고 다니세요."

그는 당혹했다. 간단한 여행 차림을 한 그녀의 존재가 감당하기 거북스러운 거대한 부피와 무게로 가슴을 누르고 있었다. 그러면서도 그를 끌어당기는 알 수 없는 고혹적인 구석이 있었다. 길을 잃었다는 이 여자야말로, 나에게 나의 참다운 길을 가르쳐줄지도 모른다.

그는 짙푸른 바다 속에, 바야흐로 사랑에 눈뜨기 시작하는 사춘기의 소년처럼 가슴앓이하며 은밀하게 십여 년 동안 사랑했던 여자 하나를 묻어놓은 채 살고 있었다. 부산 태생인 소연이라는 그 여자는 그의 영혼 한 자락을 움켜쥐고 바다로 들어갔다.

그는 현실적으로는 뭍에서 살지만, 무시로 해류를 따라 그 여자와 더불어 유영했다. 꿈같이 아득한 심해의 세상을 잠수하기도 했다. 그 여자는 그의 사랑스러운 물귀신이었고, 수시로 그를 익사시키기도 하고, 그의 몸뚱이를 머리에 인 채 물속 헤엄을 치기도 했다.

그는 그 여자에게 많은 빚을 지고 있었다. 그 빚은 그의 능력과 요령으로서는 도저히 갚을 길이 없는 비현실적인 것이었다. 사랑의 채권자인 그 여자가 그의 발목을 잡고 있으므로, 그는 그 여자가 원하면 언제 어느 때든지 마음의 바다나, 인근의 바다로 나가야 하고, 눈을 감은 채 그 여자를 따라 심연 속으로 자맥질을 해야 했다.

그 여자는 해녀의 딸이었다. 어머니가 자기를 잉태한 채 물질을 했으므로 자기는 태중에서부터 바다를 체험하며 자랐노라고 했고, 해류가 자기의 핏속에 흐르고 있다고 했다. 어머니의 바다 이야기를 소설로 쓰고 싶다고 하며, 대한민국의 크고 작은 모든 항구와 포구를 섭렵하려고 들었다.

그 여자가 바다로 들어가버린 뒤, 그가 바다로 나가면 바다의 모든 것이 그 여자였다. 물새들은 그 여자가 환생한 넋이고, 밀물과 썰물은 그 여자의 결 고운 심장의 고동이고, 파도는 그 여자 영혼의 출렁거림이고, 불어오는 바람은 그 여자의 숨결이었다. 음음한 바다 물안개와 구름은 그 여자의 우울이고, 눈비는 그 여자의 눈물이고, 밤바다 위로 떠오르는 달은 그 여자의 웃거나 우울해하는 얼굴이고, 반짝거리는 별들은 그 여자의 눈빛이었다. 치자 색깔의 아침 노을은 그 여자의 희망이고, 피처럼 타오르는 저녁노을과 땅거미는 그 여자의 절망이었다.

채권자인 그 여자가 호출했으므로 채무자인 그는 세상천지에서 가장 순박한 그의 아내에게 통사정을 하듯이 말했다.

"교도소장님, 이 무기수, 한 열흘 동안만 휘휘 돌아다니다가 올게요. 이 항구 저 포구."

그것은 요청이라기보다 하나의 하소연이자, 선언적인 통고였다. 그는 스스로를 자기의 서재에 갇혀 사는 무기수라고 생각했다. 자본주의 세상에 적응하며 살기 위해 돈이 되는 글들을 쓰지 않으면 안 되는 운명적인 노역勞役의 무기수.

"당신, 나한테 열흘 동안만 말미를 줘……. 나 지금 살고 있는 것이 제대로 살고 있는 것인지 어쩌는지 알 수가 없어. 나 길을 잃어버렸어. 한 열흘 동안 돌아다니면서 그 길을 찾아가지고 올게."

그런 다음 배낭을 짊어지고 집을 나섰다.

얼마 전에 출간된 그의 소설 『바다에서의 밤참』을 영화로 만들겠다는 감독이 나타났고, 그는 이천만 원의 원작사용료를 받았다. 그 돈이 담긴 예금통장을 주머니에 넣고 아내가 기다리는 집으로 돌아가면서부터 그의 가슴은 비애와 고통으로 수런거리기 시작했다. 그 소설은 심해 속에 들어 있는 그 여자의 혼령이 쓰라고 충동질하는 대로 쓴 것이었다. 그 여자와의 만남에서부터 관계가 깊어진 내력과 슬픈 사별에 이르기까지의 이야기들을 쓴 소설. 그는 그 돈을 혼자서 쓸 수 없었다. 그 여자와 함께 써야 한다고 생각했다. 그리하여 그 여자가 이끄는 대로 따라나서고 있었다.

그는 '저를 주워가지고 가세요.'라고 말한 빨간 모자의 여자, 소연의 목소리를 닮은 그녀에게 가타부타 말을 던져주지 않은 채 고개를 떨어뜨리고 앞장서서 재빠르게 걸어갔다. 그녀를 떨쳐버리고 싶기도 하고 그러고 싶지 않기도 했다. 그 여자는 소연과의 은밀한 여행에 방해가 될 것 같기도 하고, 어쩌면 좋은 동행자가 되어 잃은 길을 찾는 데 도움이 될 듯싶기도 했다.

그의 갈팡질팡하는 마음을 읽은 빨간 모자의 여자가 종종걸음을 쳐서 그와 나란히 걸었다. 어찌해야 할까. 현실적으로 꽃뱀이 분명하다면, 이 여자는 나를 잘못 찍은 것이다. 나는 이 여자에게 내줄 마음의 여지가 없다. 내 마음은 소연에게 송두리째 독점당해 있다. 나를 잡아봐야 허탕을 칠 게 뻔하다. 이 여자가 다른 남자를 붙잡도록 기회를 주어야 한다. 그러나 그렇지 않고 길을 잃은 것이 확실하다면 동행해도 좋다고 생각하며, 그는 문득 발을 멈추고 그 여자를 향해 말했다.

"사람을 잘못 보았어요."

그의 목소리는 큰 독을 울리는 듯 맑으면서도 굵었다. 그 목소리가 그 여자의 몸을 꿰뚫고 있었다. 그 여자는 진저리를 치면서 어깨를 늘어뜨렸다. 얼굴에는 우울한 그늘이 어려 있었다. 그 영혼이 애옥하고 짠해 보이는 그 여자가 도리질을 하며, 약간 가라앉았지만 확신에 찬 목소리로 말했다.

"아니요, 저 길은 잃어버렸지만, 사람 하나는 잘 봐요."

그는 여자를 아랑곳하지 않고 그냥 총총 가버릴까 대꾸를 해줄까 하며 망설이다가 물었다.

"당신은 뭐 하는 사람인데, 무슨 길을 잃었단 말이요?"

그녀가 마주 선 채 고개를 떨어뜨리며 말했다.

"감옥에서 도망을 쳐 나왔는데 갈 곳이 막연하네요. 선생님을 성가시게 하지는 않을게요……. 넉넉하지는 않지만, 밥하고 술하고 사 먹고 모텔에서 잠잘 돈만큼은 가지고 있거든요."

구구하게 설명을 하고 있었지만, 그녀의 정체성이 구체적으로 파악되질 않았다. 그녀가 꽃뱀일지도 모른다는 의구심을 떨쳐버릴 수도 없었다. 좌우간 그녀와 엮여서는 낭패를 보게 될지도 모른다고 생각하고, 도리질을 하며 그녀를 피해 걸음을 빨리했다. 그녀는 그를 놓치지 않으려고 졸랑졸랑 따라왔다. 그는 일부러 그녀에게 관심을 두려 하지 않고, 하늘을 보기도 하고 바다를 보기도 하며 잰걸음으로 나아갔다. 그녀는 부지런히 따라붙으며 그를 설득하려 들었다.

"오해하지 마세요, 저 불순한 여자 아니에요."

자기 입으로 '나 불순한 여자예요.' 하고 말하는 불순한 여자가 어디 있겠는가. 얼굴에 우울한 그늘을 드리우는 연기를 하고 있는 이 여자는 아무래도 배포가 매우 큰 끈질긴 꽃뱀인 듯싶다. 그때, 그의 속에 들어 있는 소연이 넉넉해지라고 말했다. 만일, 그 여자가 흑산도의 꽃뱀이라면, 흑산도의 꽃뱀을 경험해볼 수 있는 기회이기도 하고, 길을 잃은 것이 정말이라면 그 여자의 잃어버린 길에 대하여 알 수 있는 좋은 기회이기도 하지 않으냐고 말했다. 그의 속에서 직업적인 호기심이 눈을 번득거렸다. 그녀의 속에 들어 있는 이야기들이 궁금했다. 일단, 조용한 곳에서 그녀의 이야기를 차근차근 들어보기로 했다.

"그럼 일단 우리 어디서 차나 한잔합시다."

바다를 창턱 앞에 두고 있는 다방으로 들어갔다. 창틀에 춘란 화분 세 개가 놓여 있었다. 잎사귀들이 허공으로 기세 좋게 솟구쳐 올라와 있었다. 그 잎사귀들 저쪽에서 바다가 너울거리고 있었다. 바다 쪽으로 놓여 있는 소파에 앉았다. 그녀는 짊어지고 온 배낭을 그의 옆자리에 벗어놓고 나란히 앉았다. 그는 그녀의 옆얼굴을 살폈다. 그녀의 눈길은 바다로 뻗어가 있었다. 그 눈이 자꾸 깜빡거렸다. 빨간 혀끝이 재빨리 나와서 마른 입술을 적시고 들어갔다. 새빨간 바다뱀이 생각났다. 그 여자의 정서가 불안정하다고 그는 생각했다. 그녀가 바다를 향한 채 마른침을 삼키고 나서 말했다.

"저것, 알 수 없는 감옥의 골 깊은 청기와 지붕 같네요!"

그는 하아, 이건 시인의 말이다, 하고 속으로 소리치며 그녀의 얼굴을 유심히 보았다. 빨간색 모자의 챙 그늘에 가려진, 속눈썹 긴 눈이 거슴츠레했다. 루주를 바르지 않은, 앵두 색깔의 입술은 얇고 목은 길었다. 그 목을 덮고 있는 기다란 머리칼은 손질하지 않은 때문인지, 일부러 그렇게 부풀게 비벼놓은 것인지, 어지럽게 헝클어져 있었다. 그 목소리는 소연의 그것처럼, 작은 독을 울리는 듯 쨍 울리는 구석이 있고, 어리광과 콧소리가 섞여 있었다. 그는 그녀의 반응을 떠보기 위하여 말했다.

"제가 보기로는, 바람이 바다의 책장들을 부지런히 넘기고 있는데요."

그녀가 그의 두 눈을 들여다보며 말했다.

"선생님, 소설가 임종산 선생이시지요? 저 첫눈에 알아봤어요."

그는 정수리를 한 대 얻어맞은 듯 멍해졌다. 면구스러웠다. 빙긋 웃으면서 도리질을 하고 말했다.

"아니에요. 저는 그런 사람 아닙니다."

그녀가 그의 두 눈을 빤히 들여다보며 말했다.

"제 눈은 못 속여요. 저 임 선생님 소설 많이 읽었어요. 특히 여자들 심리를 잘 묘사하는 선생님을 저는 존경해요."

그는 웃음을 거두지 못한 채 도리질을 하고 나서 말했다.

"가끔 저를 임종산으로 착각하는 사람들이 많아요."

"거짓말하지 마세요. 저는 임종산이 필명이고, 본명이 심학규라는 것, 올해 예순 살 토끼띠라는 것까지도 다 알고 있어요. 제가 왜 본명을 이렇게 잘 기억하느냐 하면, 심청이의 아버지하고 이름이 똑같기 때문이에요."

시인하는 수밖에 없었다. 그는 바다를 향해 흠, 하고 어색하게 웃었다. 소설가는 어디, 어떤 곳에서든지 거짓말을 하거나 도둑질을 해먹고 살 수가 없다. 그는 그렇다고 고개를 끄덕거려주었다.

그에게는 이름 콤플렉스가 있었다. 심학규라는 본명은 그를 늘

곤혹스럽고 불편하게 했었다. 어린 시절부터 아이들이 '심청이 아버지' '심 봉사' '공양미 삼백 석에 딸 팔아먹은 놈'이라고 놀려대곤 해서 갈아치우려고 단단히 벼르고 있다가, 소설을 발표하기 시작하면서부터 '임종산'이란 필명을 만들어 본명처럼 사용했다. 두 개의 이름을 가지고 산다는 것은 두 개의 얼굴을 가지고 산다는 것일 수도 있었다. 그는 심학규라는 본질을 감추고 임종산이라는 현상을 내보이며 살아오고 있었다.

그는 그의 정체가 밝혀졌으므로 상대의 정체를 확인해야 할 것 같았다.

"당신은 혹시 시인 아닌가요?"

그녀가 도리질을 하며 말했다.

"시인은 아니고요, 그냥 시를 좋아하는 정도예요. 혼자서 이런저런 시를 암송하기도 하고…… 구태여 말을 한다면 시에 미친 사람, 시미친詩美親이 제 별호예요."

시를 좋아한다는 말과 그녀의 미모와 길을 잃었으니 자기를 주워 가지고 다녀달라고 엉기는 것이 그를 매혹했고 알 수 없는 힘으로 끌어당겼다. 그녀의 미지의 세계에 생각이 미쳤다. 알 수 없는 세상의 탐사선에 오른 여자. 그녀의 세계에 대한 궁금증과 호기심이 동했다. 그녀가 자기의 담을 허물어뜨리고 그녀의 세계를 온전하게 내보이게 할 계략을 내놓기로 했다. 그가 말했다.

"이름은 무엇인가요?"

아, 나는 지금 골치 아픈 사건 하나를 만들고 있지 않는가. 그녀가 대답했다.

"어찌 호胡, 묘할 묘妙, 스미고 번질 연衍 자를 써서 호묘연이요."

그가 말했다.

"나 사실은 오늘 아침 일찍이 교도소에서 나왔어요. 나는 모범무기수인데, 착하고 순박한 우리 교도소장한테서 열흘간 말미를 받은 거예요. 그런데 막상 나오니 마땅히 갈 만한 곳이 없네요. 그래서 발길이 닿는 대로 그냥, 이 나라 항구나 포구들을 기행하기로 했는데…… 호묘연 씨는요?"

그녀가 말했다.

"선생님, 우리 참 묘한 인연이네요. 저도 감옥에서 오늘 새벽에 감쪽같이 도망쳐 나왔어요."

그녀는 무슨 생각을 했는지, 문득 입을 가리고 소리를 죽이며 웃었다. 그녀의 불룩한 가슴이 흔들거렸다. 그녀가 가슴으로 웃고 있다고 생각되었다. 여자가 가슴으로 웃는다는 것은 하나의 발견이었다. 그 웃음이 그의 눈앞을 어질어질하게 했다. 그녀의 웃음은 비누거품 같은 보호막을 가지고 있었고, 표면에 비가시적인 무지개의 색깔과 무늬를 띠고 있었다. 그녀의 알 수 없는 두려움과 슬픔을 가려주는 듯싶은 그 웃음이 그의 가슴을 아릿하게 찔렀다.

그 웃음이 사라졌을 때 얼굴에 다시 우울의 그늘이 드리워졌다. 이 여자도 두 개의 얼굴을 가지고 있다고 그는 생각했다. 그는 태연스럽게 따지고 들었다.

"감옥이라니요?"

그녀는 고개를 끄덕거리며 말했다.

"네에, 그래요, 감옥에서 도망쳐 나왔어요."

이 미녀의 감옥은 어떤 것일까.

승률조개 혹은 파랑새

검푸른 산과 출렁출렁 지껄대며 웃어대는 청남색의 바다로 한여름의 왕거미줄 같은 뜨거운 햇살 너울이 퍼부어지고 있었다. 땅에서는 복사열이 화끈화끈 올라왔다.

그는 여러 남자 택시기사들 가운데서 홍일점인 젊은 여성 기사를 점찍고 다가갔다. 청바지에 소매 짧은 흰 블라우스를 입고, 윤기 나는 잔물결 파마 머리를 하고, 얼굴에 선크림을 얇게 바르고, 눈자위에 푸르스름한 색을 칠하고, 얄따란 입술에 거짓말처럼 루주를 바르고, 기다란 목에 빨간 스카프와 실처럼 가느다란 금목걸이를 한 삼십 대 후반쯤의 여성 기사였다.

"사리마을에 가서 점심을 먹고, 정약전 선생의 적거지 구경을 한 다음, 이미자 노래비 있는 곳을 돌아보고 오는 데 얼마나 받으시겠어요?"

그의 말에 여성 기사는 그의 위아래를 살피고 코를 찡긋하고 웃었다. 웃음으로 인해, 그 기사의 가는 붓 대롱처럼 까만 콧구멍이 벌름 커지고 있었다. 칠만 원에 흥정이 이루어졌다.

택시 안에는 젊은 여성 운전사의 아릿한 향취가 담겨 있었다. 묘연이 뒤따라 타면서 그에게 물었다.

"아까 '무기수' 라고 했지요?"

묘연도 그의 감옥에 대하여 궁금해하고 있었다. 창밖에는 검푸르게 융기하는 바다가 질펀하게 펼쳐져 있었다.

"자본주의 세상에서의 창살 없는 감옥이요." 하고 그가 말했다. "어떤 큰 사건 하나가 일어난 뒤, 나는 내가 만들어놓은 감옥 안에 나를 가뒀어요. 그 속에서 한눈팔지 않고 착실하고 고분고분하게 글쓰기 노역만 하는 모범수가 되었어요……. 모범수라는 신뢰를 미끼로 해서 사랑하는 우리 교도소장님한테 한 열흘쯤의 말미를 얻었어요. 그리고 꿈속에서인 듯싶은, 아니, 전생에서 한 천사와 더불어 다녀본 길을 따라 여행을 하는 거예요."

묘연이 그의 눈치를 살피며 조심스럽게 말했다.

"아, 그 길…… 저도 따라다닐게요. 그림자처럼. 있는 듯 없고 없는 듯 있게…… 순하게요."

그는 퉁명스럽게 말했다.

"이런저런 항구나 포구나 어촌들 몇 곳을 줄곧 둘러볼 것인데……

동어반복 같은 여행일 텐데요."

이 세상에서 미색美色을 싫어하는 남자는 없다, 하고 생각하며 그녀는 그의 옆얼굴을 보았다. 그녀가 읽은 그의 소설들로 미루어 그는 여자를 밝히는 남자인 듯싶었다.

"왜 하필 항구하고 포구하고 어촌하고만 둘러보러 다니시는데요?"

그가 말했다.

"반도에서 사는 우리는 우리 땅 구석구석을 삼천리 '방방곡곡'이라고 말하는데, 섬나라인 일본에서는 자기네 땅 구석구석을 포포진진浦浦津津이라고 한답니다. 나는 그것을 항항포포港港浦浦라고 번역을 했어요."

택시는 새로 난 포장도로를 따라 달렸다. 사륜구동의 차였다. 길은 왼쪽에 짙푸른 바다를 낀 채 뱀처럼 이리 비틀 저리 비틀 나아갔다. 가파른 오르막과 내리막이 거듭되었다. 그 길을 달리는 택시는, 사람들을 즐겁게 해주기 위해 만든 놀이터의 모노레일처럼 상하좌우로의 뜀박질과 흔들어대기를 거듭했다. 바다에는 토끼 모양의 섬이 떠 있는가 하면, 상체를 들고 뒤를 돌아보는 물개 모양의 섬도 있고, 맨드라미 꽃봉오리 같은 섬도 있었다.

세상은 오래전부터 자연을 유희의 도구로 만들어가고 있다. 자본주의의 감옥에 갇혀 사는 사람들의 심신을 풀어주려는 것이다. 이 세상 누구인들, 돈을 향해 질주하는 광기의 감옥에 갇혀 있지 않으랴.

세상의 모든 사람들은 허기진 '수캐의 신大神'처럼 오직 돈을 모으기 위하여, 자식들의 신분상승을 위하여, 명예라는 '암캐 신牝犬神'을 차지하기 위하여 염치불구하고 분투한다. 그도 그런 사람들 가운데 하나이다. 자본주의 세상에서 돈맛에 길들여진 작가. 육체적인 탐욕의 바다에 처녀 하나를 제물로 바친 그는 아직 각성의 눈을 뜨지 못하고 미망迷妄의 땅과 바다의 허공을 헤매고 있는 것이다.

그는 쓴 입맛을 다시며 기사에게 말했다.

"사리마을, 붉은 벽돌집 아주머니, 지금도 그 승률조개 덮밥 하는지 모르겠네요?"

기사가 말했다.

"왕장구 덮밥 말이지요? 네, 합니다."

흑산도 사람들은 승률조개를 왕장구라고 말한다. 기사가 말을 이었다.

"새콤달콤한 약술도 하고라우."

여성 기사는 투박한 흑산도 사투리로 말하고 있었다. 묘연이 창밖의 풍광을 내다보면서 종산에게 물었다.

"모범수 노릇을 얼마나 잘했는데 열흘간이나 말미를 얻었어요?"

그가 동문서답을 했다.

"저 가지고 있는 것은 오직 돈뿐입니다. 좋은 세월과 함께 젊음은 깡그리 흘러갔고……."

그녀가 차창 밖만 내다보았다. 그녀에게서 탐색을 당하고 있다고 생각한 그가 그녀에 대한 탐색의 촉수를 불쑥 들이밀었다.

"묘연이라는 이름을 누가 지었어요?"

"한 남자가 지어주었어요."

그가 날카롭게 파고들었다.

"어린 시절에 부른 이름이 있었는데 마음에 들지 않아 그 이름으로 바꾼 것이군요."

"어릴 적의 이름이 호가신胡佳信이었어요."

"아하, 아명이 '가시내'였군요. 그래서 호적에 올릴 때 '가신'이라고 올린 것이로군요? 사람이 철이 들어서 자기 이름을 자기 입맛에 맞게 바꾸는 것은, 자기 이름을 지어준 사람에 대한 배반이고, 자기의 얼굴 바꾸기입니다."

학규라는 이름을 종산으로 바꾸었을 뿐만 아니라, 심沈이라는 성까지 임林으로 바꾸어 행세하고 있는 나는 조상과 아버지를 배반한 것이다. 아니다. 운명에 대한 저항이다. 그는 여치 더듬이를 연상하게 하는 그녀의 속눈썹을 보면서 말했다.

"그랬을지라도 '가시내'나 '묘연'이나 큰 의미에서는 같은 뜻의 말이네요. '가시내'와 '묘연', 그 둘 다 여성을 뜻하는 말이거든요. 가시내는 '갓'이란 말에서 왔는데, '갓'이 '여성'이라는 뜻이에요. 전라도 지방에서는 짐승이 교미하는 것을 '갓한다'고 말하기도 하고요. '가시내'와 '묘연', 그것은 노자가 말한 '곡신谷神'이란 말과 같아요. 곡신은 우주를 낳고 키우는 뿌리, 즉 자궁이라는 것입니다.

또 '묘연妙衍'이란 말은 천부경에 나오는 말인데, 우주 시원의 물, 바다와 동의어입니다."

그녀가 공격적으로 물었다.

"그럼 선생님의 본명 '학규'는 무슨 뜻이에요?"

그가 말했다.

"배우고 깨칠 학學 자 하고, 문운文運을 만드는 별 규奎 자를 써서 학규인데, 별처럼 견고하고 지혜로운 남성을 뜻합니다."

그녀는 묘연과 학규라는 이름의 궁합을 생각하며 소리 없이 웃었다. 웃는다는 것은 참 좋은 것이다. 웃음은 질 좋은 투명의 천으로 지은, 영혼의 보호막이다. 그는 마른 입술에 침을 바르면서 차의 천장을 향해 고개를 쳐들고 소리 없이 웃었다. 냉방이 잘된 차였다. 어깨를 들어 올리면서 심호흡을 했다.

택시가 순환도로를 버리고 사리마을로 들어섰다. U자처럼 휘어진 연안바다가 마을 앞의 개울까지 기어들어가 있었다. 택시는 개울의 다리를 건너간 다음 바다를 등진 채 나아가다가 빨간 벽돌집 사립 앞에서 멈추어 섰다.

삼십 호쯤의 집들이 옹기종기 모여 있는 마을이었다. 골목길은 소연과 함께 왔을 때와 같은 모양을 하고 있었다. 골목길 가장자리에는 가지 고추 상추 따위를 재배하는 남새밭이 있고, 그 밭 가장자리에는 나지막한 회갈색의 그물 울타리가 쳐져 있었다.

차 밖으로 나오자, 흑산도항에서 해후한 후끈후끈한 무더위가 먼저 달려와 있다가 그들을 맞이했다. 택시기사는 열쇠고리를 오른손의 가리키는 손가락 끝에 걸고 회회 돌리면서 빨간 벽돌집 마당 안으로 들어갔다. 묘연이 기사를 뒤따랐다. 청바지를 입은 묘연의 엉덩이는 실팍했다. 두 개의 호주머니 가장자리에는 무지갯빛을 되쏘는 반짝이가 장미꽃 문양으로 수놓여 있었다. 사과 볼 모양의 작은 엉덩이였다.

마당의 평상 위에 널려 있는 약초들 표면으로 햇살이 쏟아지고 있었다. 중년의 키 작달막하고 얼굴 동글납작한 아주머니가 현관문을 열고 맞았다. 기사가 자동차 열쇠를 오른손으로 움켜쥐면서 아주머니에게 말했다.

"왕장구 덮밥을 잡수고 싶어하는 손님들을 모시고 왔구만이라우."

종산과 묘연이 거실 안으로 들어갔다. 동그란 상을 가운데 놓고 마주 앉았다. 아주머니가 냉방기와 선풍기를 틀어주고, 노르께한 막걸리가 담긴 페트병 하나를 사발 둘과 함께 내주었다. 소연과 더불어 왔을 때에도 그는 이 술을 맛보았었다. 아주머니가 페트병을 두 개의 사발에 기울여주면서 말했다.

"안주 없이도 음료수처럼 마시는 약술이어라우."

종산은 묘연을 향해, 자 드십시다, 하며 사발을 들었다. 기사가 마루에 걸터앉은 채 말했다.

"드룹, 쑥, 당귀, 더덕, 딱주(잔대), 도라지, 칡, 참솔방울, 봉구나무, 골담초, 쇠모릎, 대마…… 백초가 다 들어간 술이랍니다."

술에서 당귀 향내와 솔방울 향내와 쑥의 향, 박하 향기 들이 섞여났다. 한 모금 마셨다. 달콤하면서 새콤하고 알싸했다. 백 가지 풀이 누룩과 잡곡 꼬두밥과 물과 적당한 온도와 공기와 섞였다. 두루 섞이면 이렇게 향기로워진다. 자연과학과 인문학이 만나는 통섭統攝이다. 통섭은 한데 어우러져 꽃을 피우고 사는 화엄세상으로 나아가기 위한 통로이다. 백초로 빚은 술과 내가 섞이고 있다. 바다와 섞이고 하늘과 섞이고 구름과 섞이고 별과 섞이고 들꽃과 섞이면 시가 되고 음악이 된다. 우주와 섞이면 신화가 된다. 섞이면 향기로운 사랑과 정분이 싹튼다. 천천히 음미하고, 거듭 세 모금을 마셨다. 술이 배 속을 서늘하게 했다. 대마잎이 섞인 술이다. 대마는 영혼을 황홀하게 한다. 묘연이 찬탄했다.

"입안과 머리가 환해지고…… 신선주네요."

중년 아주머니는 빠른 손놀림으로 승률조개를 깠다. 승률조개 속에서 황금색의 속살이 쏟아졌다. 승률조개는 성게하고 비슷하기는 하지만, 가시가 회갈색이고 훨씬 짧았다. 그가 말했다.

"정약전 선생이 쓴 『현산어보茲山魚譜』에 '승률조개' 항목이 나옵니다. 어느 날 사리마을의 한 어부가 바다에 나가 보니까 파랑새 한 마리가 승률조개 속으로 들어갔대요. 그런데 또 어느 날 나가 보니까 저 승률조개 속에서 파랑새가 날아갔대요. 승률조개는 심해에 살면서 동시에 창공을 날기도 하는 초월성의 조개예요……. 여기 유배 와서 십육 년 동안을 살다가 돌아가신 정약전 선생의 처지에서볼 때, 슬픈 이야기가 들어 있는 조개입니다. 정약전 선생은 얼마나파랑새처럼 훨훨 자유롭게 이 섬 밖으로 날아가고 싶었겠어요?"

중년 아주머니가 승률조개 덮밥을 내왔다. 흰밥 위에 샛노란 승률조개의 속과 우럭 살코기 썬 것들을 얇게 덮어놓았다. 옆에 놓인사발에는 상추와 풋고추 썬 것이 들어 있었다. 초장과 참기름 병을상 위에 올려놓았다.

택시기사는 점심을 이미 먹었노라 하고, 열쇠고리를 회회 돌리면서 밖으로 나가버렸다.

종산은 초장과 상추와 풋고추를 넣어 밥을 비비고 참기름을 쳤다. 참기름의 고소한 향기가 코에 스며들었다. 승률조개 속살의 달콤한 듯 약간 떫고 비리고 고소한 맛이 혀에 감겼다.

묘연이 비빈 밥을 한 숟가락 먹고 나서 말했다.

"이 밥하고 술하고…… 환상적이네요!"

종산은 밥을 먹으면서 마주 앉은 묘연의 얼굴을 건너다보았다. 노련한 조각가가 예쁘게 빚어놓은 듯싶은 콧날과 눈매와 입술과 턱과 목의 선과 볼록한 가슴이 숨을 막히게 했다. 이 여자의 정체는무엇일까. 정말 길을 잃은 여자일까. 문학병文學病이 든 꽃뱀일까. 문학병은 낭만의 병이다. 돈을 외면한 채, 구름과 비와 바람과 안개와 달과 별과 무지개에 얼큰하게 취하곤 하는 병이다. 눈앞에 소연

의 모습이 아른거렸고, 그것이 묘연의 얼굴 위에 겹쳐졌다. 거듭 술
을 따라 들이켰다. 술기운이 의식을 어릿어릿하게 했다. 그녀가 술
을 홀짝거리면서 말했다.

"아주머니, 민박도 치는가요?"

중년의 아주머니가 말했다.

"네에, 욕실이랑 침구랑 음식이랑…… 웬만한 모텔보다는 깨끗
할 것이요."

술 한 병을 다 비웠다. 묘연의 얼굴은 복사꽃처럼 붉어졌다.

남자와 여자는 마주 앉아 밥에 술을 곁들여 마시고 나면 친근해
지고 정분이 싹튼다. 종산과 묘연은 연인처럼 나란히 걸었다. 약간
가파른 언덕의 좁은 길을 따라, 정약전 선생이 이 마을의 아이들을
위해 열었었다는 '사촌서당'으로 갔다. 을씨년스럽고 쓸쓸하고 공
허하게 복원해놓은 삼간의 초가였다. 그는 텅 비어 있는 방들을 들
여다보다가 그것을 등지고 툇마루에 앉았다. 마당에는 명아주와 질
경이와 개망초와 비름풀 들이 무성했다. 개망초들은 흰 꽃들을 머
리에 달고 있었다. 오른쪽 언덕 아래에는 천주교 흑산성당의 사리
마을 공소가 있었다. 공소 앞에 선 묘연이 말했다.

"정약전 선생은, 이백 년 전에 천주를 신앙했다는 이유로, 죽음
다음의 가혹한 형벌인 유배형을 받고, 흑산도와 우이도에서 유배생
활을 하다가 돌아가셨는데, 이곳 정약전 선생의 적거지에 천주교

성당이 있다는 것은 무엇인가요? 천주의 승리인가요? 정약전의 승
리인가요?"

그가 하늘을 쳐다보며 말했다.

"시간의 승리입니다."

시간 앞에서 영원할 수 있는 것은 진리일 뿐이다. 구태여 말한다
면 시간이 진리이다. 하늘, 햇빛, 공기, 물은 영원한 진리의 참모습
이다. 그녀는 성모상을 향해 성호를 그었다.

택시는 바다를 왼쪽에 낀 채 달렸다. 냉방이 잘되는 택시였다. 그
녀가 콧소리 많은 목소리로 "제 감옥 말이에요." 하고 말했다.

바다는 짙푸르렀고, 오른쪽 산언덕에는 개망초들이 군락을 이룬
채 흰 꽃들을 안개처럼 허옇게 피워 올리고 있었다. 생명력 왕성한
식물이다. 그녀가 말을 이었다.

"광주 뉴오렌지호텔이 제 감옥이에요. 그게 제 남편의 것이거든
요. 뉴오렌지호텔 이전에는 백제모텔을 인수했는데, 그것도 시설이
호텔급이었어요. 거기서는 제가 계산대를 지켰어요. 객실 청소할
일이 생기면 거기에 동원되기도 하고……."

그녀는 더 이상의 말을 뱉을 수 없었다. 그녀의 삶은 한심한 것이
었다.

손님들이 사용하고 간 다음 방 안 청소를 하고, 새로이 손님을 받

기 위해 정리해놓는 일은 구역질 나는 반복이었다. 정액이 묻어 있기도 하고, 피가 묻어 있기도 하는 시트와 수건들을 갈아내고, 진공청소기로 머리카락들을 뽑아내고, 콘돔, 커피 봉지, 녹차 봉지를 탁자 위에 놓아둔다. 밤늦게 온 남자가 여자를 불러달라고 하면, 업소로 전화를 걸어준다.

그녀의 남편은 주먹 하나만 가지고 사는 순 악질이었다. 돈과 조직과 법밖에는 몰랐다. 모든 것을 돈과 주먹과 법으로 해결하려고 들었다. 변호사와 돈과 경찰과 검사들과 교분을 맺고 살았다. 그에게서 술과 돈을 얻어먹지 않은 기자들이 없었다. 백제모텔로는 성이 차지 않아, 뉴오렌지를 인수했다. 말이 인수지, 그것은 사채를 앞세운 경영권의 강탈이었다.

뉴오렌지로 들어간 다음부터 그녀는 객실에 갇혀 살았다. 모텔이고 호텔이고 다 귀찮다고, 조용하고 자유롭게 살고 싶다고 통사정을 하곤 했지만 남편은 콧방귀를 뀌면서 말했다. '너는 끽소리 하지 말고 주는 대로 먹고, 흘려주는 사랑 빨아먹으면서 자빠져 뒹굴기만 하면 돼.' 외출을 시킬 때는 도망칠까 싶어 똘마니를 딸려 보내고, 핸드폰을 손에 쥐여주고, 신용카드를 지갑 속에 넣어주었다. 그것을 긁을 때마다 그의 핸드폰이 반응을 하는 카드.

그녀는 오래전부터 탈출을 계획했다. 외출을 허락받고 나왔다가, 화장실에 간다고 똘마니를 따돌리고는 핸드폰을 내던져버리고, 택시를 타고 목포로 왔다. 남편이 지금 그녀의 뒤를 쫓고 있을지도 모른다. 물 좋은 어린 여자들이 줄줄이 있지만 그는 그녀 아니면 안 된다고 했다. 그녀의 깊은 속살이 이 세상 그 어떤 것보다 꿀이 많고 부드럽다는 것이었다. 그녀의 몸뚱이가 썩어 문드러지고 흐물흐물해지지 않는 한에는 지옥에까지라도 반드시 그녀하고 함께 가야 한다는 것이었다.

그는 섬뜩한 느낌에 사로잡혔다. 묘연에게서 차가운 바람이 날아오고 있었다. 만일 이 여자를 건드렸다가 그 남편이란 자한테 걸리는 날에는 그야말로 작살이 날 것이다. 그의 마음을 읽은 듯 그녀가 말을 이었다.

"내 간수, 그 사람 부드러워지려고 애를 썼어요. 목사님이나 스님들하고도 친해요. 교회나 절엘 가면 헌금, 시주 두둑하게 내고 기도도 하고 절도 하고 그래요."

택시기사는 이미자의 흑산도 아가씨 노래비가 있는 공원으로 그들을 안내했고, 오백 원짜리 동전을 노래비 속에 투입했다. 이미자의 노래가 흘러나왔다.

헤일 수 없는 수많은 밤을……

해는 서편 바다 위로 기울어지고 있었다. 섬들이 군함처럼 떠 있었다. 사랑을 하면 유행가가 좋아진다고 했다. 그도 가슴을 도려내는 사랑의 아픔을 경험했다. 그녀가 서편의 바다를 바라보며 말했다.

"선생님 말씀대로, 이 바다, 아픔과 슬픔의 책장을 넘기고 있네요."

서사의 책장이다. 인간은 서사적인 동물이다. 그들은 긴 의자에 나란히 앉았다. 묘연이 말했다.

"저 미스코리아 광주 진(眞) 출신이에요. 무엇 때문이었는지 모르지만, 서울에 가서는 아무 타이틀도 얻지 못한 채 돌아왔는데, 광주 버스터미널에서 내려 집으로 가다가 그 자식한테 납치를 당했어요."

깜깜한 밤이었다. 어디로 끌려가는지도 모르게 끌려가서 한 모텔 방 속에 처박혀졌다. 그가 술을 먹이고, 옷을 벗기고, 강제로 자기 것으로 만드려고 들었지만 그녀는 저항을 했다. 밤새도록 실랑이를 했다. 살려달라고 소리 지르면서 문을 두들겨도 주인은 와보지 않았다. 다음 날 아침까지 몸부림치고 발버둥 치며 버텼다. 날이 밝았을 때 그가 어찌 생각했는지, 싫으면 안 줘도 된다고 했다. 똘마니 하나를 밖에 세워놓고 어디론가 가버렸다. 전복죽이 들어왔다. 먹지 않으려다가, 도망치려면 먹고 기운을 차려야 한다고 생각하며 먹었다. 먹고는 잤다. 얼마나 잤을까, 깨어 화장실에 갔다가 와보니 또 죽이 들어왔다. 먹고 나니 그가 그녀를 밖으로 끌어냈다. 뿌리치고 도망을 치려고 했는데, 강제로 차에 싣고 어디론가 달렸다. 파도 소리가 들렸다. 바닷가 외딴 별장이었다. 그녀를, 외틀어진 소나무 두 그루 서 있는 언덕 위의 벤치에 앉혀놓고, 그가 앞에 섰다. 하늘의 총총한 별들이 와르르 쏟아질 것 같았다. 그는 그녀 앞에 무릎을 꿇더니 그녀를 사랑한다고, 백 년을 함께 변함없이 살자고 통사정했다. 파도 소리 때문이었는지, 총총한 별들 때문이었는지, 별빛 엉겨 있는 소나무 가지에 스치는 바람 소리 때문이었는지, 알 수 없는 울음이 북받쳐 올라왔다. 그가 우는 그녀를 방으로 끌고 갔다. 파도 소리가 기어들어오는 방이었다. 더 반항하지 않고 몸을 열어주었다. 거기에서 사흘 동안 그의 품에 안긴 채 도망칠 궁리를 하기 시작했다. 그의 오른쪽 볼에 그어져 있는 칼자국이 싫고, 그에게서 날아오는 냄새가 싫었다. 구운 오징어의 냄새 같은 체취……. 그때부터 마음을 고쳐먹고 그에게 잘해주기 시작했다. 마음을 주는 체하면서 밖으로 나가자고 졸랐다. 밖으로 나가기만 하면 파출소로 들어가서 보호요청을 하려고……. 그런데 그 자식이 절대로 그녀를 밖으로 내보내지 않았다. 그러면서 술을 먹이고, 취하면 보듬고 뒹굴기만 했다. 닷새째 되는 날 아침에 그녀는 자청하여, 그의 여자가 되어 백년해로를 하기로 각서를 썼다. 그리고 밖으로 나갔다. 세상이 기우뚱거리고, 하늘이 노랬다. 그는 그녀의 집으로 가 그녀의 아버지한테 무릎을 꿇고, 사위로 맞아달라고 억지를 썼다. 날품을 팔고 사는 아버지가 그의 뺨을 쳤다. 그가 순순히 맞으면서 사위 노릇을 잘할 테니 두고봐달라며 무릎을 꿇고 빌고 돌아갔다. 그녀는 며칠 동안 몸살을 앓았다. 그 자식이 날마다 찾아왔다. 아름드리 수박하고 멜론하고 양주를 사 오고, 사과와 갈비를 짝으로 들여오고 그녀의 아버지한테 용돈을 듬뿍 들이밀었다. 그러는 사이 아버지는 슬그머니 그를 사위로 용인해버렸지만, 그녀는 그렇지 않았다. 기회만 닿으면 도망을 치려고 마음먹었다. 그녀의 마음을 읽은 그는 그녀가 외출을 하면 똘마니를 붙였다. 화장실에 들어가도 밖에서 똘마니가 기다리고 있었다. 어찌할 수 없이 결혼을 했다. 이후는 줄곧 감옥살이 같은 결혼생활이었다.

택시가 다시 왼쪽에 바다를 끼고 달렸다. 그녀는 등받이에 뒤통수를 기댄 채 말을 이었다.

"그 감옥살이를 하면서 저는 책만 읽었어요. 시집도 읽고 소설책도 읽고……"

그가 보듬으면 송장처럼 견디어주면서, 그가 그녀를 싫증 내기를 기다렸다. 제발 얼른 싫증을 내고 나를 버려달라. 버리면 훨훨 자유롭게 살아가리라. 그러면서 피임을 했다. 그러다 그 자식이 눈치를 채고 피임을 못하게 했다. '너 도망치기만 하면 붙잡아서 갈가리 찢어 죽일 거야. 알아? 너는 내 심장이야. 네가 없으면 나는 시체야. 너 도망치면 지구 끝까지, 지옥까지 가서라도 붙잡아 온다. 도망칠 꿈은 아예 꾸려고 하지도 마.' 그 자식이 노동판에 다니는 그녀 아버지를 불러다가 모텔 계산대를 맡겼다. 그 뒤로는 아버지가, 자기를 봐서라도 그 사람한테 잘하라고 그녀를 달랬다. 그녀도 아버지를 생각해서 그에게 잘해보려고 했었다. 그런데 그렇게 되지를 않왔다. 그가 그녀를 온전한 사람으로 취급을 하지 않았다. 갇혀 사는 일이 지긋지긋했다. 방 안에 누워 있으면 눈에 바다가 보였다. 파도 소리가 들리고, 배를 타고 이 바다 저 바다를 휘휘 돌아다니면 가슴이 트일 듯싶은데 그럴 수가 없었다. 견디다 못해, 그에게, 며칠 동안 여행을 좀 하고 오겠다고 말미를 달라고 했다. 그는 들은 척도 하지 않았다. 그래서 병든 사람처럼 맥없어하다가 블라우스 단추를 뜯어버리고, 브래지어를 벗어 팽개쳐버리고 욕실로 들어가 물을 뒤집어쓰고 나와서 그 자식의 귀에 대고 '나 좀 놔주란 말이야, 이 개자식아.' 하고 악을 써대고, 화장대에 있는 화장품들을 쓸어버리고 베개를 내동댕이치고…… 별스런 미친 짓을 다 했다. 그러다가 차분하게 목소리를 낮추어 통사정하듯이 졸랐다. '나 섬에서 나고 자란 년이잖아. 나는 바다를 보고 살아야 싱싱해지는 사람이란 말이야. 여중 다닐 때 수영선수였어. 당신한테 몸 준 것도 파도 소리 들리는 바닷가였잖아. 제발 며칠 동안만 풀어주라.' 그랬더니 차에 싣고 가서 기껏 가마미해수욕장 모래밭으로 데려다주었다. 광활한 바다를 보고 오니까 더욱 바다가 보고 싶어서 미칠 것 같았다. 이후로 계속 감옥에서 도망칠 궁리를 했다. 은밀하게 돈을 모으고, 시장에 다닐 때 쓰는 노란 배낭 속에다가 속옷들을 넣고……. 준비가 어느 정도 되었을 때부터 그 자식한테 더욱 잘했다. 발광도 하지 않고……. 그러한 그녀의 태도 때문인지 감시가 느슨해졌다. 그 기회를 타 모든 것을 버리고 도망쳤다.

"지금 그 자식 눈이 벌개져서 저를 잡으러 다닐 거예요. 잡히면 죽어요. 저는 그 자식의 레이더망에 걸리지 않을 곳만 골라 다녀야 돼요. 휴대폰을 던져버렸으니까 위치추적당할 우려는 없고…… 신용카드를 가지고 있기는 하지만 사용하지 않으면 돼요."

우이도 돈목

　묘연의 남편인 윤창일은 우이도의 돈목마을을 향해 갔다. 목포에
서 카페리를 타고 흑산도로 가다가 도초도 포구에서 내린 다음 관
광낚시선 한 척을 전세 내어 타고.

　검정색 점퍼에 미색 바지를 입고 검은 안경을 낀 윤창일의 얼굴
은 기름한 말상이었다. 오른쪽 볼에 칼자국 하나가 있고, 사람을 바
라보는 눈빛이 칼날처럼 예리했다. 이를 앙다물었으므로 볼의 근육
이 뻣뻣하게 굳어졌다.

　관광낚시선 선장은 사십 대 초반의 중년 남자였다. 얼굴이 거무
튀튀한 데다 팔자 콧수염과 구레나룻과 턱수염을 더부룩하게 기른
선장이 물었다.

　"뭔 바쁜 일이 있는디 독선獨船을 해 가는 거요?"

눈살을 찌푸린 채 뱃머리 저쪽의 거친 물너울만 바라보고 있던 윤창일이 무뚝뚝하게 말했다.

"뱀 잡으러 가요."

아내 묘연이 뱀띠다. 선장이 윤창일을 흘긋 돌아보며 말했다.

"돈목에 뭔 뱀이 있다우?"

"백사요."

"죽은 사람 살려낸다는 그 백사白蛇 말이요?"

윤창일은 배 안의 장판 바닥에 누우면서 눈을 감고 말했다.

"도착하면 깨우시오."

선장은 뽕짝을 틀었다. 부우우, 하는 엔진의 소음과 뱃머리가 파도를 으깨거나 물너울을 타넘는 철퍼덕 소리와 뽕짝이 시끄럽게 한데 어우러졌다.

돌아와요 부산항에 그리운 내 형제여…… 금순아 어데를 가고 길을 잃고 헤매었드냐…… 땡벌…… 땡벌…… 어지러운 소음 속에서 아내 묘연의 얼굴이 머리에 그려졌다. 지금 우이도 돈목에 가 있을 수도 있고, 가 있지 않을 수도 있다. 내가 조르르 쫓아갈 것을 뻔히 알고 있으면서 거기에 가 있을 리 없다. 그년이 허허실실의 전법을 쓰고 있을 수도 있다. 일단은 맨 먼저 그곳을 더듬어보고 나서 다른 곳을 쑤셔야 한다. 바다를 미친 듯이 좋아하니까 섬이나 항구나 포구로 흘러 다닐 터이다.

돈목마을에 사는 묘연의 친구 문선화에게, 그녀 찾기에 혈안이 되어 있는 내 얼굴을 보여주어야 한다. 문선화한테 단단히 으름장을 놓아야 한다. 묘연은, 선화하고는 이틀이 멀다 하고 전화 통화를 하는 사이이다. 눈을 힘주어 감은 채 심호흡을 했다. 윤창일은 그에게서 도망치려 하는 묘연의 마음을 이해할 수 없었다. 가난에서 벗어나게 해주고, 호텔방에서 자게 해주고, 순면과 실크 따위의 화려한 옷들과 보석들을 걸치게 해주고, 고급한 음식을 먹여주고, 카드 팍팍 긁으며 살게 해주고, 끌어안고 뜨겁게 사랑해주는데 무엇이 부족해서 도망치려 한단 말인가.

주먹으로 조직을 일구고 강화하고 관리하며, 환락의 밤거리에서 돈을 긁어모으고, 그 돈을 사채로 빌려주고, 채무자가 갚겠다는 날짜를 넘기게 한 다음 담보 건물을 챙기고, 그 담보 건물을 조직으로 하여금 관리하게 하고, 만일 문제가 되는 것들은 고문 변호사의 지혜로운 방법에 따라 처리하곤 했다. 세상살이가 복잡한 듯하지만, 사실은 매우 단순하다는 철학을 습득했다. 법에는 허점이 있다. 소나기처럼 쏟아지는 법의 빗방울들 사이사이를 옷 젖지 않은 채 뚫고 나가는 묘법이 있다. 그 묘법에 따라 돈 놓고 돈을 빼먹는 것이다. 돈은 덩어리져 모이면 강력한 자장을 가진 지남철처럼 잔돈들을 한없이 끌어모은다. 돈이면 안 되는 게 없다. 큰돈은 시장경제의 정글원리에 따라 작은 돈들을 잡아먹으면서 매머드가 되어 기어 다닌다. 구덩이를 크게 파 물이 고이게 하면 개구리들이 몰려든다. 기자들에게 술과 밥을 먹이면, 그들은 호텔이 하는 이벤트에 대하여

나팔을 불어준다. 경찰에게 돈과 술과 밥을 먹이면 오락장의 영업이 빗나갈지라도, 노팬티의 짧은 치마 입은 여자들이 객실에 드나들지라도 모른 체해준다. 뉴오렌지는 환락의 영업을 마음 놓고 할 수 있다. 친구들은 그에게 성공을 거두었다고 했다. 그런데 빌어먹을…… . 모든 게 다 잘되는데, 묘연이 속을 썩인다. 나는 묘연이 없으면 안 된다. 묘연에게는 가슴 저리게 하고, 환상적인 세계 속으로 빠져들게 하는 신비한 하늘연못이 있다. 그녀가 다른 남자의 품속으로 들어가는 것을 그는 견딜 수 없다. 묘연이 없는 성공은 속 빈 강정이다.

까무룩 잠이 들었는가, 했는데, 다 왔다는 선장의 목소리가 들렸다. 눈을 떠보니 배가 돈목선창으로 머리를 들이밀고 있었다. 함지박처럼 둘레가 오종종한 작은 연안이었다. 선창에는 어선 두 척이 정박해 있었다. 선장에게 기다려달라고 말한 다음 부두로 뛰어내렸다. 햇살이 불비처럼 쏟아지고 있었다.

묘연이 지금 선화의 민박집에 있기만 하면 달래서 조용히 데리고 가리라 했다. 처음의 도망이니, 다시 도망치지 않겠다는 약속만 하면 용서해주리라…… .

이십여 호의 집들이 옹기종기 모여 있었다. 대부분의 집들이 민박 건물 한 채씩을 보유하고 있었다. 여름철이면 해수욕장이 잘되고, 낚시질은 사철 내내 잘되므로 민박이 잘된다. 도시의 모텔들처럼 간판을 달고 있었다. 진달래민박, 선화민박, 윤호민박, 초롱이민박, 서울민박, 광주민박, 우이도민박……. 그는 선화민박으로 달려 갔다. 마당으로 들어서며 소리쳐 불렀다.

"선화 처제!"

방문이 열리고, 선화가 얼굴을 내밀었다. 오동통한 몸매에 거무스레한 얼굴이 동글납작하고 눈썹이 새까만 선화는 비둘기 색깔의 반바지에 레이스 달린 반소매의 흰 블라우스를 입고 있었다. 큰 젖가슴이 얇은 천을 들치고 두둑하게 나와 있었다. 창일을 알아보고 소스라치게 놀라며 말했다.

"아니 형부, 어쩐 일이라우?"

다짜고짜로 말했다.

"묘연이 왔지요?"

선화는 진저리를 쳤다. 그의 칼자국 있는 얼굴을 살피고, 아니라고 하며 고개를 세차게 저었다. 그는 선화의 말을 믿을 수 없었다. 마당 동편에 민박 치르는 방이 네 칸 있었다. 방문들을 차례로 열쳤다. 선화는 그의 등 뒤에서 몸을 떨었다. 모든 방에는 해수욕객과 낚시꾼들이 풀어놓은 짐들이 널려 있을 뿐이었다. 마지막 방문을 열어본 다음 선화를 다그쳤다.

"묘연이 지금 어디 있소?"

선화는 해쓱하게 굳어진 얼굴을 좌우로 저으면서 말했다.

"전화 한 통 없소."

그는 난감해하면서 두 손을 허리에 걸친 채 허공을 한 번 쳐다보고 나서 사방을 둘러 살폈다. 시멘트 블록 담의 귀퉁이에서 요염하게 까져버린 황금색의 산나리꽃 몇 송이가 데면데면하게 웃고 있었다.

몸을 돌려 해수욕장으로 갔다. 밀가루처럼 가는 백색의 모래가 깔려 있었다. 그 해수욕장 위쪽의 산마루에는 사막에서나 볼 수 있는 질펀한 모래언덕이 있었다. 아이들 몇이 모래밭에서 썰매를 타고 있었다. 해수욕객들은 이십여 명이었다. 헤엄을 치는 사람도 있고, 모래밭에서 조개를 잡는 사람도 있었다. 저들 속에 묘연이 끼어 있는지 모른다. 모래밭은 단단했다. 신을 신고 들어가도 빠지지 않았다. 성큼성큼 걸어 들어가, 조개를 캐고 있는 사람들을 휘휘 살폈지만 묘연의 모습은 보이지 않았다. 이년이 어디로 갔을까. 해수욕장 주위의 산골짜기를 세세히 살폈다. 내가 나타날 것을 예측하고 어딘가에 숨어서 나를 보고 있을지도 모른다. 몸을 돌려, 선화에게로 가서 말했다.

"도망쳐서 숨어 살 생각은 아예 말고 얼른 들어오라고 해요. 조용히 들어오면 용서해준다고……. 만일 안 들어오고 이리저리 도망쳐 다니다가 붙잡히면 갈가리 찢어 죽인다고 그래요."

선화가 두려움에 젖은 목소리로 말했다.

"형부, 묘연이 들어오면, 무섭게 닦달하지 말고 한사코 부드럽게 달래가면서 사시요."

배에 오르면서 선장에게 말했다.

"흑산도로 갑시다."

배가 달렸다. 그는 선실로 가서 드러누웠다. 눈을 감았다. 선장은 또 뽕짝을 틀었다. 묘연의 얼굴이 눈에 선했다. 치렁치렁 늘어진 검은 머리 위에 빨강색의 모자를 쓴 그녀. 지금 어디서 어느 놈 하나를 꼬여 팔짱을 끼고 다닐까. 가슴에서 거센 분노가 솟구쳤다. 심호흡을 거듭했다.

오늘 밤 흑산도에 있는 모든 숙박업소를 뒤지면 묘연을 찾을 수 있을 것이다. 예감이 그랬다. 길을 잃고 헤매는 묘연을 누군가가 자기 여자인 양 데리고 다닐 것이다. 그녀는 그 누구인가가 따라주는 술을 마시고 취해서 홀쩍거릴 것이다. 그 누구인가와 알몸이 된 채 사랑을 나누는 모습이 머리에 그려졌다.

"이런 찢어 죽일 년!"

묘연은 무지갯빛의 환락을 위하여 반드시 필요한 여자였다. 그녀는 하나의 오묘한 기호식품이었다. 묘연을 통해 느낄 수 있는 맛은 독특했다. 기다란 검은 머리칼, 가늘고 긴 목, 도드라진 쇄골, 두껍지도 얇지도 않은 입술, 달콤한 혀, 손 안에 다 들어오지 않는 탐스러운 젖무덤, 늘씬한 허리, 하얀 살결, 백자 달 항아리 같은 엉덩이, 자라다가 만 어린 장미꽃망울 같은 배꼽, 뜨거운 속살……. 거기에, 그녀는 시집이나 소설책들을 읽곤 하는 여자였다. 책을 읽은 그녀의 영혼의 색깔과 무게와 향기를 그로서는 예측하거나 가늠할 수 없었다. 그것은 겨드랑이에 뿌린 정체불명의 향수 같은 것이었다.

어쨌든지, 고급한 향수에 젖어 있는 듯싶은 그녀의 육체는 하나의 큰 재산이었다. 그것들을 놓치고는 살 수 없을 것 같다. 늘 새 맛으로 어린 여자를 즐기곤 하지만, 새벽녘에 집에 들어가면 반드시 그녀의 품을 파고들곤 했다. 묘연은 말하자면 집 안에 감추어놓은 돌올한 가보였다. 그 어떤 것하고도 바꿀 수 없는 그의 자부심의 실체였다. 세상 어느 누구에게도 드러내어 자랑하고 싶지 않고 혼자서만 감추어놓고 은밀하게 즐기는 비밀병기였다. 그런데 환상적인 그 비밀병기가 그를 배반한 것이었다. 그 배반이 심장을 아프게 찔러대고 있었다.

선장은 다시 뽕짝을 틀었다.

"해당화 피고 지는 섬 마을에……."

선장이 노래를 따라 불렀다.

"철새 따라 찾아온 총각 선생님……."

윤창일은 선장을 향해 "더 빨리 달려요. 최고 속도로." 하고 소리쳐 말했다.

홍어찜

거무스레한 주렴처럼 흘러내리는 땅거미가 묘연을 슬프게 하고 조마조마하게 했다. 흑산도항 진리마을로 가면 거기에 간수 윤창일이 그녀를 기다리고 있을 듯싶었다. 간수는 야비하고 잔인한 세계를 몰고 다닌다. 그녀를 붙잡자마자 알몸을 만들고, 바늘이나 송곳 끝으로 여기저기의 살갗을 쪼아대려 할지도 모른다. 그녀는 도리질을 했다. 그 자식이 흑산도에까지 왔을 리 없다고 스스로를 타일렀지만 불길한 예감은 그녀를 계속 괴롭혔다.

그녀가 문득 말했다.

"선생님!"

그녀의 목소리에는 안간힘과 울분과 공포와 초조의 미세한 알갱이들이 섞여 있었다.

"저는 문득 확 미쳐버리고 싶을 때가 있어요."

그가 그녀의 두 눈을 바라보았다. 그녀가 고개를 젖히고 웃었다. 왜 웃을까. 그녀의 웃음소리가 비누거품처럼 부풀어나고 있었다. 불안과 초조가 웃음을 만들고 있을까. 아니 이 여자에게 실성기가 있는지도 모른다. 바다는 땅거미를 덮어쓴 채 너울거리고 있었다. 먼바다에서 까치놀이 뜨고 있었다.

"호호호호……."

웃음소리가 택시 안을 흔들었다. 그녀는 웃음을 참지 못했다.

"선생님 죄송해요. 호호호호……."

웃음으로 인해 머리카락들과 풍만한 가슴이 흔들렸다. 거품처럼 부풀어나고 번쩍거리는 그 웃음에 울음이 섞여 있었다. 그것은 울음이라 할 수도 없고 웃음이라 할 수도 없었다. 그 웃음으로 인해 그의 마음이 흔들렸다. 바다와 하늘이 흔들렸다. 거무스레한 땅거미가 눈앞을 어릿어릿하게 했다. 그것은 절망의 가루였다. 가슴속에 무의미의 가루가 앙금지고 있었다. 소연의 목소리가 들려왔다. '왜 무의미의 가루라고 생각하는 거예요? 광기의 가루라고 생각하세요.' 그래 그녀의 간수는 그녀를 광기의 감옥에 가두는 것이다. 이 여자는 그 광기의 감옥에서 광기에 길들여진 것이다. 때문에 웃음에도 광기가 어려 있다. 그는 알 수 없는 비애에 젖어든 채 택시 기사에게 말했다.

"흑산도 홍어찜 잘하는 집으로 안내해주세요."

홍어는 쿠릿하게 삭혀서 먹는 고기이다. 그는 몸을 움츠렸다. 보나마나 이 묘연이라는 여자는 몸을 거리낌 없이 허락하려 할 것이다. 예감이 그랬다. 이때껏 지껄거린 말들은 다 거짓말이고, 이 여자는 진짜 꽃뱀인지 모른다. 몸이 홍어처럼 삭혀져 있는 건 아닐까. 내가 소지하고 있는 돈을 털어 갈 것이다. 드러내놓고 꽃 대금을 요구할 것이다. 한 십만 원쯤, 아니 이십만 원쯤. 저녁을 먹은 다음에는 이 여자를 과감하게 버려야 한다. 한데, 그의 내부에서 고개를 들고 있는 생각이 있었다. 그럴 리 없을 듯싶다고, 내부에 들어 있는 여자 소연이 말했다. 들뜨면 가슴으로 웃곤 하는 이 광기 어려 있는 여자를 데리고 다니라고 했다. 이 여자의 영혼은 알 수 없는 비대칭 파장의 향기를 뿜고 있다. 그도 그녀의 광기에 감염되고 있었다.

택시기사는 그들을 원조 홍어찜집으로 안내하고 나서 칠만 원을 받아들고 돌아가며 말했다.

"잠은 저기 서울모텔에서 주무세요. 흑산도에서 가장 깨끗한 모텔입니다."

그들은 너른 홀 안쪽 구석에 마주 앉아 얼큰한 홍어찜에다가 저녁을 먹었다. 소주를 한 병 달라고 해서 마셨다.

"이 홍어찜 맛이 어때요?"

그녀는 술을 마실수록 더욱 싱싱해지고 탄력이 생겼다. 눈이 빨갛게 충혈된 그녀가 말했다.

"심 봉사 선생,"

그는 깜짝 놀랐다. 그녀는 그를 비꼬고 있었다. 그래 나는 두 눈이 멀어버린 채로 길을 잃은 심 봉사이다. 그녀가 말했다.

"아시겠어요? '홍어찜' 과 '흑산도 바다' 와 '묘연' 은 모두 동의어예요."

그녀의 비대칭의 탄력이 싫지 않았다. 소연이 말했다. 그 여자와의 만남을 그냥 즐겨요. 저질은 아닌 듯싶으니까.

밥값을 치르고 난 그녀는 식당의 전화를 이용하여 이날 부린 택시를 다시 불렀다.

"왜요? 아까 그 기사가 저 건너 모텔이 깨끗하다고 했잖아요?"

그녀가 도리질을 하며 말했다.

"모텔에서 자다가 경찰이 불심검문을 나오면 저 꼼짝 없이 붙잡혀요. 제 간수가 실종신고를 했을 테니까……. 아까 그리로 가서 민박을 해요."

민박집으로 가자는 것으로 미루어볼 때, 꽃뱀은 아닐지도 모른다는 생각이 들었지만, 그는 소연과의 사연을 담고 있는 모텔로 가서 자야 한다고 생각하고 그녀에게 말했다.

"그럼 묘연 씨는 거기 가서 주무세요. 나는 여기 아무 데서나 잘 테니까. 그리고 내일 다시 만납시다. 내 핸드폰번호 가르쳐줄 테니까."

"무슨 말씀이세요? 저 버리시면 안 돼요."

그녀가 그의 손을 잡아끌었다. 그의 속에서 소연이, '좋은 여자인 듯싶어요. 그 여자의 말대로 하세요.' 했다.

택시가 샛노란 눈을 부릅뜨고 깜깜한 어둠 속의 외틀어진 길을 달렸다. 그녀가 차의 흔들림에 몸을 맡긴 채 말했다.

"저에게 아주, 순하디순한 친구가 있어요. 감옥살이를 하면서 하루가 멀다 하고 통화를 하곤 한 친구예요. 한 번 통화를 하면 삼십 분도 좋고 한 시간도 좋아요. 그 친구는 제 모든 불평불만을 쓸어 담는 자루였어요. 그 친구는 문학이 뭔지, 자유가 뭔지 몰라요. 오로지 운명에 순종하는 것만 알아요. 오직 밥밖에 몰라요. 남편 사랑하고, 고기 잡고, 민박집 해서 돈 벌어 모으고, 장차 그 돈으로 자식 가르치려는 생각밖에는 안 해요. 불평불만 쏟아내는 저보고 참아라, 참아라, 그래요. 그 친구는 저한테 뭐냐 하면…… 저기 유도 하는 사람들이 낙법으로 떨어져도 크게 다치지 않는, 바닥에 깔려 있는 매트 같은 거예요. 저는 늘 그 친구 가슴으로 철퍼덕철퍼덕 넘어지고 떨어지곤 해요……. 제 간수, 아마 그리로 조르르 쫓아갔을 거예요. 앞으로 저는 그 친구한테 절대로 전화 안 할 거예요. 전화하면 금방 잡힐 테니까."

불심검문

    윤창일은 한밤중이 가까워서야 흑산도항에 도착했다. 서울모텔로 들어갔다. 얼굴 갸름한 젊은 주인 여자에게 지갑을 꺼내 재빨리 열쳐 비쳐주고 나서 귀엣말을 했다.

    "나 형사인데, 광주에서 온 간첩이 오늘 밤에 여기 서울모텔에서 잔다는 정보를 입수하고 왔소. 숙박한 사람들을 모두 검문해야겠소."

    주인 여자가 멍해졌다. 그는 일 층 이 층 삼 층의 객실 문을 모두 두들겨 손님들을 깨워 여자 손님의 얼굴을 들여다보았다.

    바다 쪽으로 얼굴을 두르고 있는 동백모텔도 그렇게 검문을 하고, 광주모텔도 뒤졌다. 묘연을 찾지 못한 그는 해변길의 거리 등 아래서 한동안 서 있었다. 이년이 어디에 처박혀 있을까. 어느 민박집에서 자고 있을까. 마을마다 생겨 있는 민박집들을 어떻게 다 훑을 것인가. 아니다. 민박을 하지는 않을 것이다. 그는 한동안 별 총총한 하늘을 쳐다보다가 배에 올라 선장에게 말했다.

"도초도로 갑시다."

선실 안에 드러누우면서 이를 악물며 생각했다. 진도에 가 있을까. 완도로 갔을까. 좌우간 바다에 미쳐 있는 여자이므로 모든 항구나 포구마을을 다 훑으면 잡을 수 있을 터이다. 남해안 동해안 서해안을 나 혼자 어떻게 훑는단 말인가. 일단 실종신고를 해야 한다. 현상금을 내걸고 찾아야 한다. 이러이러한 여자의 소재를 가르쳐준 사람에게 이천만 원을 주겠다고…… 인터넷에다가 그녀의 사진을 내야 한다. 똘마니들한테 전단지를 만들어주면서 동해안 서해안 남해안의 모든 항구와 포구에 붙이라고 하고, 항항포포를 모두 샅샅이 뒤지라고 해야 한다.

홍도 낙조

종산과 묘연은 이튿날 아침 홍도로 가는 배를 탔다. 홍도선착장에서 내린 다음 한 모텔로 들어가 짐을 풀었다. 소연과 함께 묵으며 곡진한 사랑을 나누었던 방이다.

사람 하나가 사라졌다 해도, 세상은 아무런 흔적도 없이 데면데면하다. 우주 안에는 허무의 묽은 안개가 가득 차 있다. 그럴지라도 우주는 제 율동에 따라 흔연히 잘도 돌아간다.

바닷물은 진한 비췻빛이었다. 선착장으로 나가서 관광유람선에 몸을 실었다. 묘연이 뒤를 따랐다. 그녀의 긴 머리칼들이 바람에 어지럽게 날렸다. 그들은 난간에 기대섰다. 초록색 모자를 쓴 얼굴

거무튀튀한 관광해설사는 마이크를 들고 목청 높여 빠른 말씨로 설명을 했다. 어떤 말은 알아들을 수 있고, 어떤 말은 알아들을 수 없었다.

"홍도는 천구백육십오 년에 섬 전체가 천연기념물로 지정되었고, 천구백팔십오 년에는 다도해의 해상국립공원으로 지정되었습니다. 천연의 신비를 간직한 이 섬 주위에는 조물주의 명품들만 가득 진열되어 있습니다."

묘연의 얼굴은 선크림을 발라서 전날보다 더 희었다. 흰 광택으로 인해 눈이 더 검고 커 보였고, 콧등과 광대뼈는 편안하게 느껴졌고, 볼과 턱과 목의 선이 더 예뻐 보였다. 거기에 기다랗게 흘러내린 검은 머리카락들이 얼굴을 색정적으로 보이게 했다. 덮어쓴 빨간 챙 있는 모자가 날아가지 못하도록 고정시킨 핀이 반짝 햇살을 튕겼다. 꼭 끼는 블라우스를 들치고 나온 젖가슴의 무게와 부피가 그녀의 가슴을 압박했다.

시루떡바위와 물개굴을 지났다. 해설사는 자기가 하는 해설에 자기가 반하여 신명을 다했다. 목이 반쯤 쉬어 있었다. 석화굴 앞에 배가 섰다. 물빛을 받은 바위조각들이 반짝거렸다. 섬세하게 조각을 해놓은 듯한 바위 표면의 무늬와 결들이 오밀조밀했다. 그때 소연은 어머! 하고 탄성을 질렀었다. 가슴이 쓰라렸다. 저 높은 곳에 있는, 알 수 없는 힘을 가진 자는 소연을 데려가고 묘연이라는 불가사의한 여자 하나를 나에게 보내주었다.

간밤 그들은 흑산도 사리의 민박집에서 나란히 잤다. 방을 하나만 잡아서 자자고 한 것은 그녀였다. 그녀는 욕실에서 샤워를 하고 나와 태연자약하게 나란히 자리를 폈다. 그는 반듯이 누운 채 눈을 감았다. 팔을 옆으로 뻗으면 가슴이 닿고, 옆으로 돌아누우면 금방 안을 수 있는 곳에서 자는 그녀가 말했다.

"사랑이라는 건 일종의 성스러운 거래잖아요. 그 거래는 암묵적으로 가슴 저리는 흥정을 통해 그윽하게 이루어져야 하고, 그 흥정이 이루어지면 성스러운 의식처럼 그것을 치러야 하는 거잖아요."

이 말을 하는 저의가 무엇일까. 한동안 침묵이 흐른 뒤에 그녀가 다시 말했다.

"……그런데 무지막지한 제 간수는 개처럼 해요. 밑도 끝도 없이 '야, 이리 와, 한 번 하자.' 우리 간수에게 있어서, 여자는 잡아먹고 싶으면 언제 어느 때든지 잡아먹는 살아 있는 잘 익고 곰삭은 식품인 거예요."

몸매 늘씬하고 얼굴 예쁜 여자의 입에서 쏟아지는 걸쩍지근한 말들……. 그가 오히려 그녀의 존재를 두려워했다. 알 수 없는 비대칭의 정서를 가진 여자인 듯싶었다.

기둥바위 탑바위 원숭이바위 주전자바위를 지나고 독립문바위 앞에 이르렀다. 관광유람선은 홍어굴 병풍바위 공작새바위 부부탑 만물상 탑섬 몽돌해수욕장을 돌아서 선착장으로 돌아갔다. 선창가의 횟집에 들어가서 자연산 전복 생것 한 접시와 구운 것 한 접시를 시켜 점심을 먹었다. 삼십 대의 난만한 여자처럼 들썩거리는 짙푸른 홍도바다 위의 기암괴석들을 둘러보고 난 감회가 전복 살코기에 녹아들고 있었다. 안주가 좋으니 소주가 잘 들어갔다. 그녀가 그의 빈 잔에 소주를 채워주곤 했다. 얼근하게 취했다. 횟집 창밖으로 내다보이는 바다가 기우뚱거렸다. 바다에 쏟아진 햇살이 날아와 눈을 쏘았다. 시신경이 저렸다. 그 햇살에 소연의 눈빛이 묻어 있었다. 소연은 신화가 되어 있었다. 그가 말했다.

"여기 와서는 낙조를 보고 가야 돼요."

그녀가 말을 받았다.

"홍도의 낙조가 환상적이라는 소문을 들었어요."

이 여자는 왜 혼자 여행하려 하지 않고 나에게 구속되려 할까. 왜 '노예'가 되어 이끌려 다니려 할까.

인간은 자유를 갈망하지만, 노예로 살아야 편안해지는 동물인가. 그래, 인간은 신을 설정하고 그 신에 대한 성스러운 복종을 희구한다.

취하자 졸음이 밀려들었으므로 그는 모텔로 들어가 잠을 좀 자고 나와야겠다고 생각하고 몸을 일으켰다. 그녀가 그를 뒤따랐다. 욕실에서 이를 닦고, 샤워를 하고 나와 방바닥에 요를 펴고 누웠다. 그녀가 방 한가운데 동그마니 앉아 있다가 그의 옆에 자리를 펴고 누웠다. 그가 눈을 감은 채 말했다.

"낙조 볼 수 있을 때까지 시간을 죽이기로는 잠 이상 좋은 것이 없소."

파도 소리가 흘러들어왔다. 그녀가 말했다.

"선생님, 『채털리 부인의 사랑』 읽으셨어요?"

그는 못 들은 체했다. 그녀가 말을 이었다.

"발표 당시, 노골적인 성행위의 장면이 많다는 이유로 판금조치를 당한 로렌스의 『채털리 부인의 사랑』은 사실은 섹스를 상품화시킨 소설이 아니에요. 저는 그 소설을, 자본주의라든지, 사회계급이라든지, 제도라든지, 가식이라든지, 체면이라든지…… 인간의 자유와 사랑을 소멸시키는 거추장스러운 옷들을 벗어던지고 알몸으로 원시적으로 아니 원초적인 순수로 살아야 한다는 문명비평적인 실존을 말하려는 것이라고 읽었어요. 그 소설은 사실은 자유와 사랑의 해방을 부르짖은 거예요. 저는 그 소설을 두 번이나 읽었어요. 자연을 시적으로 묘사한 것도 좋고, 채털리 부인이 자아를 찾아가는 것과 산지기와 더불어 참사랑을 획득해가는 것도 좋고…… 선생님도 그런 소설 한 편 쓰세요."

다시 얼마쯤 뒤에 그녀가 말했다.

"제 고향이 어딘지 아세요?"

그는 대꾸하지 않았는데 그녀가 말을 이었다.

"우이도 진리마을이에요. 오래전에 정약전 선생이 유배살이를 한

마을이요. 정약전 선생은 흑산도에서 칠 년을 살고, 우이도 우리 마을에서 구 년을 살다가 돌아가셨대요. 첩을 얻어 아들 둘을 낳고 살았는데…… 만일 말이에요. 만일, 제가 그 시대에 거기에서 처녀 몸으로 있었으면 어땠을까. 아마 제가 자청해서 그 양반의 첩 노릇을 했을 거 같아요."

그는 눈을 힘주어 감았다. 참으로 알 수 없는 여자이다. 그녀는 한동안 뜸을 들이고 있다가 말했다.

"선생님, 저는 정말로 마음에 드는 한 남자의 첩 노릇을 하면서 살고 싶어요."

이 여자의 진짜 얼굴은 무엇일까. 까무룩 잠이 들었다가 깨어보니 해가 서쪽 바다 끝자락으로 기울어 있었다. 그녀는 새우처럼 웅크린 채 자고 있었다. 오래지 않아 노을이 질 것이다. 소연은 그 노을을 보고 울었었다. 묘연을 흔들어 깨웠다. 서둘러 신을 신고 나서면서 생각했다. 홍도에 와서 낙조를 못 보고 가는 것은, 신혼여행 온 신랑 신부가 한 이불 속에 들어가 보지도 못한 채 돌아가는 것하고 같다.

낙조 시간에 맞추어 뜨는 관광유람선에 올랐다. 그는 가슴이 울렁거렸다. 묘연이 길 잘 들인 짐승처럼 순하게 그를 따라왔다. 그는 소연의 그림자와 더불어 앞장서 갔다. 관광유람선은 정해진 코스에 따라 돌고 있었고, 해설사는 정해진 설명들을 하고 있었지만 그는 오직 소연을 울린 그 낙조만 기다렸다.

소연과 함께 바다여행을 했던 것은 사랑의 도피행각만이 아니었다. 소연에게 우주의 율동원리와 정글 같은 세상 속에 보석처럼 가치 있는 존재로 박히어 반짝이며 살아가는 지혜를 가르치자는 것이었다. '소설 한 편을 쓴다는 것은 새로운 우주 하나를 창조하는 것이야.' 해녀였던 어머니의 바다 이야기를 소설로 쓰고 싶어하는 소연을 위하여 그는 많은 말을 해주었다.

"바다는 바다야."

바다는 바다 이상도 이하도 아니다. 바다는 인류 미래의 블랙박스이다. 바다는 신화 그 자체이다. 독립문바위 저 너머로 해가 떨어지고 있었고, 바다 자락은 빨갛게 물들었다. 묘연의 얼굴도 노을에 물들었다. 노을에 물든 석화동굴은 휘황하고 찬연했다. 그의 속에 들어 있는 소연의 얼굴도 빨갛게 물들었다.

참회가 밀려들었다. 그는 혀를 아프게 깨물었다. 소연을 소설가로 만드려고 애쓴 것은 허위였다. 그것은, 임용시험에 낙방하고 절망한 그녀를 임신하게 하고 낙태시키고, 또 임신하게 하고 낙태시킨 자기의 죄에서 벗어나려는 자기합리화일 뿐이었다. 나는 소연을 죽어가게 한 죄인이다. 노을은 오래 타오르지 않고 금방 꺼졌다. 그의 속에 일고 있는 참회처럼 땅거미가 모여들었다. 그것을 머리에 이고 관광유람선은 선착장으로 들어갔다.

방 안으로 해조음이 들어와 맴을 돌았다. 철썩 쏴아, 철썩 쏴아. 그들은 전날 밤처럼 나란히 잤다. 맴도는 해조음에 소연의 숨결이 그의 몸에 스미고 배어 있었다. 소연은 그날 밤 그를 위하여 그녀의 시퍼런 바다를 열어주었고, 그는 그 바다에서 유영하다가 잠 속으로 빠져들었다. 소연의 환영을 부둥켜안은 채 엎치락뒤치락 잠을 이루지 못했다. 묘연에게 등을 두르고 모로 누웠다.

묘연은 새우처럼 몸을 웅크리면서 생각했다.

이 남자, 애처로울 만큼 무슨 시름인가가 깊다.

몽돌

목포항을 거쳐 완도 구계九階등 연안으로 갔다. 묘연이 호들갑스
럽게 말했다.

"선생님, 어쩌면 이렇게 제가 가고 싶었던 곳으로만 데리고 다니
시는 거예요?"

이날따라 약간 초강초강해 보이는 그녀의 목소리는 전보다 더 앳
되었고, 콧소리가 진하게 섞여 있었다. 구계등 연안에는 크고 작은
회흑색의 몽실몽실한 돌들이 질펀하게 깔려 있었다. 먼바다에서 쪽
색의 파도들이 뭉클뭉클 밀려들고 있었다. 거대한 물결들이 만들어
놓은 아홉 개의 계단. 거기 깔려 있는 돌들이 영락없이 스님들의 머
리같이 생겼다. 이것은 비구 스님의 머리 같고, 요것은 비구니 스님
의 머리 같고, 저것은 노스님의 머리 같고, 또 이것은 동자 스님의

머리 같다. 전생에 도를 제대로 닦지 못한 스님의 원혼들이 몰려들어 이 돌들이 되었을까. 전생에 잘 닦지 못해 한스러운 영혼 대신 후생의 몸뚱이가 씻기고 씻겨서 이렇게 반들반들하게 닳고 닳아졌을까. 물결이 달려와 철썩하고 소리칠 때마다 구계등 연안이 촤르릉, 하고 울렸다. 수만 개의 향 맑은 구슬꾸러미와 옥돌들을 한꺼번에 흔들어대는 듯싶었다.

"이 몽돌들을 발로 디디고 다니는 것이 죄송스럽네요. 여기가 전생에 도 닦던 스님들이 모여 사는 극락인 듯싶어서."

저러한 상상을 하는 묘연의 내면은 어떤 색깔일까. 진한 쪽빛 바다 색깔일 터이다. 그녀를 꽃뱀일지도 모른다고 두려워한 것이 미안스러웠다. 그녀는 큰 몽돌 위에 엉덩이를 붙이고 앉았다. 따갑고 찬란한 당사唐絲실 같은 볕이 머리 위에 쏟아졌다. 그 모습에 소연의 얼굴이 겹쳐지고 있었다.

소연은 대학을 막 졸업한 뒤 치른 중등학교 국어교사 임용시험에서 낙방을 했었다. 학과에는 합격을 했는데, 면접에서 떨어졌다고 했다. 자기와 경쟁관계인 몸매 늘씬한 친구는 합격했는데, 자기가 떨어진 것은 체구 작은 것하고 관계 있을 거라고 슬퍼했다. 그때 그가 그녀를 이끌고 한 여행은, 절망하고 슬퍼하는 그녀를 위로해주려는 것이었다. 구계등 연안의 몽돌을 밟고 다닌 다음 읍내의 한 횟집으로 가서 농어회에다 소주를 마시고 모텔로 들어간 소연은 침대 위로 올라가 옷을 하얗게 벗어주었다. 소연의 바다는 용소처럼 현기증 나게 푸르고 깊었다. 수평선이 아득하고 무지개가 둘러 있는 원시의 소沼였다. 그 속에 빠진 채, 그는 아내와 헤어진 다음, 소연과 단둘이서 외딴 어떤 곳에서 아담과 이브처럼 사는 꿈을 꾸었다. 그 꿈에 도취되어 있다가 문득 도리질을 했다. 아내와는 헤어질 수 없다. 소연과 나누는 사랑은 다만 몰래 하는 도둑사랑일 뿐이다. 그것은 절대로, 오직 하늘과 땅과 소연과 나만이 알 뿐이어야 한다.

묘연은 소연이 환생한 듯했다. 짝을 지어 온 관광객들이 파도와 몽돌을 즐겼다. 어떤 쌍은 몽돌로 탑을 쌓고, 어떤 쌍은 자잘한 돌을 골라 들고 수면으로 날려 물수제비를 떴다. 그는 물가로 가며 말했다.

"말 한마디 한마디에는 이념이 들어 있어요. 저렇게 얇은 돌멩이를 수면으로 날리는 것을, 물수제비 뜬다고 말하는 사람은 좌파 프롤레타리아이고, 물나비를 날린다고 말하는 사람은 우파 부르주아지입니다."

소연에게도 그는 이 말을 했었다. 묘연은 배낭을 벗어놓았다.

"저 돌멩이 장난을 보고 먹을 것을 생각해낸 것은 가난 때문이고, 물나비를 떠올린 것은 넉넉하게 배부른 사람이라는 뜻이고…… 그럼 나는 부르주아지네."

묘연은 납작한 돌멩이를 찾아가지고 수면으로 날렸다. 종산도 돌멩이를 찾아 날렸다. 그녀가 던진 것은 한 번 퐁당 하고는 빠져 죽어버리고, 그가 던진 것은 세 번을 날다가 빠져 죽었다. 네댓 차례 물나비를 날리던 묘연이 싫증을 느끼고 연안의 서쪽 끝으로 몸을 돌리면서 말했다.

"이 구계등 연안을 소재로 해서 윤대녕이「천지간天地間」이란, 아주 신화적인 소설 한 편을 썼잖아요. 한 여자는 바다에 몸을 던져 죽었고, 죽음을 결심했던 주인공 여자는 자기를 뒤따라온 남자에게 자기 바다를 열어주고 살아났지요."

서쪽으로 해가 기울고 있었다. 그녀는 생각했다. 내가 만일 자살할 마음을 가지고 있다면, 이 남자가 그 주인공처럼 내 바다 속으로 뛰어들어 나를 살려낼까. 오늘 밤에 죽을 결심을 해볼까. 에잇, 그것은 유치한 표절이다.

완도항으로 나갔다. 바다 위에 거대한 군함처럼 떠 있는 주도珠島를 건너다보는 횟집으로 들어갔다. 둘은 창가에 마주 앉았고, 농어회에다 소주를 시켰다. 묘연이 회 한 점을 집어다가 입에 넣고 씹으며 말했다.

"회가 또실또실하면서 차지네요."

그도 회 한 점을 입에 넣고 씹었다. 그녀는 앙증스러운 유리잔에 소주병의 주둥이를 기울이며 생각했다. '토실토실하다'는 말보다는 '또실또실하다'는 말이 더 색정적이다. 토실토실하다는 것은 어벙하고 미끄럽고 푸지고 헐렁한 느낌이지만, 또실또실하다는 것은 금방 목욕을 하고 난 사람의 맨살 같고, 약간 오독오독하면서도 부드럽고 뽀드득뽀드득하다.

그는 창밖의 주도를 바라보았다. 후박나무와 황칠나무 따위의 아열대식물들 백칠십 여 종이 빽빽하게 들어차 있는 주도 안에는 신당神堂이 있다. 지금은 출입을 금지시키지만 옛날에는 먼바다로 고기잡이를 하러 가는 배들이 용왕제를 지내곤 했다. 완도지방의 답사를 하면서 건너가본 적이 있었다. 그녀는 말없이 주도를 건너다보며 술을 마시기도 하고 회를 먹기도 했다.

모텔 칠 층 방으로 들어가자마자 그녀는 욕실로 들어갔다. 물 쏟아지는 소리가 들렸다. 한참 뒤 욕실 문이 열리고 그녀가 나왔다. 머리를 감고 나온 그녀는 큰 수건으로 물기를 닦고 온풍기로 긴 머리칼들을 말리고 빗으로 빗겼다. 기다란 머리칼 빗는 모습이 고혹적이었다.

그가 샤워를 하고 나왔을 때 그녀가 말했다.

"선생님 우리 천장의 불 꺼버릴까요? 꺼버려도 네온사인 불빛이 들어와서 어슬어슬할 듯싶네요. 불이 너무 밝으면 저는 피부가 아파요. 저는 이끼 같은 달빛 그늘 체질이거든요."

그는 그녀가 뱉은 말 '불이 너무 밝으면 저는 피부가 아파요. 저는 이끼 같은 달빛 그늘 체질이거든요.' 라는 말을 이 끝에 놓고 씹었다. 이 여자 감수성이 아주 여리고 예민하다, 방바닥에 자리를 펴고 누우며 말했다.

"묘연 씨가 침대 위에서 주무십시오."

자다가 깨어 일어나 화장실엘 갔다가 왔다. 창밖에는 바다가 있
었다. 멸치잡이 불배가 떠 있었다. 대형 스크린 같은 유리창 밖으로
불배들만 보이는 방 안에 그는 우뚝 서 있었다. 침대 위의 도도록한
얇은 이불을 보았다. 그녀는 그 속에 들어 있었다. 이불자락을 걷어
내보고 싶었다. 거기에 소연의 하얀 알몸이 들어 있을 듯싶었다. 네
온사인의 음음한 빛살이 펴져 있는 공간 속에 누워 있는 하얀 백자
로 빚어놓은 것 같은 알몸. 손을 대면 부스러질 것 같고 손상될 것
같이 숭엄한 것.

'나 지금 바다 위에 둥둥 떠 있어요. 날아가고 있어요. 무지개 나
라로……'

소연이 지껄이는 목소리가 들리는 듯싶었다. 그는 입안에 고인
침을 삼켰다. 유리창 쪽으로 돌아섰다. 간밤 그녀가 한 말이 귀청을
울렸다. 불이 너무 밝으면 저는 피부가 아파요. 저는 이끼 같은 달
빛 그늘 체질이거든요. 속에서 뜨거운 바람이 일어났다. 침대 위의
이불자락을 들치고 그녀 옆으로 들어갈까. 그녀를 끌어안고 잘까.
도리질을 했다. 소연을 옆에 두고 어찌 그럴 수 있단 말인가. 그녀
도 나를 거부할 것이다.

보목포구

소연과 함께 들렀던 신지도로 건너갔다. 완도항에서 신지도까지 기나긴 다리가 놓여 있었다. 예전에는 섬이었지만 이젠 섬이 아니다. 손암 정약전이 우이도로 유배를 가기 전에 이곳에서 몇 달 동안 유배살이를 했었다. 정약전은 동생 정약용에게 보낸 편지에서 신지도의 검은 숲이 무섭다고 말했었다. 묘연은 신지도의 숲처럼 알 수 없는, 음음하게 무섬증이 드는 여자다.

가두리 양식장 구경을 하고 명사십리를 거닐다가 점심을 먹은 다음 소연이 시키는 대로 제주행 카페리에 올랐다. 종산과 묘연은 유리창가에 자리를 잡았다.

카페리가 질펀한 물너울을 폭력적으로 세차게 끌어당겨 뒤집어 젖히면서 간지럼을 먹였다. 바다는 거대한 마녀였다. 호호호호, 하얀 웃음 같은 물보라가 일어났다. 물보라 저편으로 섬들이 지나갔다. 연잎처럼 납작한 섬, 거북처럼 목을 빼고 있는 섬, 졸며 맘을 씹고 있는 암소 같은 섬, 어미 소를 향해 음매, 하고 우는 송아지 같은 섬…….

그가 유리창 문틀에 팔 하나를 걸치면서 말했다.

"이 배는 갑판이 없어서 좋지 않네요. 바람을 쐬면서 훨훨 너울거리는 자유를 즐길 터인데……."

그녀는 뒤쪽에서 하얗게 소쿠라지고 용솟음치는 물보라를 보며 간밤의 잠자리를 생각했다. 내내 겨드랑이에서 날개가 돋아나는 것을 느꼈었다. 이제 자신감이 생겼다. 남편하고 어디서 어떻게 맞부딪친다고 해도 무섭지 않다. 이번에 잡히면 그 자식을 보듬고 바닷물 속에 확 빠져버릴 것이다. 다시는 어떠한 형태로든지 감옥살이를 하지 않을 것이다. 아아, 이 바다! 그 더러운 감옥살이를 참고 또 참으면서 살아온 보람이 있다.

자유, 이 자유에 복종하며 사는 이것이 제대로 세상을 사는 것이다.

그는 그녀의 얼굴을 살폈다. 그녀는 입을 굳게 다물며 웃었다. 양쪽 볼에 웃음우물이 깊게 패이고 있었다. 빨간 모자를 벗어 들었다. 그녀의 까맣고 치렁거리는 머리칼들이 그녀의 가슴을 덮었다. 선크림을 바른 얼굴이 희었다. 목이 기다랬다. 양쪽의 쇄골이 도드라졌다. 두 개의 유방으로 갈라져 내려가는 곳에 그윽하게 계곡이 패여 있었다. 배가 일으키는 하얀 웃음 같은 거품 속에서 금방 나온 신화 속의 여인인 듯싶었다. 그녀 속에서 자꾸 소연의 모습이 되살아났다.

소연에게서는 뽕나무의 오디 향이 번져오곤 했었다. 따먹으면 이빨이 잉크 색깔로 변하는 달콤하고 새콤한 오디.

제주항에 도착했을 때 서편 하늘로 해가 떨어지고 있었다. 해는 새빨간 열기구 같았다. 해를 보면서 돌올한 삶을 생각했다. 그는 스스로의 지나간 삶이 부끄러웠다. 나는 한 어린 여자를 안은 채 달콤한 감각과 환혹만을 즐겼을 뿐이었다. 책임을 회피하고 비열하게 살아온 자본주의 세상의 소설가. 지금의 아내를 버릴 수 없었기 때문에 소연을 온전하게 사랑할 수 없는 그 비열함이 소연을 죽어가게 했다. 자본주의 세상에서 돈의 권력에 맛들인 이 심학규는 그 여자를 어떤 값을 받고 죽음의 세계에 팔아먹었는가. 혀를 아프게 깨물었다. 아릿한 아픔이 그의 영혼을 고문했다.

바다와 항구가 적황색 노을에 물들었다. 가슴이 빨갛게 물들고 있었다. 승객들이 부두로 밀려 나가고 있을 때, 그녀는 불안스러운 눈길로 창밖을 살폈다. 그 남편하고 맞부딪칠지라도 무서워하지 않고 보듬고 물로 빠져버리겠다고 다짐하기는 했지만 그녀는 어찌할 수 없이 불안해하고 있었다. 출구를 빠져나가면서 생각했다.

머리를 확 깎아버릴까, 스님처럼. 절집 물건 파는 집에서 먹물 들인 승복 한 벌을 사서 입고, 밀짚모자를 덮어쓰고 다니면 아무도 나를 못 알아볼 것이다. 그녀는 큰 깨달음을 얻기라도 한 듯 속으로 소리쳤다. 정말, 그렇게 해야겠다. 스스로에게 물었다. 너, 그렇게 할 용기 있니? 물론!

택시를 탔다. 그가 택시기사의 알감자 같은 뒤통수를 향해 말했다.

"서귀포 보목마을로 갑시다."

소연과 왔을 때에도 택시를 타고, 제주도의 한가운데를 가로지르는 큰 도로를 따라 달렸었다. 국도를 달리던 택시가 바다를 왼쪽에 끼었고, 곧 길이 좁아졌다. 자그마한 포구에 도착했을 때는 어둠이 덮이고 있었다. 포구의 거리 등들이 어둠을 희석시키고 있었다. 그가 택시기사에게 말했다.

"저기 통나무펜션 앞에 대주세요."

펜션 앞에 그들을 내려주고 난 택시는 꽁무니의 빨간불을 깜박거리며 돌아갔다. 그는 처마에 네온사인을 붙이고 있는 통나무펜션을 향해 발을 옮겼다. 묘연이 뒤를 따랐다. 그는 펜션의 입구에서 발을 멈추고 그녀에게 "방을 따로 잡을까요?" 하고 물었다. 그녀가 다가서며 말했다.

"선생님께서 불편하시다면 몰라도…… 저는 선생님과 나란히 자니까 외롭지 않아서 좋던데요."

그녀의 어둠 속에서 빛나는 눈을 말없이 들여다보았다. 거무스레한 바다가 한눈에 바라다보이는 방을 잡아 들어갔다. 배낭을 벗어놓고, 서로에게 먼저 샤워를 하라고 권하다가, 그녀가 먼저 했고 그

가 나중에 했다. 소금기 어린 바닷바람과 땀으로 인해 꿉꿉했던 몸
이 개운해졌다.

묘연

묘연이 어디론가 사라지고 나자 윤창일은 삶이 바람 빠진 튜브처럼 쭈그러들었고 무력해졌다. 도시의 정글 속에서 맨몸 맨손으로 투쟁하여 성취한 모든 것들이, 묘연이 없고 보니 아무런 의미도 없었다. 그녀가 그의 삶에 얼마나 대단한 부피와 무게로 작용하고 있었는지 실감할 수 있었다. 그가 손쉽게 만지고 보듬을 수 있는 어린 여자들이 피라미나 망둥이들이라면 묘연은 고급 활어인 능성어이고 참치였다. 그녀는 그를 편안하게 헤엄치고 잠들게 하는, 야릇한 분위기의 하늘연못이었다. 그녀를 함부로 대한 것, 학대한 것들이 다 일종의 어리광이고 광기 어린 투정이었다.

그는 고아원에서 자랐다. 누더기 같은 포대기 하나에 싸인 채 고

아원으로 들어간 그는, 그 포대기를 안고 자고, 그것 한 자락의 끝을 젖꼭지처럼 입에 넣고 빨면서 잤다. 그를 키워준 늙은 보모가, 그가 철이 들었을 때 말했었다. '너, 그 포대기 끝이 너덜너덜해지도록 빨아댔어야. 더럽다고 그것을 빼앗아버리니까 잠을 안 자고 울어대더라.'

그는 묘연을 처음 보는 순간, 그녀의 젖가슴을 만지고 그 속에 얼굴을 묻고 그것을 빨아보고 싶었다. 그녀에게 안겨 투정을 하고 싶었다. 그리하여 그녀를 강압하여 차지했다. 그것은 잃어버린 어머니 쟁취하기였다. 그녀의 품은 풍성했고 속살은 아늑하고 깊었다. 명절 때 사람들이 고향에 갈 때, 그는 그녀의 가슴속으로 들어갔다. 손을 뻗치기만 하면 얻을 수 있는 어린 여자들을 데리고 자도 늘 헛헛했으므로, 결국 새벽녘이면 그녀의 품으로 돌아가 허전함을 달래곤 했다. 뉴오렌지를 확실하게 장악한 날 밤에도 그는 어린 여자를 품고 있다가 새벽녘에 그녀에게로 가서, '야, 뉴오렌지 내가 먹어버렸다.' 하며 그녀의 품에 몸을 담갔다.

그녀는 그를 있게 하는, 향기 그윽하고 화끈한 꼬냑 한 잔 같은 여신이었다. 그녀의 품은 거대한 흰 구름 이불처럼 풍성한 원초적인 숲이었다.

그는 달아난 묘연을 붙잡기 위하여 두 가지 작전을 쓰기로 했다. 하나는 인터넷에 현상금을 걸고 사람 찾는 광고를 내는 것이고, 다른 하나는 그녀의 포획을 위하여 수하의 조직을 푸는 것이었다. 경찰에 실종신고를 하고, 그녀의 최근 사진이 든 전단지 수천 장을 찍었다. 묘연의 얼굴을 잘 아는 똘마니 세 사람을 남해변 동해변 서해변에 풀기로 했다.

그는 그녀가 얼마나 바다를 좋아하는지를 알고 있었다. 바다에 데려다달라고 졸라대는 그녀를 가마미해수욕장으로 데리고 갔을 때, 그녀는 모래밭에서 네 활개를 벌리고 하늘을 향해 누워 있기도 하고, 뒹굴기도 하고, 미친 듯이 질주하기도 했다. 그때가 이른 봄철이었음에도 불구하고 그녀는 바다로 뛰어들었다. 허리가 잠기는 물에까지 들어가 첨벙거리면서 나올 줄을 몰랐다.

지금 그녀는 틀림없이 어느 바다 근처에 가 있을 것이다. 고삐 풀린 망아지처럼 바닷가를 흘러 다닐 것이다. 그는 간밤의 술이 아직 덜 깬 상태에서 세 부하에게 전단지 한 뭉치씩을 안겨주며 말했다.

"지금 틀림없이 바닷가를 돌아다닐 거야. 혼자 다닐지 어느 놈하고 어울려 다닐지 알 수 없다. 정무는 남해 쪽의 항포구, 종철이 너는 동해 쪽의 항포구, 병지는 서해 쪽의 항포구를 샅샅이 훑어라. 차 몰고 씽씽 돌아다니지만 말고, 포구나 해수욕장이나 관광지 어구에 차를 두고, 걸어 다니면서 혼자 다니는 여자, 쌍쌍이 다니는 여자 얼굴들을 속속들이 살펴라. 그리고 이 찌라시를 가는 데마다 붙이는 거야. 알겠지?"

그들에게 돈 백만 원씩을 나누어주면서 말했다.

"쓰는 대로 써보고 부족하면 전화해라. 통장에 넣어줄게. 만일 붙잡으면 나한테 전화부터 하고, 옆자리에 싣고 오든지, 뒷자리에 싣고 오든지 요령껏……. 알겠지? 그년 붙잡아 오는 놈한테 모텔 운영권 준다. 어서 가봐라. 날마다 수시로, 어디어디 훑었다는 것 보고하고."

울화로 인해 연일 술로 살 뿐만 아니라, 복수하듯이 다른 여자를 학대하곤 하는 창일의 얼굴은 부석부석했고, 눈은 충혈되어 있었다. 정무가 창일의 건강을 걱정하며 말했다.

"좌우간에, 해외로 튀어버리지 않은 한에는 모셔 오는 것이 시간 문제인께 형님 몸 챙기십시오. 술 좀 줄이시고요."

창일이 퉁명스럽게 말했다.

"까불지 마. 깡으로만 살아온 나다."

유도 초단인 작달막한 정무, 태권도를 한 호리호리한 종철, 권투를 한 덩치 큰 병지가 허리와 머리를 구십 도로 숙여 절을 하면서 "반드시 찾아 모시고 오겠습니다." 하며 문을 열고 나갔다.

창일은 허공을 향해 이를 갈았다. 붙잡기만 하면 칼끝으로 살갗을 한 점 한 점 뜯어낼 거야. 아니다. 젖가슴 한복판에다가, 내 여자라는 문신을 확실하게 찍어버릴 거야.

밖으로 나간 세 사람은 정차해놓은 차들 앞에서 모여 협의를 했다. 정무가 말했다.

"나는 일단 부산에서부터 목포 쪽으로 훑어갈 텐께 병지 너는 인

천 쪽에서부터 훑어 내려오너라. 그래가지고 목포에서 만나자."

종철이가 말했다.

"나는 속초 그쪽에서부터 포항 쪽으로 내려오면서 훑는 것이 좋겠지라우?"

병지가 말했다.

"그러고저러고, 고생을 바가지로 하게 생겼소. 날씨는 더운데 모래밭에 떨어진 바늘을 찾고 있지, 살아서 이리저리 도망 다니는 사람 하나를 어떻게 찾겠소? 이런 일은 긴다 난다 하는 경찰들도 못할 일이어라우."

정무가 눈을 부릅뜨고 병지를 노려보면서 말했다.

"이 자식, 그 세 치 혓바닥 탁 끊어버리기 전에 닥쳐라이."

종철이가 거들었다.

"경찰도 할 수 없는 일을 우리는 해낼 수 있다는 자신감을 가져!"

자리돔 물회

포구는 음음하게 어두워져 있었고, 거리 등과 휘황한 네온사인이 그 어둠을 희석시키고 있었다. 숙소에서 멀지 않은 자리돔 물회 전문 식당을 향해 갔다. 종산은 묘연과 소연, 두 여자와 함께 가고 있었다.

흰 블라우스에 짧은 감색 치마를 입고 파마 머리에 흰 수건을 쓴 중년의 종업원이 물 잔과 차림표를 들고 왔다. 자리돔 물회를 시켰다.

배 한 척이 불을 밝힌 채 포구로 들어오고 있었다. 등댓불이 명멸했다. 포구의 거리 등들을 둘러싼 어둠은 살아 있는 것처럼 거친 숨을 내뿜고 몸을 외틀고 수런거렸다. 그 어둠의 수런거림으로 인해 네온의 불빛이 둥둥 떠다녔다.

소연의 목소리가 들려오는 듯싶었다. 저 어둠을 밝히는 저 네온
사인 불빛 너울…… 꿈 같아요. 참새처럼 몸이 작은 소연이었다.
그가, 어머니 아버지가 어디를 그렇게 떠돌아다녔느냐고 다그치면
뭐라고 할래? 하고 말하자, 소연은 바다를 내다보며 말했었다. 저
도 이제 어른이잖아요? 그가 그녀의 까만 눈을 향해 말했었다. 이
렇게 앳되어 보이는데 누가 너를 어른으로 여긴단 말이야? 고등학
교 일 학년쯤으로 보이는데?…… 너 주민등록증 가지고 왔지? 만
일 미성년자를 데리고 다닌다고 경찰이 나 잡아가면 어쩌지?

소연과 나 사이의 그것도 거래였을 터이다. 묘연과 나의 기이한
만남이 지속되고 있는 것도 일종의 거래이다. 거래는 시장질서에 따
라 운용된다. 둘 가운데에서 권력자가 자기의 의지에 따라 관계를
이끌어간다. 나와 소연 사이에는 누가 권력자일까. 나는 소연의 의
지에 따라 이끌리고 있고, 묘연은 나의 의지에 따라 이끌리고 있다.
자리돔 물회가 흑갈색의 뚝배기에 담겨 나왔다. 그가 종업원에게
소주도 한 병 달라고 했다. 먼저 자리돔 물회를 한 숟가락 떠먹었
다. 새콤하고 고소하고 달콤한 된장국 속에 자리돔의 살코기들이
들어 있었다. 차진 살코기 한 점이 이 끝에 씹혔다. 된장국물과 참
깨의 고소한 맛을 더불어 음미하며 먹었다. 그녀가 그에게 잔을 들
이밀고 술병을 기울여주었다. 그가 그녀에게 술을 따라주었다. 그
녀가 잔을 부딪치고 내밀었다. 찰캉 소리가 흩어졌다. 그는 말을

하고 싶어졌다. 말을 하지 않으면 부도덕의 실체가 드러난다. 말은 보호막이다.

"대개의 물고기들은 해류를 따라 회유回遊를 하는데, 이 자리돔이라는 고기는 저쪽 외돌개에서 이 보목 연안 앞의 섶섬에 이르는 난대류를 좋아해서 이 바다를 떠나지 않고 산대요. 그래서 '자리'라고 이름을 붙인 거래요."

소주가 바닥났다. 파도 소리가 흘러들어 오고 약간 달고 약간 씁쓸한 소주가 당긴다. 소주 한 병을 더 청하자, 종업원이 소주 한 병과 더불어 자리구이 한 접시를 가져다주며 맛보라고 했다. 탁자 위의 자리젓갈을 가리키며 말했다.

"자리젓갈이 아주 고소합니다."

그도 그녀도 자리젓갈을 젓가락으로 집어다가 맛보았다. 짭짤하면서도 고소했다. 그가 소주 한 잔을 들이켜고 말했다. 그의 말은 공격적이었다.

"내일은 테우를 타봅시다."

그녀가 받았다.

"그 원시적인 배 말이지요?"

그녀는 자기의 말이 방어적이라는 것을 생각하자 크게 웃고 싶어졌다. 가슴이 흔들거리도록 소리쳐 웃고 싶었다. 그렇게 웃는 것은 그녀에게 쾌감이었다. 비누거품처럼 투명한 웃음은 방패였고, 그녀의 모든 것을 감추는 보호막이었다.

식당을 나왔을 때 그가 말했다.

"우리 잠시 걸어요."

그녀가 말없이 뒤를 따랐다. 부두 끝에 등대가 서 있었다. 불이 명멸했다. 등대를 향해 걸어갔다. 바다에서 바람이 달려왔다. 미역 냄새 어린 바람이었다. 어둠을 헤치고 달려온 파도들이 부두 옆구리를 철썩철썩 들이받고 있었다. 파도 소리가 가슴을 흔들었다. 그는 노래를 부르고 싶었다. 소연과 왔을 때도 그랬었다.

"나 노래 부를까?"

역시 공격적이었다.

그녀가 말했다.

"해보세요."

왜 나는 지금 자꾸 공격적으로 행동하려 하는가. 그는 갑자기 시들해졌고, 도리질을 하며 말했다.

"아니요, 금방 맥이 빠졌어요."

그녀는 말없이 바다만 바라보았다.

"저는 이렇게 변덕이 심합니다."

그녀가 물었다.

"변덕이 심한 것은 심학규 선생입니까, 임종산 선생입니까?"

그는 대답을 잃어버렸다. 그의 정서는 늘 분열되곤 했다. 소연이 멀리 떠나간 뒤부터였다.

머리 위에서 '통나무펜션'이란 네온사인이 명멸하고 있었다. 방으로 들어간 그는 그녀를 침대 위로 밀어올리고, 그의 잠자리를 방바닥에 폈다. 그녀는 다시 샤워를 하고 나서, 배낭에서 꺼낸 하얀 실크 잠옷을 입은 채 잤다. 저것을 넣어가지고 다니면서 왜 이때껏 꺼내 입지 않다가 오늘에야 꺼내 입을까. 그도 샤워를 한 다음 러닝셔츠에 흰 잠옷바지 차림으로 잠자리에 들었다. 모기장을 통해 시원한 바람이 들어왔다. 불을 끄자 창밖의 네온사인 불빛이 들어와 천장에 무지개색의 얼룩무늬를 만들었다. 소연하고 함께 이 방에 들었을 때도 이렇게 잤었다. 한데 소연이 침대를 내려와서 그의 이불 속으로 들어왔었다. 그는 눈을 감으면서 심호흡을 했다. 한동안 침묵이 흘렀다. 파도 소리가 흘러들어와 맴을 돌았다. 그녀가 침묵을 깼다.

"저 선생님 초기 소설들 거의 읽었어요. 생명력 넘치는 인물들의 한스러운 삶이 슬퍼요."

그는 말했다.

"그것들 사실은 부끄러운 실체들입니다."

"그럼 『바다에서의 밤참』은 자랑스러우세요?"

"그것은 더 부끄럽습니다."

"그럼 어떤 작품이 자랑스러우세요?"

"앞으로 쓰게 될 어떤 소설일지는 모릅니다만……, 지금은 자랑스럽다 싶은 것이 없습니다."

"욕심이 참 많으시네요."

"제 소설이란 것은 아무것도 아니란 생각이 들 때가 많아요. 저는 살아가면서 늘 길을 잃어버리는데, 잃어버린 길을 찾는 방법으로 소설 쓰기를 동원합니다. 그런데 길을 찾았다 싶어 자세히 살피면 제대로 된 길이 아니곤 해요."

"그럼 지금도 길을 잃었고, 그리하여 잃어버린 그 길을 찾아가고 있는 셈이네요?"

"딴은 그렇습니다."

"제가 제 길을 찾아달라고 주문하고 있는데, 그렇다면 장님 보고 길 안내를 해달라고 하고 있는 셈이네요."

"그러고 보니 그러네요."

"따라다니면서 선생님의 길 찾는 방법을 좀 배워야겠어요."

그는 심호흡을 했다. 다시 침묵이 흘렀다. 먼저 기어들어와 맴도는 파도 소리와 나중에 흘러 들어온 파도 소리가 술래잡기를 하고 있었다.

그녀가 "잘 주무세요." 하고 모로 누우면서 몸을 새우처럼 웅크렸다. 새벽녘에 눈을 떠보니 그녀가 그의 옆구리에 코를 박은 채 자고 있었다. 그가 몸을 일으키자 그녀가 이불자락에 얼굴을 묻으면서 말했다.

"죄송해요, 잠이 안 와서 엎치락뒤치락하다가 선생님 몰래 옆구리에 꼭 붙어 잤어요. 선생님 체취에 취하고 나서야 겨우 잠이 들었

어요. 선생님은 선생님의 체취가 어떠한지 모르시지요? 자기 냄새
는 자기가 모르는 법이에요. 선생님 체취는 아주 맛있는, 다디단,
잘 익은 과일 향기가 어려 있어요. 죄송해요, 맛있다는 표현을 해
서……."

그녀는 잠시 뜸을 들였다가 말을 이었다.

"향유고래가 속에 지니고 있다는 주머니 속의 향기가 선생님 체
취하고 비슷하지 않을까……. 선생님 등에 코를 박고 자면서 무서
운 생각 하나를 했어요. 선생님이 만일 식인食人들 사회에 간다면
인기가 무지무지 좋을 거라고요. 아마 최고 높은 가격으로 경매될
거라고요. 하하하하……. 선생님 죄송해요. 논다니들을 많이 상대
해봤는데, 그 여자들은 남자들을 먹는 것에 비유해서 말하곤 하거
든요. 잘 요리한 떡볶기처럼 새콤달콤하고 쫀득쫀득 차지더라, 허
우대만 크고 물큰하고 시지도 달지도 않은 맹물이더라, 이빨만 아
픈 뻑뻑한 북어 맛이더라, 싱싱한 참숭어 맛이더라, 허펑허펑한 바
나나 맛이더라……."

그녀는 잠시 뜸을 들이다가 말을 이었다.

"노인들은 치매에 걸려 모든 기억을 다 잊어버려도, 맛과 향에 대
한 기억은 잊어버리지 않는대요. 맛과 향이야말로 원초적인 것인가
봐요. 선생님의 체취는 제 몸이 소멸될 때까지 잊히지 않을 거예요.
제 영혼 속에 아주 뚜렷하게 새겨져 있을 테니까요."

쇠소깍

해가 중천에 떠올랐을 때 일어나서 소세하고 밖으로 나갔다. 갈
치국물을 맵지 않게 끓여달라고 해서 아침을 먹었다. 묘연은 국물
만 떠먹고 자판기 커피 한 잔을 마셨다. 그가 신을 신고 나서면서
말했다.

"세상에서 가장 원시적인 배 타러 가십시다."

"쇠소깍…… 중국의 계림을 조그마하게 축소해놓은 것 같은 곳
이라데요."

쇠소깍은 멀지 않은 곳에 있었으므로 산책을 하듯 걸어서 갔다.
한라산에서 흘러온 효돈 냇물의 끝자락과 바닷물이 만나는 좁다란
계곡이었다. 계곡 양쪽의 언덕에는 풍화된 회갈색의 화산석들이 오
밀조밀하고 기기묘묘한 비경을 표현하고 있었다. 그것들은 비구상

의 추상 조각작품들 같았다.

상류에서 내려오는 테우에는 신혼부부인 듯한 젊은 남녀 대여섯 쌍이 타고 있었다. 종산과 묘연은 그들이 내린 다음 관광객들과 어울려 테우에 올랐다. 자리 잡이를 위한 테우가 아니었고, 놀이 삼아 타려는 사람들을 위해 지은 뗏목 같은 안전한 관광용 테우였다.

테우가 기우뚱거리자 묘연은 그의 어깨를 잡고 의지했다. 그는 파도와 함께 일렁대는 테우의 율동을 따라 균형을 잡으며 테우 한 가운데 섰다. 그는 섬에서 나고 자라면서 거룻배를 많이 타보았으므로 배 위에서의 균형 잡기에 익숙했다. 묘연을 평상 한가운데에 앉히고 그 옆에 앉았다. 테우에는 노櫓가 없었다. 젊은 사공이 계곡 위쪽에서 아래쪽에까지 쳐놓은 줄을 잡아당겨 테우를 이동시켰다. 천천히 상류를 향해 나아갔다. 묘연은 테우가 가르면서 나아가는 비췻빛의 바다를 들여다보았다. 이무기가 용이 되어 승천했을 듯싶은 신화적인 소였다. 그녀는 뗏목 같은 테우가 가르는 비췻빛 물살을 내려다보며 생각했다. 테우가 훑으며 나아가자 바다가 진저리를 친다. 그녀는 교접에 대하여 생각하고 있었다. 사람들은 바다를 학대하고 있다. 사랑은 상대를 학대하기와 상대로부터 학대받기, 두 가지로 이루어진다. 그는 그녀의 엉덩이가 누르고 있는 평상을 보면서 생각했다. 이 여자의 엉덩이에 눌리고 있는 테우는 느낌이 어떠할까. 우주의 흐름은 만남으로 이루어져 있다. 만남은 사랑이다. 서로가 서로를, 신화적으로 물리적으로 화학적으로 간섭하며 하나로 어우러지는 것이다.

묘연은 생각했다. 시다운 좋은 시를 쓰려면 시인이 들꽃과 별과 섞이고, 그 별과 그것을 쳐다보는 소녀의 눈동자와 섞이고, 별과 이슬을 먹고 사는 풀벌레와 바다와 구름과 섞여야 한다. 시라는 것은 쉬운 듯싶은데, 살아가야 할 삶은 어렵다.

말馬

  우도로 갔다. 우도봉의 등대를 향해 걸었다. 질펀한 분지가 나타
났다. 잔디가 새파랗게 깔려 있었다. 말 위에 앉은 소연의 이마와
콧등에 솟아 있던 투명한 보석 같은 땀방울이 떠올랐다. 마장으로
들어섰다. 그가 묘연에게 우리 말 탑시다, 하고 말했다. 그가 말한
'우리' 라는 말이 그녀의 가슴을 덥게 만들었다. 그녀가 화들짝 웃
으며, 좋아요, 하고 고개를 끄덕거렸다.

  그는 주인이 올려주는 대로 적갈색 말의 안장 위에 올라탔다. 묘
연도 두려움 없이 말을 탔다. 그녀의 말은 검은색이었다. 금화살 같
은 햇살이 말의 털과 갈기 위로 쏟아졌다.

  그는 자세를 바르게 하고 심호흡을 했다. 그가 탄 것은 암컷 말이
었다. 길 잘 든 말이었다. 순하게 고개를 끄떡거리며 천천히 걸었

다. 말의 등허리와 옆구리에 얹힌 엉덩이와 사타구니와 가랑이도 서늘했다. 말이 소연처럼 느껴졌다. 소연아 미안하다. 서늘함이 가 슴과 정수리로 번져갔다. 요도와 전립선에 시디신 감각이 일어났 다. 온몸에 전율이 일었다. 호흡이 가빠졌다. 눈앞이 어질어질했다. 안정을 해야 한다고 스스로를 타일렀다. 말은 고개를 꼿꼿이 세운 채 빨리 걸었다. 하늘과 산봉우리와 잔디밭이 기우뚱거리고 있었 다. 고삐를 힘주어 잡았다.

묘연은 가슴이 달아올랐다. 말은 순했고, 말없이 자기의 고독을 견디며 걷고 있었다. 말이 임종산이란 남자처럼 느껴졌다. 말을 타 고 있는 그를 향해 힘껏 외치고 웃어대고 싶었다. 선생님, 하늘로 날아가는 듯싶어요. 말 타는 것이 이렇게 재미있을 줄 몰랐어요. 그 녀는 마음속으로 읊조렸다.

그는 말 머리의 움직거림을 따라 윗몸을 앞과 뒤로 조금씩 흔들 어주었다. 말은 그가 말 타기에 서투른 늙은 남자임을 알고 있었다. 낙마할까 두려워하고 있는 것도 알고 있었다. 묘연과 함께 다니면 서도 성적인 교접 한 번 하지 않은 맹물 같은 남자라는 것도 말은 모두 알고 있었다. 나는 속 빈 강정 같은 남자이다. 말은 등허리가 늘씬했다. 털이 매끄러웠다. 그는 말에게 아부를 하기로 했다. 윗몸 을 약간 앞으로 숙이면서 털을 쓰다듬어주었다. 천천히 가자는 것 이었다. 말은 아랑곳하지 않고 길들여진 대로 당차게 걸었다. 그는 점차로 말이 걷는 가락에 익숙해졌다. 최소한 떨어지지는 않을 것 같다는 안도감이 들었다. 우도봉 쪽으로 올라가던 말은 정해진 코스를 따라 자기의 주인이 있는 곳으로 갔다. 주인이 고삐를 잡고 말을 세웠다. 주인은 말의 볼을 쓰다듬고 품에 안아주었다. 말이 눈을 끔벅거렸다.

묘연의 말도 돌아왔다. 또 한 사람의 주인이 그녀의 말고삐를 잡아 세웠다. 그 주인도 말의 볼을 쓰다듬고 나서, 두 팔을 벌려 오랫동안 말의 머리를 안아주었다.

물 한 잔을 마시면서 쉬었다. 묘연의 얼굴은 상기되었고, 눈과 콧구멍은 커져 있었다. 콧구멍 안쪽에서 어둠의 끝자락이 얼굴을 내밀고 있었다. 그 어둠 자락의 정체는 무엇일까. 배반의 씨앗이다. 허무다. 어둠의 세계이다. 그는 진저리를 쳤다. 소연의 콧구멍 속에도 그러한 배반의 검은 씨앗이 담겨 있었다. 그것이 거듭 임신을 하게 했고, 그녀를 죽어가게 했다. 하늘에는 흰 구름장들이 떠 흘러가고 있었다.

배낭을 짊어지고 등대를 향해 올라갔다. 그녀는 그를 뒤따르며 지껄이고 싶었다. 저, 정말, 말 타는 것이 그렇게 재미있는 것인지 몰랐어요. 심장과 간이 다 살살 녹는 것 같았어요. 정수리에서 발끝 손끝까지 저릿저릿하고. 그녀가 탄 말은 수컷 말이었다. 그 말을 타면서, 자꾸 그녀의 엉덩이 밑에 있는 말이 그의 몸을 닮았다는 생각이 들었다. 털이 매끄럽고, 등이 넓고 튼실하고 성질이 순하고 느긋

하면서도 고독해 보이고. 그녀는 진저리를 쳤다. 말을 타는 동안 오르가슴을 느낄 때처럼 으쓱해지면서 눈앞이 어지러웠다. 속살이 젖었다. 그녀가 말했다.

"저런 말을 한 마리 사서 기르면서 타고 다녔으면 좋겠어요."

앞장서 가는 그가 말했다.

"아까 우리가 탄 말, 경마장에서 실컷 부려먹고 이리로 팔아버린 폐마廢馬들일지도 몰라요. 이젠 씨받이 말로서도 쓸모가 없고, 경주마로서의 기능도 이미 끝났기 때문에 이런 데서 푼돈이나 벌어주는 가엾은 신세일 거예요."

그녀가 잠시 발을 멈추고 그녀가 탔던 말을 돌아보며 "아아 네." 하고 말했다. 그는 자기도 그러한 폐마이다 싶었다. 고개를 쳐들고 하늘을 향해 웃었다. 하늘이 푸르고 깊었다.

옛 등대

우도봉의 등대공원으로 올라가며 그는 그녀에게 별로 필요가 없을 듯싶은 것을 물었다.

"여기까지 힘들게 무얼 하러 오셨어요?"

갑작스러운 질문에 당황한 그녀가 그의 두 눈을 흘긋 보고 나서 불쑥 말했다.

"저 등대 앞에 서면 길이 보일까 해서요."

그는 그녀의 말을 곱씹으며 올라갔다. 그 말은 시詩였다.

각국의 여러 가지 등대 모형들을 전시해놓은 등대박물관을 거쳐 정상으로 올라갔다. 정상에는 허여멀쑥해 보이기는 하지만, 백 살이 넘은 옛 등대가 서 있었다. 그것은 진작 불 밝히는 기능을 상실한 채 이제는 그냥 미라로 남아 관광객들의 호기심을 충족시켜주고 있을 뿐이다.

시간은 많은 것들에게 기능을 부여하고 또 그 기능을 빼앗아 간다.

그녀는 등대에 몸을 기댄 채 생각했다. 여기 높다란 곳에서 신선
처럼 살면 얼마나 좋을까. 그녀는 도리질을 했다. 섬이 외롭고, 그
섬의 등대가 외롭듯이, 등대를 지키고 사는 등대지기는 말도 못하
게 외로울 수밖에 없을 것이다. 지금은 여기까지 찻길이 나 있고,
자동차가 다니니 그렇지 않겠지만, 예전에는 샘물이 없으니 빗물을
받아두었다가 먹어야 하고, 먹을 것도 마을에서 짊어지고 올라와야
하고, 이야기를 나눌 사람도 없고…… 갑자기 병이 들어도 약을 사
다가 먹을 수 없고……. 그래, 남에게 길을 가르쳐주는 존재는 모
두가 외로운 법이다.

아득한 저편의 하늘 밑에 보랏빛의 한라산이 있고, 양 옆과 앞에는
일망무제의 바다가 펼쳐져 있고, 그 속에 섬들 몇 개가 떠 있었다.

그가 말했다.

"섬만 섬이 아니고 혼자 있는 것은 다 섬입니다."

이제는 그냥 미라로 남아 있을 뿐인 옛 등대 앞에서, 그는 소연에
게 했던 말을 그대로 지껄였다. 모든 것은 다 절대 고독의 존재들이
란 것이다.

"등댓불을 보고 길을 찾아가야지, 길을 찾기 위해 등대를 찾아가

는 것은 사실상 미욱한 일입니다. 길이란 것은 막다르게 막힌 곳에서 새로이 열리는 것이니까."

그녀가 말했다.

"자기의 길을 잃고 새 길을 찾으려고 하는 선생님을 따르고 있는 것은 사실상 미욱한 일이라는 것인가요?"

그가 말했다.

"제 앞에는 제 길이 있고, 묘연 씨 앞에는 묘연 씨의 길이 있을 테지요."

신화 구멍

서귀포 서귀동으로 가면서 그가 그녀에게 말했다.

"우리 조그마한 구멍 하나를 보러 갑시다. 묘한 신화가 살고 있는 구멍이요."

서귀포항이 한눈에 내려다보이는 언덕 위에 이중섭 거리와 공원이 조성되어 있고, 그 안에, 고독하고 슬프게 생을 마친 이중섭을 기리는 미술관이 있었다. 소연과 함께 왔을 때는 그 미술관이 건립되지 않았고, 이중섭 거리만 조성되어 있었다.

그 거리에 이중섭이 육 개월쯤 셋방살이를 한 초가가 있었다. 마당이 삼십 평쯤 될 듯싶고 건평이 열 평쯤 될까 말까 한 앙증스러운 초가인데, 그 집의 한쪽 모퉁이에 골방이 있었다. 이중섭이 혼자 기거했다는 방이다. 그 골방은 담벼락과 부엌의 바람벽 사이의 굴 같은 통로를 오 미터쯤 걸어 들어간 곳에 있는데, 한 사람이 겨우 누울 수 있는 직사각형의 공간이었다. 굴이라고 해야 마땅한 방이었다. 감옥처럼 사방이 막혀 있었고 드문드문 곰팡이가 끼어 있었다. 창문이 없고 오직 출입문 하나가 달려 있을 뿐이었다. 출입문에서 마주 바라다보이는 바람벽에 이중섭의 사진 하나가 걸려 있었다. 그래, 이중섭은 육이오전쟁의 소용돌이 속에서 사람으로서의 삶을 산 것이 아니고, 한갓 짐승이나 벌레처럼 산 것이다.

묘연은 그 감옥 같은 방문 앞에서 우두커니 서 있었다. 이 비좁은 방에서 어떻게 살았을까. 이중섭이 살았던 감옥과 내가 살았던 감옥은 어떻게 같고 어떻게 다른가.

그는 한동안 그녀의 등 뒤에 서 있었다. 땅속에 묻힌 씨앗이 죽어가면서 싹을 틔우고, 점차 자라서 꽃을 뿜어내듯이, 이중섭은 전란의 고통스러운 삶과 절대 고독 속에서 미술작품을 창조한 것이다. 그가 그 골방을 가리키며 말했다.

"이 구멍이 신화를 낳은 구멍이요."

미술관 안으로 들어섰다.

"한 사람의 위대한 작가는 그가 고통스럽게 앓으면서 살았던 하늘과 땅을 신화적인 분위기로 도배를 해놓고 떠나갑니다."

그는 액자 밖으로 뛰어나올 것 같은 위풍당당하고 역동적인 모사 그림 「소」 앞에서 발을 멈추었다. 도발적으로 뒤룩거리며 빛나는 눈동자, 거친 숨을 내뿜고 있는 까만 콧구멍, 꿋꿋한 저항적인 뿔이 가슴을 서늘하게 했다. 그녀가 「소」를 쳐다보며 그의 팔을 잡았다. 그녀의 손이 닿는 살갗에 전류가 통하는 것처럼 저릿했다. 그가 놀라는 것을 알고 그녀가 팔을 놓았다.

미술관에는 오직 그 모사그림 한 점이 있을 뿐이었다. 다른 그림들은 모두 판매용의, 문고판 책 크기의 앙증스러운 액자 속에 들어 있었다. 슬프게도 그 미술관은 이중섭의 죽음에 임박했을 때의 삶처럼 풍요롭지 못하고 빈약했고, 살풍경했다.

작은 액자 속의 뼈 앙상한 흰 소는 무엇인가를 받아넘기려고 돌진하고 있었다. 「물고기와 노는 두 어린이」 「황소」 「투계」 「부부」 「달과 까마귀」 「섶섬이 보이는 풍경」 「서귀포의 환상」…… 동화적인 꿈이 수런거리고 있었다. 이중섭 그림의 역동적인 선과 색깔들은 어디선가 많이 본 듯했다. 그의 생각을 읽기라도 한 듯 그녀가 말했다.

"피카소 그림 같아요."

그는 동의할 수 없어 고개를 저었다. 전시장을 한 바퀴 돌다가 말했다.

"고구려 고분의 벽화, 「청룡과 백호」…… 「주작도朱雀圖」 그리고 「현무도玄武圖」…… 그 신화적인 것들이 이중섭 그림 속에 녹아 있네요. 이중섭이 북한에서 태어났어요. 북한은 옛날 고구려 땅이잖아요."

택시를 타고 추사秋史 적거지로 가면서 그가 말했다.

"이중섭 화가의 말년이 불쌍했어요. 구상, 김광균 시인의 도움을 받기는 했지만, 그림은 팔리지 않고, 곡식 살 돈은 물론이고 물감이나 캔버스 살 돈도 없으니까, 굶주리면서 다방에 앉아 엽차만 달라고 해서 마시고, 담뱃갑 속에 든 은박지에다 그림을 그리고…… 전쟁 중이라 일본으로 건너가지를 못한 채, 일본에 있는 아내 야마모토 마사코〔山本方子〕를 그리워하다가 혼자서 쓸쓸하게 굶어 죽어간 것이지요."

그의 머리에 소연의 얼굴이 떠올랐다. 그가 말을 이었다.

"이중섭이 대단한 민족주의자였다고 들었어요. 그분이 그린 뼈다귀 앙상한 「흰소」가 식민지시대의 한민족을 상징하는 거라고 하기도 합니다. 일본인 아내에게 '남덕南德'이란 한국 이름을 지어주고, 족두리 쓰고 결혼식을 올렸어요. 말하는 사람에 따라서는, 육이오전쟁이 터지고 아내가 있는 일본으로 갈 수도 있었지만, 형제끼리 싸우고 있는 강토를 버리고 어찌 타국으로 도망칠 수 있느냐고 한국 땅에 남아 그 고생을 했다고 하기도 해요."

그녀가 도리질을 하고 나서 말했다.

"아니, 그것은 이중섭을 신화적인 인물로 만드려고 하는 사람들이 지어낸 이야기일지도 몰라요. 제 생각으로는, 이중섭이 서귀포에 머문 까닭이 따로 있어요. 일본에 있는 아내에게 가기 위해 밀항선을 타려고 그런 것이 아니었을까요. 서귀포에서는 그때 많은 사람들이 밀항선을 타고 일본으로 피란을 갔대요. 밤마다 밀항선을 타려고 항구 주위를 기웃거리는 가난한 화가…… 아! 안타깝고 처량해요."

그가 고개를 저었다.

"까뮈의 『페스트』에는 흑사병이 만연한 오랑시에 주재하던 한 기자가 등장하는데, 그는 페스트로 인한 공포의 도시를 탈출하여 파리의 사랑하는 아내에게로 돌아가려고 백방으로 애를 쓰다가 막상 항구에서 비밀리에 밀항선을 탈 수 있게 되자 그것을 거부하고 몸을 돌립니다. 방역운동에 참여하기 위해서 말이지요. 이중섭도 그런 인물이었는지 몰라요."

"아, 그럴까요." 하며 그녀는 허공을 쳐다보았다. 그렇다면, 나도 뉴오렌지로 돌아가 정글 속에서 사는 남편을 포용하고 구제하는 관세음보살이 되어야 할까. 아니다. 그 경우하고 내 경우하고는 다르다.

그가 말을 이었다.

"이중섭 그림을 보니까 산다는 것…… 무척 슬프다는 생각이 드네요. 이중섭의 「소」가 얼마 전에 삼십오억 원에 경매되었다는데, 막상 이중섭은 굶어 죽었습니다."

그녀는 심호흡을 했다. 삶은 허무하지만 예술은 허무하지 않다. 그녀의 길이 보이기 시작했다. 내가 진정으로 사랑해야 하는 것은 무엇이고, 자유란 어떤 것인가. 새 길로 접어들어야 한다. 이제 새로이 태어나 처음으로 대하는 듯 하늘이 맑고 푸르고 깊었다. 사람들이 밟는 길과 담벼락과 건물과 가로수들이 춤을 추는 듯싶었다.

수선화

제주 대정의 추사 김정희 적거지를 향해 택시를 타고 달렸다. 종산이 묘연에게 말했다.

"제주도에 오면 반드시 추사 선생을 만나뵙고 가야 합니다. 추사 선생, 하면 저는 수선화가 떠올라요."

소연과 함께 왔을 때는 꽃샘바람이 매섭게 불고 있었다. 그는 소연에게 추사가 견디었을 절대 고독을 어렴풋이나마 알게 해주고 싶었다. 유허비遺墟碑 뒤쪽에 추사 선생이 갇혀 산 초가를 재현해놓았다. 초가 뜰에는 수선화 여남은 송이가 벌어져 있었다. 소연은 수선화를 보며 말했다.

"이 수선화! 꽃 속에 금으로 된 앙증스러운 술잔이 하나 들어 있어요. 꽃말이 '자기만을 죽어라고 사랑하는 것' 이래요."

그는 말했다.

"추사 선생이 수선화를 아주 좋아하셨어. 이 꽃은, 파나 마늘이나 달리아처럼 알뿌리로 번식하는데, 추사 선생은 이 수선화 알뿌리를 당시 경기도 남양주 마현에 사는 친구인, 다산 정약용 선생의 아들들에게 보냈었지."

그는 초가를 둘러 살피면서 말을 이었다.

"위리안치圍籬安置. 이 집 가장자리에 가시울타리를 빙 둘러쳐놓고 이 안에 추사 선생을 가둔 거야."

안방 한가운데에 책상이 놓여 있고, 그 위에 책 한 권이 펼쳐져 있었다.

"여기에서 구 년 동안 갇혀 살았는데, 얼마나 참담한 고생을 했겠어? 여름철이면 파리 벼룩 빈대 모기 개미 지네 들이 들끓고, 습기 많은 후텁지근한 바닷가 기후로 인해서 풍토병이 기승을 부리고…… 겨울철이면 땔나무가 부족한 방에서 추위에 떨고, 영양결핍에 늘 시달리면서 살았을 거야. 비타민이 부족하면 발병하는 각기병으로 인해 다리가 퉁퉁 붓고……. 그런 속에서 「세한도歲寒圖」를 그리셨지. 모든 위대한 예술작품은 참담한 고통, 절대 고독의 아픔 속에서 태어나는 거야."

소연은 암회색 초가의 비좁은 공간을 둘러보면서 우울해했다. 그는 소연의 절망과 우울 속에 희망의 빛을 심어주고 싶었다. 추사를 기리기 위한 박물관으로 소연을 이끌고 갔다.

"추사체라는 독특한 글씨체는 추사 김정희 선생의 천재성이 만든 것이 아니야. 얼마나 글씨를 부지런히 꾸준하게 썼으면 열 개의 벼루에 구멍이 뚫리고, 붓 천 자루가 몽당붓이 되었겠어? 나는 추사 선생에게서 그 광기 어린 부지런을 배워가지고, 소설 한 편을 쓴 다음에는 열 번이고 스무 번이고 계속 고치곤 한다."

「세한도」 앞에 서서 그가 말했다.

"'세한도'의 세한이란 말은 '설 전후의 혹독한 추위'를 말하는 거야. 저 그림 속에는 잣나무 네 그루가 서 있지 않니? 저 나무 한 그루는 늙어 약간 기울어져 있는데, 옆의 젊은 나무가 그것을 떠받쳐주고 있지? 그 나무 아래에 허름한 초가 한 채가 있고, 그 바람벽에 동그란 구멍이 뚫려 있다. 저 창구멍은 가난한 주인이 세상과 소통하는 구멍이야. 나는 저 동그란 창구멍을 보면서 원만한 깨달음圓覺과 텅 빈 마음空心을 생각한다. 저 그림이 진실로 나에게 말해주는 가장 절실한 것은 절대 고독이야. 모든 사람들에게는 자기 혼자 짊어지고 있는 운명적인 고독, 혹은 혼자서 남모르게 앓고 있는 쓰디쓴 아픔이 있어. 그것은 이 세상 어느 누구도 대신 짊어져주고 대신 아파줄 수 없는 절대 고독이야."

그는 잠시 뜸을 들였다가 말을 이었다.

"……네가 임용시험에 낙방을 하고 혼자서 속으로 앓고 있는 쓸쓸한 절망과 고독과 좌절의 아픔과 슬픔은 어느 누구도 대신 짊어

저주고 대신 견디어줄 수 없어. 네가 혼자 이겨내지 않으면 안 되는
거야."

소연과 함께 둘러보았던 곳들을 모두 묘연에게 보여주고 나서,
바닷가로 차를 타고 나왔다. 바다는 짙푸르렀다. 어선 한 척이 바다
를 가르면서 나아가고 있었다. 그가 말했다.

"모든 사람들은 저 바다를 헤치고 나아가는 저런, 한 척의 배입니
다."

그의 귀에 소연의 말이 들려왔다.

"제 가슴에 수선화 한 송이가 피고 있어요. 아까 추사 선생 초가
에서 품고 온 거예요. 수선화 꽃말이 '자기만을 죽어라고 사랑하는
것' 이래요. 저는 그것을 '자기의 절대 고독을 죽어라고 사랑하는
것' 으로 바꿔야겠어요."

허방

목포로 가는 쾌속선을 탔다. 그의 머리에 깜깜한 밤 속에서의 휘황찬란한 빛의 축제, 순은색의 먹갈치 낚시질이 떠올랐다. 그 찬란한 빛 속에서 앳된 목소리로 웃어대던 소연의 얼굴이 보이는 듯싶었다. 객실로 들어가 한쪽 구석에 자리를 잡고 앉았다. 등받이에 뒤통수를 기대면서 눈을 감았다. 묘연이 그의 옆자리에 앉았다.

거구의 쾌속선이 몸을 천천히 기우뚱거리면서 선회하고 있었다. 그는 어지럼증을 느꼈다. 창밖의 항구가 빙그르르 돌았다. 배가 항구를 뒤로하고 파도를 가르며 달리고 있었다. 왼쪽의 기다란 부두 끝에 빨간 등대가 보였다. 옆의 승객들이 그와 그녀를 흘긋 훔쳐보곤 했다. 주위의 눈들로부터 침범당하는 외로운 몸과 마음을 보호할 장치와 그와의 연대감이 필요했다. 그녀는 말로써 그 장치와 연대감을 마련했다.

"선생님 제가 잠깐 이야기를 할 테니까 들어주시겠어요? 간밤에 선생님이 잠들어 있을 때 일어나서 내내 빨간불을 밝히고 있는 등 댓불을 바라보았어요. 빨간 등대는 바다에서 항구를 바라볼 때 우측에 있고, 흰 등대는 좌측에 있잖아요. 빨간 등대는 오른쪽에 장애물이 있으니 왼쪽으로 가라고 말해준다고 들었어요. 잠들어 있는 선생님의 존재가 제 속에서 그러한 등댓불이 되어 길을 밝혀주고 있는 것처럼 느껴졌어요. 선생님을 만난 것은 행운이다, 하고 생각하니 눈물이 나왔어요. 그러면서 선생님의 그림자가 되어 살면 어떨까, 하는 생각을 했어요. 만일, 선생님이 허락을 하신다면 선생님의 허방이 되어드리면서 살고 싶어요."

그는 '허방'이란 말을 이 끝에 놓고 씹었다. 배는 느리게 기우뚱거리고 있었고 그녀는 어지럼증을 느꼈다. 그녀가 말을 이었다.

"사람들이 다니는 길에 자그마한 구덩이를 파고, 그 시울에 나뭇가지를 걸치고 섶을 얇게 얹고 그 위에 흙을 뿌려놓으면 사람들이 그 구덩이를 디디고 넘어지는데, 그것을 허방이라고 하잖아요. 우이도 살 때 많이 해봤어요. 제가 사실은 허방 하나를 판 것이고, 그 허방 속에 지금 선생님이 빠지신 거예요. 저는 제 허방을…… 한 번 빠지면 절대로 빠져나가지 못하도록 팔 거예요. 개미귀신처럼……. 그리고 한 번 빠져 넘어지면 넘어진 김에 잠 한숨을 깊이 자지 않고는 그냥 갈 수 없게 편안한 공간으로 꾸며놓을 거예요. 편히 쉴 수 있는 고향의 나무숲 그늘이나 한적한 바닷가에 지은 쾌적한 별장 같은 공간 말이에요. 선생님, 저하고 허방놀이를 하면서 살아가요. 저의 허방 속에 선생님이 빠지고, 선생님의 허방 속에 제가 빠지곤 하는 그런……. 그러면서도 저의 허방은 선생님의 그림자처럼 있는 듯 없고 없는 듯 있는 그런 것이었으면 좋겠어요."

소연과 내가 그러한 허방놀음을 했었다. 내가 이 여자, 묘연에게 그러한 '허방'이 되어줄 수 있을까. 그녀가 말을 이었다.

"선생님의 허방 노릇을 하다가 멀고 먼 훗날, 선생님의 무덤에 순장殉葬시켜달라고 한다면……."

순장, 아, 이 여자가 나를 유혹하고 있다. 그녀의 말을 듣지 못한 체하며 잠을 청했다.

그녀가 문득 말했다.

"선생님, 화내지 마세요. 그냥 제가 농담을 하고 있다고 생각해버리세요."

목포, 혹은 빛의 잔치

배가 목포항에 도착했고, 승객들은 배낭을 짊어지고, 귤 상자나 제주산 옥돔 상자나 자연산 미역 봉지들을 손에 들고 출입구를 향해 줄지어 섰다. 하선하는 그 줄은 천천히 움직였다. 묘연과 종산은 맨 뒤로 처졌다. 그녀가 그에게 속삭였다.

"선생님, 여기에 잠시 머무르고 있다가 사람들이 다 내린 다음에 천천히 내려요."

그녀는 불길한 예감에 시달리고 있었다. 그녀의 간수가 그녀를 붙잡으려고 어디선가 숨어 지켜보고 있을지 모른다고 생각했다. 부두로 들어선 승객들이 ㄱ자로 꼬부라진 통로를 따라 대합실로 줄줄이 나갔다. 맨 마지막에 카트에 실은 무거운 짐을 끄는 승객이 지나가고 통로가 텅 빌 때까지 그녀는 서 있었다.

그는 그녀 옆에 붙잡힌 듯 서 있었다. 누군가에게서 소중한 것을 훔친 도둑처럼 가슴이 우둔거렸다. 만일 그녀가 간수라고 말한 그녀의 남편이 목포항 대합실 어딘가에서 숨어 있다가 뛰어나와 그녀를 잡아채 간다면 어찌할까. 조폭인 그 남자가 이때껏 자기 아내와 함께 다닌 나를 가만 놔둘까. 나를 처참하게 두들겨 팰지도 모른다. 아, 지금 나는 이 여자를 모른 체하고 혼자서 총총 걸어 나가버려야 하지 않을까.

부두로 걸쳐놓은 다리를 걸어내려던 승무원이 그들을 발견하고, 빨리 내리라고 재촉했을 때에야 그들은 부두로 나갔다. 부두는 텅 비어 있었다. 그와 나란히 걸어가며 그녀가 말했다.

"선생님, 저를 지켜주세요."

나에게 무슨 힘이 있어 이 여자를 그들에게서 지켜줄 것인가. 대합실로 들어선 그녀는 그의 등 뒤에 얼굴을 숨긴 채 사방을 두리번거리면서 종종걸음을 쳤다. 그도 두리번거리며 걸었다. 다행히 그녀를 붙잡으려 하는 사람은 아무도 없었다.

해안통의 식당에서 갈치구이를 곁들여 저녁밥을 먹고, 택시를 이용해서 목포와 영암 사이의 제방으로 갔다. 제방은 어둠에 덮여 있었다. 지나가는 차들의 불빛이 제방의 어둠에 어지러운 빛의 얼룩 너울을 만들곤 했다.

대기료를 주겠다 하고 택시를 잡아두고 제방 너머로 갔다. 바다

쪽의 제방은 경사가 완만했고 어둠에 묻혀 있었다. 그녀가 그를 따라갔다. 그가 바다를 향해 앉았다. 바다는 살아 있는 새까만 별천지였다. 불빛이 수면에 보석처럼 박혀 일렁거렸다. 앞부분에 작은 불을 밝힌 작은 배 두 척이 부우우 엔진 소리를 내며 달려가고 있었다. 바다 저편의 섬에는 주황색 불빛들이 어둠을 밝히고 있었다. 별들은 생각이 있고 숨을 쉬는 알 수 없는 존재의 눈동자들이었다.

그녀는 어둠 덮인 바다를 바라보고 앉아 있는 그의 옆얼굴을 보았다. 소설가라는 사람들은 원래 다 이렇게 불가사의한 구석이 있는 것인가. 그는 새까만 물너울의 한 점을 응시하고 있었다.

갈치잡이 축제가 열리던 그 늦은 여름밤은 무더웠다. 갈치를 유인하는 불이 휘황찬란했다. 물에는 눈부신 빛의 너울이 일렁거리고, 허공에는 가슴을 서늘하게 하는 빛보라가 일어나 있었다. 그것은 찬란한 빛의 잔치였다. 소연과 그는 갈치낚시 구경을 하면서, 금방 잡아 올린 싱싱한 갈치회에다 소주만 마셨다. 소주 두 잔을 마시고 난 소연이 말했다. "나도 낚시질 한번 하고 싶다." 그가 낚싯대를 두 개 빌리고 미끼를 샀다. 나란히 자리를 잡고 앉아 낚싯대를 드리웠다. 십 분 가까이나 드리우고 있었는데 그의 낚시에는 갈치가 입질을 하지 않았다. 심심하고 지루해질 무렵 소연이 문득 "어머, 어떻게 해!" 하고 소리쳤다. 그가 그녀의 낚싯대를 뺏어 들고 팽팽해진 줄을 감았다. 갈치 한 마리를 건져 올렸다. 살갗이 은색이고 등허리가 검은 먹갈치였다. 퍼덕거렸다. 길쭉한 순은색의 빛덩이가 요동쳤다. 한 마리를 잡은 다음에는 갈치가 다시 입질을 하지 않았으므로 그녀가 싫증을 느꼈다. 낚싯대를 돌려주고 잡은 것을 회쳐달라고 해서 소주를 마셨다.

소연이 취기 어린 목소리로, "저 시 한 편 외울게요." 하고 말했다.

"겨울 나목이 봄을 기다리듯/줄에 매달려 우는 염소가 주인을 기다리듯/나는 나를 해방시켜주러 올 당신을 기다린다/제 구멍 속에서 별밤의 게와 낙지가 밀물을 기다리고/중생이 미륵 세상을 기다리듯/나는 새물내 풍기며 입을 맞추러 오는 당신을 기다린다/영원을 항해할 주인인 당신을 기다린다."

호텔방에 들어간 소연은 그의 가슴에 얼굴을 묻은 채 말했다.

"선생님을 기다리고 또 기다리고…… 그러다가 공부 엉터리로 해서 떨어졌어요."

묘연은 검은 수면 속으로 뛰어들었다. 그를 확실하게 유혹하고 싶었다. 밤바다 한가운데로 헤엄을 쳐 갔다. 종산이 놀라 "안 돼요. 속 모르는 밤바다에서는 함부로 멱을 감지 않는 거예요. 얼른 되돌아와요!" 하고 소리쳤다. 묘연은 아랑곳하지 않고 헤엄쳐 갔다. 이십 미터쯤 헤엄쳐 가던 그녀가 멈칫하며 그를 향해 비명을 질렀다.

"선생님, 어쩌지요! 다리에 쥐났어요. 어푸, 어푸!"

그는 그녀를 구해야 한다고 생각했다. 옷을 벗어 던졌다. 신도 벗

었다. 몸이 놀라지 않도록, 두 손으로 물을 떠 얼굴을 적시고, 가슴
에도 묻혔다. 물로 뛰어들었다. 그녀를 향해 헤엄쳐 갔다. 그녀는
수면 위의 한 곳에서 어푸어푸, 하면서 첨벙거리고 있었다. 당황한
그녀가, 구하려고 다가간 나를 필사적으로 잡아버리면 어쩌지. 둘
이 함께 물 밑으로 가라앉게 될 텐데……. 물에 빠진 사람을 구하
기 위해서는 허우적거리는 그 사람의 등 뒤에서 머리카락을 잡아
끌고 밖으로 나가야 한다. 순간 그는 이런 생각을 하며 그녀의 등
뒤쪽으로 다가가는데 그녀가 "하하……." 하고 웃으며 말했다.

"이런 물쯤은 아무렇지도 않아요. 저 중고등학교 때 수영선수였
잖아요."

그녀는 잠수를 해서 그의 가슴 밑으로 들어왔다. 그를 가볍게 떠
안은 채 배영을 했다. 그녀의 가슴이 그의 가슴에 맞닿았다. 그의
몸에 전율이 일어났다. 그녀가 가슴으로 그의 몸을 떠받쳐 올려주
면서 말했다.

"헤엄치기 힘드시면 저한테 몸을 싣고 쉬세요."

그는 그녀를 뿌리치고 방조제를 향해 헤엄쳤다. 그녀는 물개처럼
그를 뒤따라왔다. 그의 허리를 보듬고 맴을 돌았다. 그녀를 피하려고
하는데 그녀가 놓아주지 않았다. 그녀는 소연이 환생한 듯싶은, 색정
적인 물귀신이었다. 밤하늘에서 별들이 우수수 쏟아지고 있었다.

생의 찬미

그들이 탄 택시가 거리 등과 상가의 불빛과 네온사인 불빛들을 어지럽게 누비질하면서 달려갔다. 그녀는 그의 영혼과 그녀의 영혼을 엮고 싶었다. 그녀가 말했다.

"이난영의 목포도 슬프지만, 김우진의 목포는 더 슬퍼요."

그는 고개를 끄덕였다. 그녀는 목포의 감추어진 속살에 대하여 깊이 알고 있었다.

"선생님 우리 어디 가서 맥주 딱 한 병씩만 마셔요."

호텔 양식당으로 갔다. 독일 흑맥주를 마셨다. 맥주에서 벌꿀 향내가 났다. 한 병을 마시고 난 그녀가 말했다.

"딱 한 병씩만 더."

두 병째를 마신 다음에는 그가 말했다.

"우리 한 병씩만 더 마셔요! 이 맥주, 맛있네요."

입술에 거품이 묻어 있는 그녀의 얼굴을 건너다보면서 그는, 사랑과 자유와 그 자유에의 복종을 생각했다. 신앙에 가까운 사랑과 자유에의 복종, 인간적인 자유의지에 이 여자는 목말라 있다. 그 목마름이 사랑의 허방을 파고 싶어하고 그 속에 빠져들려고 한다. 그녀가 취기로 인해 콧소리 짙은 목소리로 말했다.

"현해탄에서 정사를 했던 김우진과 윤심덕이 지금 여기에 살아 돌아왔어요. 윤심덕, 그 여자가 부른 「사死의 찬미」를 저는 늘 '생生의 찬미'로 바꾸어 불러요. 바람이 분다, 살려고 몸부림쳐야 한다는 발레리의 「해변의 묘지」 한 구절처럼."

그녀는 "「사의 찬미」 한번 불러볼게요." 하고 가느다란 소리로 노래를 불렀다.

광막한 광야에 달리는 인생아,

너의 가는 곳 그 어데이냐,

쓸쓸한 세상 험악한 고해苦海에

너는 무엇을 찾으려 하느냐,

눈물로 된 이 세상에 나 죽으면 그만일까,

행복 찾는 인생들아, 너 찾는 것 설움.

루마니아 작곡가 이바노비치의 「다뉴브강의 잔물결」의 곡에 김우진이 가사를 붙인 노래. 그는 탐하듯이 흑맥주를 들이켰다.

　김우진, 그는 누구인가.

　백십여 년 저쪽, 전봉준의 동학군이 전주성을 접수하고 서울로 진격하려 했을 때, 전주감영의 총서 김성규는 전봉준에게 무기고를 열어주고 군량을 바리바리 대주었다. 한데 동학군은 공주의 우금치에서 일본군의 기총소사로 인해 패전했고, 이 나라는 일제의 식민지가 되었다. 그 식민지 시절 일본 유학을 다녀온 젊은 지성인이었던 김우진은 그 전주감영의 김성규의 손자이다. 그는 장성군수를 지낸 아버지가 세운 회사의 젊은 사장 노릇을 하면서 노동자들의 쟁의를 은밀하게 도왔고, 유학생 친구들과 연극단을 만들어 전국 순회공연을 했다. 시도 쓰고 소설도 쓰고 희곡도 썼다.

　그녀가 입가에 흰 거품을 묻힌 채 말했다.

　"……미모가 빼어난 윤심덕은 성악가였는데, 조선총독부의 한 고급 간부의 수청을 거절했다면서요? 와세다대학 출신인 데다, 목포의 부잣집 아들인 김우진이라는 유부남과 열애 중이었고, 결국 그녀는 그 고급 간부의 방해로 성악가의 길을 접고 대중가수의 길로 들어섰는데, 「사의 찬미」를 부른 이후 인기가 급상승했다면서요? 그런데 레코드 취입을 위해 일본 오사카 레코드사에 갔다가, 시모노세키에서 부산행 연락선을 타고 돌아오는 길에 동행한 김우진과 더불어 새벽 네 시에 바다에 몸을 던져버렸어요."

　왜 정사를 했을까.

그는 맥주를 마셨다. 자유와 사랑에의 복종의 결과가 그것이었을까. 일제 식민지 지식인들의 절망이 그토록 깊었을까. 그녀가 초롱초롱한 눈으로 그의 두 눈을 들여다보며 말했다.

"선생님, 우리가 만일 호텔방으로 들어가서 서로를 보듬고 정사를 한다면 어찌 될까요?"

그럼, 신문에 대문짝만하게 날 거고, 방송들이 입에 거품을 물고 호들갑을 떨어댈 것이다. 소설가 임종산과 미모의 호묘연이가 정사를 했다고. 그녀는 맥주 한 병을 더 달라고 하고 나서 노래를 이어 했다.

웃는 저 꽃과 우는 저 새들이
그 운명이 모두 다 같구나,
삶에 열중한 가련한 인생아,
너는 칼 위에 춤추는 자로다,
눈물로 된 이 세상에 나 죽으면 그만일까,
행복 찾는 인생들아, 너 찾는 것 설움.

"칼 위에 춤추는 자"란 무엇인가. 영달을 위하여 일제에 협력하면 민족을 배반하는 것이고, 독립을 위해 분투하자니 일제 경찰에 잡혀 감옥살이를 해야 한다. 자본주의 세상에서 살아가는 소설가의 삶 역시 칼 위에서 춤추기이다. 책을 사주는 계층, 잘 먹고 잘 사는 자들을 위한 달콤한 자위행위 같은 소설을 쓰면 뜻 있는 자들의 칼에 베이고, 이념을 위한 분투를 서술하면 돈의 달콤한 맛에 길들여진 자들이 그것 또한 상업주의라고 칼날을 들이댄다.

그녀는 맥주 한 병을 나발 불듯이 마시고, 숨을 할딱거렸다. 그래, 나 윤심덕이 살아 돌아왔다. 객실로 가면서 그녀는 말했다.

"저, 선생님과의 여행이 행복해 죽을 지경이에요."

그날 밤 소연도 그렇게 말했었다.

묘연은 욕실에 들어가서 짠물과 땀에 젖은 몸을 씻었다. 옥으로 빚어놓은 듯싶은 그녀의 살갗에 숭어의 비늘처럼 물방울들이 맺혔다. 그 물방울들을 수건으로 눌러 죽이고 옷을 걸쳤다.

그녀가 나온 다음, 그가 욕실로 들어갔다. 샤워를 하는데 그의 남성이 불끈 일어섰다. 지금 거실로 나가서 그녀와 사랑을 나누라고, 그의 악마가 말했다. 정의는 정의이고, 환락은 환락이다. 아니야, 하고 이를 악물면서 도리질을 했다. 소연을 옆에 두고 어떻게 그럴 수 있단 말인가……. 찬물을 정수리에 들이부었다. 욕실에서 나온 그가 맨바닥에 침구를 폈다. 그녀는 침대 위에 누워 있었다. 선생님, 저 가지고 싶으면 가지세요. 허방이 되어드리고 싶다고 했잖아요. 그녀는 이렇게 말하고 싶은 것을 참고 모로 누워 잠을 청했다.

이튿날 아침 일어나 커튼을 걷었다. 대형 스크린만 한 유리창 너머로 섬과 짙푸른 바다가 영화의 한 장면처럼 펼쳐졌다. 거무스레한 어선 한 척이 항구로 들어서고 있었다. 갈매기 수십 마리가 만선인 그 어선 주위를 난무했다.

"선생님, 우리 저 바다 내다보며 여기서 북어국이나 시켜 먹어요."

로비로 나간 묘연은 "제가 체크아웃하고 올게요." 하고 카드열쇠를 가지고 계산대 앞으로 갔다. 계산대 뒤편의 바람벽에 세계 여러 나라의 각기 다른 시간들이 춤을 추고 있었다. 계산대의 키 헌칠한 남자 종업원이 키를 받아들면서 묘연의 얼굴을 살피고 또 살폈다. 그 눈길을 아프게 느낀 그녀가 남자 종업원을 등지며 돌아서는데, 남자 종업원이 "손님, 잠깐만요." 하고 그녀에게 말했다. 그녀는 아랑곳하지 않고 문을 밀고 밖으로 나가버렸다. 그 종업원이 자기를 알아본 것이라고 생각했다. 간수 윤창일 밑에서 똘마니 노릇을 하던 놈인지도 모른다. 아, 재수 없어.

소파에 앉아 있던 종산이 카운터의 남자 종업원에게 다가가, 왜 무슨 일 때문이냐고 물었다. 남자 종업원은 동그란 눈을 깜짝거리며 그에게 "조금 전에 그 여자 손님하고 일행이신가요?" 하고 묻고 컴퓨터 모니터를 들여다보며 몇 차례 클릭을 한 다음 그에게 "죄송한데요, 이것을 좀 보세요." 하며 모니터를 그가 볼 수 있도록 돌려주었다. 네이버 창 위쪽의 광고란에 머리칼이 검은 미역다발처럼 길고 얼굴이 예쁘장한 묘연의 얼굴이 떠 있었다. 그 밑에 자잘한 글씨들이 보였다.

　　현상금 이천만 원! 사람을 찾고 있습니다. 이름, 호묘연 삼
　　십사 세, 시인으로 자처하고 다니지만 정신이상인 여자임. 전
　　화번호 010-××××-××××

멍해진 그를 향해 남자 종업원이 말했다.
"제가 보기로는 조금 전 그 여자 손님이 틀림없는 듯싶습니다."
　그는 도리질을 하면서 그럴 리가 없다고 하고 나서 자기도 모르는
사이에 "그 여자 제 아내입니다." 하고 몸을 돌렸다. 뒤통수가 서늘
했다. 남자 종업원이 현상금 욕심이 나서 그쪽으로 전화를 걸지 모
른다고 생각하니 조급해졌다. 밖으로 나가자 그녀가 택시 한 대를
벌써 잡아놓고 그를 기다리고 있었다.
　택시가 바다를 오른쪽에 두고 달리고 있을 때, 그는 그녀에게 인
터넷의 광고에 대한 이야기를 했다. 그녀는 허공을 향해 소리 없이
웃고 나서 말했다.
　"광고 내용 가운데, 꼭 한 가지가 맘에 드네요. 정신이상인 여자
라는 것."

해남

해남행 버스를 탔다. 그녀의 삼단처럼 기다랗던 까만 머리칼들은 빨간 모자와 더불어 감쪽같이 사라져버렸고, 대신 스님들의 하얗게 박박 깎은 머리만 남아 있었다.

목포의 한 미용실로 들어간 그녀는 의자에 앉자마자, 대형 거울에 비친, 오동통하고 입술이 도톰하고 눈이 동그란 중년의 미용사에게 말했다.

"귀찮으니까 머리 다 깎아버릴래요. 스님처럼 하얗게 깎아주세요."

놀란 미용사가 거울 속에 들어 있는 그녀의 얼굴과 두 눈을 바라보며 "네?" 하고 눈을 치켜떴다. 흰자위가 확대되었다. 묘연은 자기가 시키는 대로 빨리 깎아버리라고 재촉했다. 미용사는 그녀의 진의를 파악하기 위해 의자 위에 앉아 있는 그녀의 실제 얼굴과 두 눈을 응시했다. 그녀가 까만 눈을 깜박거리며 말없이 고개를 까딱거려주고, 흥분된 어조로, 그러나 싸늘하고 단호하게 말했다.

"그래요! 싹, 하얗게!"

미용사는 동그란 눈을 치켜뜨고 그녀에게 다짐을 받았다.

"후회하지 않을 거죠?"

그녀는 "염려 놓으시고 깎아요!" 하고 입을 굳게 다물면서 눈을 감았다. 긴 속눈썹이 아래 눈시울을 덮었다. 미용사가 다시 다짐을 받았다.

"단발을 해달라는 것도 아니고, 스님들 머리처럼 아주 하얗게 밀어버리라고요?"

"아니, 왜 자꾸 묻고 또 묻고 그래요!"

그녀의 목소리에 짜증이 어려 있었다.

미용사가 바리캉을 대기 전에 먼저 긴 머리들을 한 가닥씩 잡고 가위로 밑부분을 삭둑삭둑 자르기 시작했을 때, 그녀는 감은 두 눈에 힘을 주고 이를 악물었다. 두 주먹을 불끈 쥐었다. 몸을 미세하게 떨었다. 숨결이 가빠졌고, 눈에서 눈물이 흘렀다. 마침내 "흐흑!" 하고 울어버렸다. 당황한 미용사가 손을 멈추고 물었다.

"손님 괜찮아요? 제가 잘못하고 있는 것 아닌가 모르겠네요?"

그녀는 눈을 감은 채 도리질을 했다. 그녀의 긴 머리칼들은 땅바닥에 미역가닥이나 짐승의 시체처럼 늘어져 있었다. 바람벽 옆의 긴 의자에 앉은 채 그녀의 기다란 머리칼들이 잘려 나가 땅에 떨어지는 것을 보는 종산의 가슴은 우둔거렸다.

여자에게 있어 치렁치렁 기다란 머리칼은 무엇인가. 여자를 여자이게 하는, 그리고 남자들을 유혹하는 이름 없는 신비한 풀, 무명초無名草. 어린 시절, 누님은 가끔 우물에서 멱을 감고 나서 저고리를 하얗게 벗은 채, 긴 자락 치맛말로 풍만한 젖무덤을 덮어 동이고, 기다란 젖은 머리칼들을 빗으로 빗었었다.

안방에서 매형과 첫날밤을 보내고 난 누님의 모습을 아침 일찍이 본 어린 그는 깜짝 놀랐다. 흰 속치마와 속저고리만 입은 누님은 전날 쪽을 쪄 낭자를 했던 머리칼들을 풀어 늘어뜨리고 있었다. 그 머리칼들 몇 오라기가 이마와 볼 반쪽을 가리고 있는 모습은 그의 가슴을 서늘하게 했다. 매형과 겸상하여 아침밥을 먹을 때, 누님은 긴 머리채를 뒤통수 밑에 한 타래로 묶은 다음, 그것들을 한쪽 어깻죽지를 거쳐 앞가슴으로 늘어뜨려놓고 있었는데, 이때 누님의 뒤통수 아래쪽에 드러난 흰 목은, 꼬리를 한쪽으로 젖힌 암소의 음부를 연상케 했다.

여자들에게 있어 긴 머리칼은 신화적인 의미를 지니고 있는 고혹적인 무기일 텐데, 묘연은 그것들을 자기의 자유를 위하여 과감하게 잘라 없애고 있었다. 스님들이 머리를 깎는 것은 세상과의 인연

을 끊는다는 것이고, 영혼을 흔들어놓곤 하는 욕심의 끈을 자른다
는 것이다. 그것은 걸림 없는, 무애无碍의 참 자유를 얻고자 하는 분
투이다. 머리칼을 지닌 채 얻을 수 있는 것들보다 머리칼을 없애버
린 채로 얻을 수 있는 것이 더 많다는 것이다. 무진장한 슬픈 욕심
이다.

박박 깎은 흰 머리로 햇빛을 되쏘며 나온 그녀는 근처의 가게에
서 암황색의 결이 있는 무늬 고운 밀짚모자를 사서 머리에 덮어썼
다. 목에 거는 빨간 줄이 달려 있는 밀짚모자. 버스에 오른 그녀는
밀짚모자를 벗어 들었다. 자기의 박박 깎은 머리가 신기한 듯 한쪽
손으로 자꾸 쓸어보고, 허공을 향해 벙싯 웃곤 했다. 자유의 하얀
거품 같은 웃음이었다.

배낭을 옆의 빈자리에 놓아둔 채 종산과 묘연은 나란히 앉았다.
차 안에는 이십여 명의 승객들이 있었다. 그녀는 밀짚모자를 손에
들고 있기 귀찮은 듯 배낭 위에 걸쳐놓았다. 승객들은 그녀의 얼굴
과 박박 깎은 머리를 흘긋거렸다. 그녀는 그들의 눈길을 아랑곳하
지 않았다. 그는 태연스러운 그녀의 옆얼굴을 보았다.

미인은 머리를 깎아놓아도 역시 미인이다. 머리 모양새가 잘 깎
아놓은 감자처럼 단단해 보였다. 검은 머리가 없어지고 나니 두 눈
이 전보다 더 검어 보이고, 코가 솜씨 좋은 장인이 잘 빚어놓은 조
각상의 그것처럼 오뚝하고, 약간 덜 익은 앵두 색깔의 입술이 도톰

해 보였다. 갸름한 얼굴 살갗은 더 희고, 목은 가냘프게 길었다.

운전사가 룸미러에 비친 그녀의 모습을 훔쳐보곤 했다. 그녀가 그에게 말했다.

"거추장스러운 머리칼들, 그것들하고 잘 헤어졌어요. 오래전부터, 저는 하루에 열두 번도 더 머리를 깎아버리곤 했어요. 마음속으로요. 머리 깎고 승복 입고 절간에서 부처님께 절을 하거나, 바랑하나 짊어지고 혼자서 갈대숲 무성한 강변길을 걸어가거나, 산모퉁이 억새숲길을 걸어가는 꿈을 꾸곤 했지만 여러 가지 의미에서 탐욕이 많고, 회 잘 먹고, 술 잘 마시는, 뜨거운 피 끓는 들썽거리는 년인 까닭으로 산으로 들어갈 용단을 내리지 못한 채 살아왔어요. 그런데 오늘 제 스스로의 의지에 따라 이렇게 머리를 싹 잘라냈네요. 자유가 뭣이냐 하면 바로 이것이지요. 하하하……."

그녀의 가슴이 미세하게 출렁거렸다. 그는 '자유'라는 말을 이 끝에 놓고 씹었다.

자유는 해남解纜이다. 탐욕의 누더기로부터 벗어난다는 것이다.

해남에서 내린 그들은 택시를 탔고, 그가 기사에게 말했다.

"땅끝으로 갑시다."

울창한 송림 사이로 흰 모래밭과 짙푸른 바다가 보였다. 해수욕객들이 우글거렸다. 해수욕장을 지나자 산길 오른쪽으로 광활한 바다가 펼쳐졌다. 검푸른 매머드 같은 섬들이 떠 있었다. 그 섬들을 보면서 그녀가 키득거리며 말했다.

"가엾은 우리 간수님, 내가 이렇게 하얀 중머리로 다니리라는 것, 이 슬프고 화려한 변신을 전혀 상상도 하지 못하고 있을 거야……. 이제 그 '사람을 찾습니다'란 광고는 아무런 쓸모가 없어져버린 거지 뭐."

그는 멀리 달아나려 하는 원심력과 가운데로 끌어당기려 하는 구심력을 생각했다. 우주는 만다라의 원리에 따라 돌고 돈다.

소연은 말했었다.

"우리 어머니 아버지, 내가 이렇게 선생님과 함께 밀월여행하고 있는 것 알면 기절하실 거야."

겨울이었다. 그는 소연의 손 하나를 끌어다가 주머니에 넣으면서 말했다.

"자식은 자라면 부모의 품을 떠나 혼자서 홀홀 제 갈 길을 가는 법이다."

그의 내부의 악마는, 소연이 그녀의 어머니 아버지를 배반하고, 마음 가는 대로의 자유를 쟁취하고, 그에게 무조건 복종하고 사랑하도록 종용하고 있었다.

"부모가 구심력으로 당긴다면 자식은 원심력으로 멀리멀리 휘돈다."

땅끝 전망대 앞에 이르렀다. 찬란한 태양이 중천에 떠 있었다. 묘연은 박박 깎은 머리 위에 밀짚모자를 썼다. 그녀의 자유에 대한 열망이 그의 가슴을 아릿하게 했다. 그녀의 자유를 위해 무언가를 해주고 싶었다. 전망대로 올라갔다. 전망대 창밖에 바다와 섬들이 있었다. 섬들의 어구에 설치된 가두리 양식장들이 보이고 땅끝 비석이 보였다. '땅끝'이라는 말로 인해, 그의 가슴은 문득 논리적이 되고 있었다.

"대륙을 향해 달려가는 호랑이처럼 보이는 우리 한반도 지도를 거꾸로 놓고 보면, 이 해남의 땅끝 부분은 한반도의 머리끝으로 보이고, 남쪽 바다의 섬들은 머리칼들처럼 보입니다. 아시아 지도를 거꾸로 놓고 보면 한반도는 광막한 태평양과 대서양을 향해 곤두선 남근처럼 보이고."

논리적으로 되고 있는 그의 의식을 그녀가 "저 바다로 뛰어내리고 싶어요." 하고 감성적으로 돌려놓았다. 그것은 광기 어린 자유의 의지였다.

길이 끝나는 곳에서 새 길이 열린다. 이 여자가 바다로 뛰어내린다면, 자유 그 자체인 바다와 하나가 되는 것이다. 그렇다면 나는 두 여자를 바다에 묻어놓고 사는 남자가 되는 것이다.

전망대를 내려오면서 그는 우울해졌다. 소연에게 했던 말이 생각났다. '우리가 먼 세상으로 떠나간 다음 누군가가, 이 땅끝 전망대를 소설가 임종산이 은밀하게 감추어두고 사랑하는 소연이라는 여인과 함께 스쳐 지나갔다, 하고 말해주는 사람이 있을까.' 그의 말을 소연이 받았다. '그 슬픈 인연 이야기, 먼 훗날 제가 소설로 쓸게요.' 그런데 소연이 먼저 죽고, 그 이야기를 그가 『바다에서의 밤참』에서 썼다.

　뜨겁게 사랑하며 스쳐 지나간 인연은 얼마나 가슴 아리는 슬픈 허무인가.

솟아오르는 아름다움, 미황

택시에 오르자마자 그가 기사에게 말했다.

"미황사로 갑시다."

그때 소연과 함께 왔을 때에도 땅끝에서 미황사까지 택시로 갔었다.

묘연은 바다를 내다보며 생각했다. 머리를 깎은 김에 아주 미황사라는 절에서 도 닦고 염불하면서 살아버릴까. 택시는 춤추는 바다의 신명을 싣고 달리고 있었다. 묘연의 하얗게 깎아버린 머리는 자꾸 그의 가슴을 수런거리게 하고 있었다. 그녀가 말했다.

"선생님, 저 아주 미황사에서 중노릇하고 살아버릴까요?"

그가 말했다.

"미황사 스님의 법력이 대단하답니다. 그 절에서 템플스테이를 하든지, 부엌 보살 노릇을 하든지…… 그렇게 살아도 좋겠네요."

그가 잠시 뜸을 들이고 있다가 말을 이었다.

"그 미남 스님이 허름했던 고찰을 금강석 꾸러미 같은 명찰로 거듭나게 해놓았어요. 서울에서 부산에서 광주에서…… 자기 미망迷妄을 감당하지 못하는 사람들이 찾아왔다가 어둠 한두 꺼풀씩을 벗어버리고 싱싱해져서 돌아간답니다. 말하자면 탐욕의 누더기를 벗어버리고 돌아가는 것입니다……. 각자가 나름대로의 잃어버린 길 찾기를 하는 것이지요."

달마산은 남쪽 바닷가의 작은 금강산이었다. 묘연은 차창 밖을 가리키며 속으로 소리 질렀다. 아, 저 산! 산은 머리에 우뻣쭈뼛한 회흑색의 관들을 겹겹이 쓰고 있었다. 파르스름한 이내嵐에 쌓여 있었다. 그 산을 바라보고 있기만 해도 그윽하고 편안한 깨달음의 경지에 이르게 될 듯싶었다. 그가 말했다.

"아름다운 산 중턱의 한복판에 자리 잡은 절터가 생기 왕성한 곳이라서 미황사라고 이름을 지은 모양입니다. '미황美黃'은 풀이하면 '아름다운 생명이 솟구쳐 오른다'는 뜻입니다."

절로 올라갔다. 대웅보전, 만세루, 명부전, 향적당, 세심당, 삼신각들이 안존하게 자리하고 있었다. 감로수각에서 물을 마시고 전각들을 구경했다. 소연과 함께 와서 본 바 있는 대웅보전임에도 불구하고, 그는 새삼스럽게 넋을 잃었다.

대웅보전의 낭창하게 휘어진 용마루가 그림 같은 달마산을 등에 짙어지고 있었다. 정교한 기왓골과 기왓등이 국수발처럼 흘러내렸다. 추녀 밑의 도리 끝과 보 끝에 뿌리를 묻고 날갯짓을 하는 세 겹의 익공翼工들이 눈앞에 현훈을 일어나게 했다. 그 수십 개의 익공들이 신화 속의 새들처럼 푸드덕푸드덕 날갯짓을 하고, 인방 아래에 세로로 서 있는 문의 정교한 사방연속무늬의 문창살은 가슴을 뻐근하게 했다.

그녀는 절을 하고 싶었다. 옆문을 통해 들어갔다. 그도 따라 들어갔다.

부처님 주위에는 묽은 보랏빛 그늘이 어려 있었다. 보랏빛은 화해 혹은 화엄의 색깔이다.

그녀는 진한 갈색의 방석 하나를 가져다놓고 그 위에서 절을 하기 시작했다. 삼배를 하고 난 다음에도 거듭 절을 했다. 백팔 배를 다 할 생각이었다. 그는 삼배만 하고 부처님을 마주 바라보았다. 눈을 반쯤 뜨고 있었다. 눈을 반쯤 뜨면 세상을 밝게 뚫어볼 수 있는 것일까.

대웅전 밖으로 나온 그는 눈을 반쯤 뜬 채 달마산 정상의 관머리를 향해 물었다.

'저는 무엇입니까.'

달마산이 되물었다.

'그대 스스로 그대가 무엇인지를 모르는데, 내가 어찌 그대가 무

엇인지 말해줄 수 있겠느냐.'

'저는 지금 무얼 하러 다니는 것입니까?'

달마산이 말했다.

'참회하는 마음으로 하는 여행은 깜깜한 어둠 속에 불을 밝히는 것과 같다.'

'저는 제 길을 제대로 가고 있는 것입니까?'

달마산이 말했다.

'우리들의 큰 스승은 평생 동안 맨발로 자기의 길을 찾아다니며 사람들에게 길을 가르치다가 길에서 열반에 들었던 분이다. 그대에 게는 그대만의 길이 있을 터이다.'

'맨발이란 무엇입니까.'

달마산이 말했다.

'탐욕을 벗어버린 가난한 마음이다. 해남解襤이 그것이다.'

'길을 잃어버렸다는 여인을 대동하고 다니는데 그녀를 어떻게 할까요?'

달마산이 말했다.

'그 여인이 자기의 길을 찾을 때까지 부축해주어라.'

'한 여인의 삶을 실패하게 한 저로서는, 자유자재의 삶과 참된 사랑을 향한 복종의 삶을 슬프게 희구하는 저 여인을 감당할 수 없습니다.'

달마산이 말했다.

'그 여자, 머지않아, 스스로 제 길을 찾을 것이다. 그 여자의 길은 사랑과 자유 그 자체에 들어 있다.'

절을 마치고 나온 그녀가 옆으로 다가왔을 때 그는 달마산을 등진 채 물었다.

"달마스님을 알아요?"

그녀는 '그 유명한 「달마도」에 들어 있는, 까만 수염이 터불터불한 스님 말이지요?' 하고 대꾸하려다가 고개를 저었다. 그가 말했다.

"달마는 인도에서 선禪을 가지고 중국으로 와서 구 년 동안 면벽 참선을 하면서 혜능을 가르쳤다는 스님입니다. 『달마어록』을 읽어 보니까 벽을 향해 앉아 참선을 하라는 말은 없어요."

그녀가 물었다.

"그럼 왜 도 닦는 사람들은 모두 벽을 향해 앉아 참선을 하지요?"

그가 말했다.

"예를 들어 말해볼게요. 시퍼런 강에 다리를 놓을 때는 강 한가운데에다 교각을 세운 다음 상판을 놓습니다. 그런데, 교각을 세우려면, 먼저 강심을 깊이 파고, 그 자리에 넓은 원통을 수면 위에까지 올라오도록 세웁니다. 원통 안에 물이 들어오지 않도록 가장자리를 잘 둘러막고, 그 속에 들어 있는 물을 퍼냅니다. 원통 밑바닥에 철근을 넣으면서 시멘트 교각을 만듭니다. 시멘트가 완전히 굳을 때까지 오랫동안 원통을 들어내지 않고 둡니다. 어떤 충격을 받아도 시멘트 교각이 깨지지 않고, 물이 세차게 흘러도 손상되지 않겠다 싶을 때 원통을 제거합니다……. 참선할 때 바라보는 벽이란 것은 교각을 만들기 위해 설치한 '원통'과 같은 것일 터입니다. 여기서 교각은 우리들의 마음인 것이고, 그것을 둘러막은 원통은, 그 마음이 금강석처럼 견고하게 만들어질 때까지 더럽고 사나운 세상과 만나지 못하도록 보호해주는 벽입니다. 벽을 향해 참선을 한다는 것은 '견고한 마음을 만들기'입니다. 마음이 온전하게 만들어진 다음에는 벽이 필요치 않습니다. 강을 건넌 다음 뗏목이 필요치 않은 것처럼."

부도가 널려 있는 정원으로 가면서 그는 열없어하며 말했다.

"그런데 저는 이론을 알 뿐 마음 만들기를 잘못하고 있습니다."

오래전에 열반한 스님들의 사리를 넣은 부도가 스무 남은 기 있었다. 이 부도의 주인들은 자기의 길을 찾고 나서 열반을 했을까. 사실은 열반 그 자체가 하나의 길 아닐까. 흰 구름 한 장이 북쪽으로 떠가고 있었다. 나뭇잎이 팔랑거렸다. 가슴속으로 바람이 들어왔다. 사념의 바람이었다. 그녀가 물었다.

"도를 닦는다는 것은 무엇입니까?"

그때 바람 한 줄기가 귓결을 스쳤고, 그가 즉흥적으로 말했다.

"도를 닦는다는 것은…… 아마 구름 경전經典, 바람 경전을 읽는 일일 겁니다."

구름 경전 바람 경전

달려온 결 고운 바람이 목과 얼굴의 솜털들을 건드렸다. 바람은 소연의 넋이었다. 그 바람은 경전처럼 그의 머리를 하얗게 가벼워지게 하고 있었다.

송호리해수욕장에서 꽃게탕을 먹고 진도로 향했다. 꽃게탕을 먹으면서 마신 소주 때문인지 졸음이 왔다. 눈을 감자 혼곤한 잠 속으로 빠져들었다. 옆에 앉은 그녀도 잤다. 눈을 떠보니 차가 진도대교를 지나고 있었다.

대교는 쌍으로 놓여 있었다. 대교 아래에는 바야흐로 지기 시작한 썰물로 인하여, 조수가 홍수 진 강물처럼 줄기차게 흐르고 있었다. 울돌목이었다. 이순신 장군이 몇 척 안 되는 전선으로 일본 해군의 전선 수백 척을 몰살시킨 전설의 현장인 명량해협. 그는 충무

공이 사용한 화두를 떠올렸다.

죽으려 하는 자는 살고 살려고 하는 자는 죽을 것이다.

진리를 나타내는 말들은 다 역설 패러독스 그 자체이다. 남도석성을 향해 갔다. 소연과 함께 갔던 곳이었다. 남도석성은 모양새가 자그마하고 예뻤다. 성의 둘레가 오백 미터 남짓일 뿐이었다. 사람에게도 성城이 있다. 성은 성性이기도 하다. 소연은 아예 성문을 활짝 열고 그를 받아들였었다. 묘연이라는 여자를 둘러싸고 있는 알 수 없는 성을 생각했다. 사람은 성이 있어 신비롭게 느껴진다.

성 앞에 이르렀을 때 상여가 들을 건너가고 있었다. 상여는 하얀 꽃으로만 장식되어 있었다. 운아삽선雲亞揷扇 위로 옥색의 포장이 너울거렸다. 남정네들이 메고 있는 상여 양쪽으로 흰 소복을 입은 여인들이 줄지어 서서 흰 베를 잡은 채 따르고 있었다. 사물악기를 든 남자들이 뒤따르면서 상엿소리에 맞추어 흥겹게 풍물가락을 연주하고 있었다. 그것은 진도만의 풍습이었다. 진도의 무형문화재인 무속인이 풍물 연주를 하는 까닭을 말해주었다. 죽은 자는 죽어 없어지는 것이 아니고, 저승에 가서 또 한바탕의 즐거운 한 생을 누리게 되므로 상여꾼들은 죽은 자의 앞날을 축복해주는 것이라고. 상여 뒤를 따르는 상주들이 저승으로 가는 자와의 이별을 슬퍼할 뿐이라고. 상엿소리는 애절했다.

"나무야, 나무야, 나무나무 나무로구나."

'나무南無'라는 말은, 부처님의 극락세상으로 가고 싶다는 주문呪文이다. 상엿소리는 들을 적시고 산과 바다로 흘러갔다. 그 상여 속에 흰 치마저고리를 입은 소연이 누워 있을 듯싶었다. 그는 상여가 건너편의 산 밑에 이를 때까지 우두커니 서 있었다. 그의 옆에 선 그녀는 시 한 구절을 생각했다.

'산다는 것은 구름 한 장이 일어나는 것이고, 죽는다는 것은 그 구름이 사라진다는 것이다.'

남도석성 앞의 바다로 나갔다. 바다는 제주도 쪽으로 열려 있었다. 진도와 제주의 땅과 바다와 하늘에는 삼별초의 한이 서려 있다. 몽고군에 쫓긴 삼별초 군사들은 이 바다를 통해 제주도로 쫓겨 가서 저항하다가 고려와 몽고의 연합군에게 섬멸되었다.

수백 년 전에 방풍을 위하여 심은 소나무들은 모두 아름드리였다. 그들은 숲 그늘에 나란히 앉았다. 모래는 희고 투명했다. 먼바다에서 달려온 파도는 모래톱에서 재주를 넘었다.

그의 가슴에 한스러운 육자배기의 가락이 들솟았다. 그것을 토해 내고 싶어졌다. 조금 전에 본 상여 때문이었다. "고나아 헤에." 하고 목을 길게 늘이면서 소리를 빼자, 놀란 묘연이 입을 반쯤 벌리면서 그의 옆얼굴을 보았다. 바다에서 바람이 불어왔다.

사람이 살면은 몇백 년이나 살더란 말이냐

죽음에 들어서 남녀노소가 있느냐

살아생전에 각기 맘대로 놀기나 할꺼나 헤에

구슬프면서도 유장한 육자배기의 소리가락은 고개를 치올라가는 듯하다가 꺾이고 휘돌아 흐르면서 간장을 아리게 하는 법인데, 소리가락이 그의 마음대로 잘 되지 않았다. 그렇지만 그는 눈을 감은 채 소리를 계속했다. 푸른 어둠 속에서 소연이 웃고 있었다. 그는 자기의 구슬픈 소리가락과 들솟는 신명에 취했다.

묘연은 그의 육자배기 소리에 가슴이 저렸다. 말을 잃은 채, 바다의 푸른 물너울만 보고 있었다. 그는 눈을 힘주어 감으면서 소리를 했다.

새벽 서리 찬바람에 울고 가는 저 기럭아······

그녀는, 이 사람, 한이 참 많다, 하고 생각했다. 그는 "꿈아, 꿈아," 하고 소리를 계속했다. 그녀는 진저리를 쳤다. 그녀의 가슴에 알 수 없는 무엇인가가 흘러들고 있었다. 그가 애처롭게 느껴졌고, 등 뒤로 다가가서 그의 가슴을 안아주고 싶은 충동이 일었다.

모세의 바다

택시를 달려 죽림마을로 갔다. 택시의 차창이 푸른 숲을 훑고 지나가고 있었다. 묘연은 가슴이 뻐근했다. 머리칼이 사라져버린 머리를 손으로 쓸어보았다. 허전하고 슬픈 가슴속으로 알 수 없는 것들이 계속 밀려들어오고 있었다. 하늘과 땅의 기였다. 그가 뱉어낸 육자배기로 인한 것이었다.

썰물과 밀물은 바다가 부리는 오묘한 마술이다. 죽림마을 모퉁이에서 바다 건너편의 호동마을까지 바다가 갈라지고 있었다. 관광객들 몇이 죽림마을 모퉁이에서 호동마을까지 드러난 갯벌 모랫둑을 걸어가고 있었다. 종산과 묘연은 관광객들을 따라 갯벌 모랫둑으로 들어섰다.

몇십 년 전, 한국에 머무르던 프랑스 대사가 『르몽드』 기자와 더불어 이곳에 왔었다. 그때 프랑스 대사는 썰물로 인해서 바다가 두 쪽으로 갈라지는 것을 보고 무릎을 꿇고 앉아 합장을 하고 말했다.

"하느님, 저에게 그분 모세의 기적을 보여주시다니 감사합니다."

그 사실이 프랑스의 『르몽드』지에 실렸고, 그 기사를 읽은 사람들은 이곳을 찾기 시작했다. 묘연은 생각했다. 모세가 지팡이로 쳐서 연 바다를 내 발로 밟고 있다. 그가 말했다.

"모든 길은 열려고 하면 열립니다."

소연에게 한 말이었다. 절망하고 있는 소연에게 희망을 주려는 것이었다. 그가 말을 이었다.

"석가모니는 인도의 모래밭을 평생 동안 걸어 다니면서 참다운 삶의 길을 가르치다가 죽었습니다."

그녀는 생각했다. 감옥을 뛰쳐나와서 헤매는 나의 길이 저렇게 열리고 있다. 그렇다, 모든 길은 열기 위하여 두드리면 저렇게 열린다. 바다는 사랑과 자유의 화신이다.

예송리해수욕장

가자미회 무침에 저녁밥을 먹은 다음 한 모텔에서 잠을 자는데, 꿈에 소연이 찾아왔다. 그녀를 덥석 끌어안았는데, 수천수만 개의 편경을 흔들어대는 듯싶은 예송리 연안바다의 파도 소리가 들려왔다.

이튿날 아침 일찍이 바지락 국물에 밥을 말아 먹고 난 그는 그녀에게 보길도의 예송리엘 가자고 말했다. 보길도로 가는 배를 탔다. 머리를 깎아버리고 난 그녀의 얼굴이 색정적으로 보였다. 입술은 앵두처럼 붉었고, 볼은 옅은 복사꽃빛이었다. 자기의 온전한 자유의 삶에 대한 열정과 의욕이 눈과 입과 코와 피부에 알알이 박혀 있었다. 그녀의 눈은 심해처럼 깊었다. 그 눈을 오래 바라보다가는 그 눈 속에 빠져 죽을 듯싶어 고개를 돌렸다. 배가 뒤쪽으로 밀어붙이는 비누거품 같은 흰 물결로 찬란한 햇빛이 쏟아지고 있었다.

예송리 연안으로 갔다. 활등처럼 휘어진 연안에는 몽실몽실한 검은 자갈들이 깔려 있었다. 연안 안쪽의 언덕에는 후박나무 황칠나무 북가시나무 따위의 아열대성 방풍림들이 울창했다. 먼바다에서 달려온 파도는 거무스레하고 동글동글한 자갈밭에서 곤두박질을 치고 있었다. 파도는 으깨어지면서 검은 자갈밭 위로 촤르르릉 밀고 올라왔다가 쏴르르르릉 밀려 내려가곤 했다. 수십만 개의 실로폰을 일시에 쳐대는 듯싶은 소리가 방풍림을 울렸다. 그것은 우주의 장중한 음악이었다.

해수욕객들 스무 남은 명이 물에 들어가 놀고 있었다. 어떤 사람은 옷을 벗지 않은 채 바짓가랑이가 젖는 것을 아랑곳하지 않고 물을 밟았다. 묘연이 자갈밭으로 갔다. 배낭을 벗어놓고 신을 벗었다. 맨발이 되었다. 그도 물로 들어갔다. 물이 차가웠다. 달려온 파도가 그의 정강이를 때렸다. 물에 발을 담근 채 먼바다를 바라보았다. 따가운 햇살이 쪽빛 수면으로 쏟아지고 있었다. 그녀가 깊은 바닷물 속으로 걸어 들어갔다. 허벅다리가 잠기고 엉덩이가 잠기고 허리가 잠기고 배가 잠기고 가슴이 잠겼다. 자맥질을 했다. 푸우, 하면서 몸을 일으키고, 그를 향해 눈을 거슴츠레하게 뜬 채 말했다.

"선생님, 머리칼 없애버린 것이 이렇게 편할 줄 몰랐어요."

그녀의 물 묻은 박박 깎은 머리가 햇살을 되쏘았다. 달려온 파도가 그녀의 등을 때렸다. 그녀는 두 손으로 물을 떠다가 하얀 머리와 얼굴에 끼얹으며 소리쳤다.

"아, 이 자유!"

그녀는 파도를 보듬고, 파도와 함께 뒹굴었다. 그러다가 그에게 말했다.

"선생님, 저 배고파요."

그녀의 애처로운 목소리가 소연을 떠오르게 했다. 배고프다는 말이 새삼스럽게 그녀를 사람으로 생각하도록 했다. 노화도 포구의 전복요리하는 식당을 찾아들어갔다.

"전복회하고 구이를 반반으로 주십시오."

전복회가 나왔다. 그가 소주도 한 병 달라고 말했다. 가냘픈 몸매에 광대뼈가 불거진 아주머니가 소주 한 병과 잔 두 개를 가져다주었다. 그가 한 손에 술병을 들고 다른 한 손에 잔을 들었다. 가득 따라 묘연 앞에 내밀었다. 그녀가 잔을 받았다. 그의 잔에도 따랐다. 그녀가 그녀의 잔을 그의 잔 시울에 부딪쳤다. 입안에서 씹히는 전복의 살은 짭짤했고, 오도독거렸다. 오랫동안 씹자 배릿하고 고소했다. 그녀가 전복살 한 점을 젓가락으로 집어 들어 보이면서 말했다.

"전복은 자연산이나 양식한 것이나 똑같대요. 어차피 전복이 먹고 사는 것은 청정한 곳에서 자란 미역이나 다시마뿐이니까."

전복구이 한 접시가 나왔다. 흰 살이 노릇노릇하게 익어 있었다. 구이 한 점을 집어 먹으면서 그녀는 생각했다. 나는 양식산이 아니

고 청정해역에서 자란 자연산인 만큼 자연산답게 싱싱하게 살아가
야 한다. 그게 내가 가야 할 나의 길이다.

정무

정무는 춤추는 비췻빛의 통영바다 앞에 서 있었다. 부산에서부터 훑어 오다가 통영항에서 하룻밤을 머물렀다. 묘연을 찾아 항항포포들을 훑고 다니면서 전단지를 붙이는 일이 막연하고 절망적이었다. 그러나 기적적으로 그 여자를 만나게 되리라는 희망을 가슴에 담은 채 견디었다. 그는 육감 하나로 살아가고 있었다. 그의 육감이 그의 신앙이고 희망이었다. 계속 훑어가다 보면 뜻밖에 묘연을 만날 수 있을 듯싶은 믿음과 희망. 그의 육감으로는 묘연이라는 여자가 틀림없이 남해안 어디엔가 있을 듯싶었다. 그녀는 제주도, 완도, 진도, 해남, 강진, 장흥을 거쳐 경상도 쪽으로 오고 있을 터이다. '내가 남해의 상주해수욕장에 이르렀을 때 하필 거기에 왔다가 나하고 딱 마주칠 수도 있을 것이다.'

모든 관광지에는 혼자 다니는 여인은 찾아볼 수 없고, 쌍쌍으로 다니는 여자들뿐이었다. 병지의 말마따나 흰 모래밭에 떨어진 바늘을 찾는 것이 차라리 나을 듯싶었다. 그렇지만 그는 울분에 젖어 있는 큰형 윤창일을 위하여 최선을 다할 생각이었다. 조직과 호텔이 잘되려면 큰형의 심사가 편안해져야 한다. 지금 그가 바닷가를 훑고 다니는 것은 큰형에게 충성을 다하는 것이라고 생각했다.

옥색 칠을 한 물새 같은 관광유람선 한 척이 항구로 들어오고 있었다. 거제에서 통영으로 이어지는 해금강을 돌아오는 관광유람선이었다. 관광유람선에서 관광객들이 내리고 있었다. 그는 젊은 여자들의 얼굴을 살폈다. 묘연의 얼굴을 찾지 못한 그는 서둘러 몸을 돌렸다. 삼천포항을 떠올리며, 그의 날렵한 애마인 빨간색 스포츠카에 몸을 실었다. 핸드폰이 울렸다. 폴더를 여니 윤창일의 목소리가 흘러나왔다.

"지금 어디 있냐?"

"통영에 있습니다."

"야, 조금 전에 목포 산호비치호텔 종업원이 전화를 했는데, 하루 전에 그년 비슷한 여자를 보았단다. 아마 해남이나 완도 어디에 있는 모양이다. 그쪽에서 경상도 쪽으로 오는 목을 지켜라."

아, 그렇다면, 여자가 완도나 강진이나 장흥을 거쳐 순천 쪽으로 올 것이다. 순천만의 갈대밭을 경유할 것이다. 그 길목을 지키자.

환원還元

    종산은 고산 윤선도의 유적들을 둘러보면서 「어부사시사」를 떠올렸다. 배 띄워라, 배 띄워라…… 지국총 지국총 어사와…… 그의 귀에 「오우가」를 외우는 소연의 목소리가 들리는 듯했다. 내 벗이 몇이나 하니 수석과 송죽이라/동산에 달 오르니 그것이 더욱 반갑구나…….

    그가 묘연에게 말했다.

    "고산 윤선도는 보길도에서 은둔생활을 하면서 인근의 노화도 사람들을 데려다가 부역을 시켰어요. 연못을 만들고, 연못 안에 섬理想鄕을 만들고, 냇물에 다리를 놓고…… 꿈같은 선경仙境을 조성했어요. 바다에서 뱃놀이를 즐기고…… 제주도에 유배된 추사 김정희나 강진에 유배된 다산 정약용과는 전혀 다르게 호사를 누린 셈이지요."

완도로 나오자마자 강진의 마량항으로 갔다. 부두에서 바다와 가막섬을 둘러본 다음 청자박물관으로 가면서 종산이 묘연에게 물었다.

"환원還元이라는 것이 무언지 알아요?"

그는 소연에게도 똑같이 물었었다. 묘연이 대답했다.

"천주교에서 사람이 죽는 것을 '환원' 이라고 한다던데요."

"환원은 본디 상태로 되돌려놓는다는 것입니다."

죽어간 소연을 본디 상태로 되돌려놓는다면 묘연이 될지도 모른다. 사람의 인연이란 것은 참으로 묘하다. 소연이 없는 자리에 묘연이 앉아 있다. 묘연이 물었다.

"청자하고 '환원' 하고 어떤 관계가 있어요?"

택시가 바다를 왼쪽에 끼고 달리다가 청자박물관의 주차장으로 들어섰다. 그가 차 문을 열고 내리면서 말했다.

"제가 오늘 묘연 씨에게 문화해설사 노릇을 하겠습니다."

청자 제1전시실로 들어가면서 그가 말했다.

"청자에는 우주 시원의 신화가 담겨 있습니다."

그녀가 도리질을 하며 말했다.

"우주라든지 신화라든지, 그 말들은 사실은 설컹설컹한 관념들이 잖아요?"

"신화나 우주는 먼 데 있지 않습니다. 묘연이라는 여자의 몸이나, 내 몸 안에 들어 있습니다. 가령 눈이라든지, 입이라든지, 코라든지, 귀라든지, 살갗이라든지, 뼈라든지…… 그것들이 다 우주이고 신화의 모양새를 하고 있어요."

그녀가 고개를 끄덕거렸고, 그는 말을 이었다.

"청자의 비밀스러운 비취색은 사람의 눈을 뇌쇄시킵니다. 가령 에밀레종 소리가 '우왕우왕' 하는 비대칭의 맥놀이 파장으로 울려 가슴을 저리게 한다면, 청자의 비색은 그러한 맥놀이적인 빛과 소리와 향기의 울림을 가지고 있어요. 내가 이때껏 보아온 바로는, 묘연 씨의 감정의 파장도 그러한 비대칭의 맥놀이 파장으로 울립니다."

그녀가 눈을 치켜뜨며 물었다.

"비대칭의 맥놀이 파장이라고요?"

그는 목청을 높여 말했다. 그는 공격적으로 말을 쏟아내고 있었다. 그것은 그의 보호막이었다.

"높고 깊은 가을 하늘을 오래 쳐다보고 있으면 어지럽지 않아요? 맑고 깊은 못沼이나 짙푸른 바다를 들여다보아도 어지럽고, 묘연 씨의 심해 같은 눈을 오래 들여다보아도 어지럽고, 청자를 깊이 들여다보아도 어지럽습니다. 그것은 청자와 묘연 씨란 존재가 다 불의 신화, 하늘과 바다와 땅의 신화에 뿌리내리고 있기 때문입니다."

그녀가 눈을 깜박거리며 허공을 쳐다보았다.

"청자의 비취색은 기독교에서 말하는 창세기의 빛으로부터 연원합니다. 그 색깔은 『주역』의 건위천乾爲天으로 풀어야 합니다. 건乾은 위대한 창조의 근원입니다. 이 근원의 힘에서부터 천지만물은 생성됩니다."

그녀가 말했다.

"저는 『주역』을 읽지 않았어요."

그는 답답하고 막연해졌다. 나는 지금 이 여자에게 무슨 말을 하려고 이렇게 지껄거리고 있는 것인가. 그래 길을 가르치자는 것이다. 그는 마른 입술에 침을 바르고 말했다.

"청자는 흙으로 빚은 그릇에 유약을 발라 천삼백 도 이상의 온도의 불에서 구워냅니다."

그는 앙증스러운 청자 화병의 표면을 들여다보면서 '이 묘연이란 여자는 어떤 여자의 자궁 속에서 몇 천 도의 사랑의 불에 의해 만들어졌을까.' 하고 생각하다가 이어 할 말을 잃어버리고 멍해졌다. 그녀가 알아채고 말머리를 끄집어내주었다.

"지금 청자의 환원에 대해서 이야기하려는 참이라고 하셨어요."

그는 환원의 하부구조를 이야기해주어야겠다고 생각했다.

"지구가 생기기 전에는 온 세상이 뜨거운 증기뿐이었어요. 증기가 식어 용암으로 흘렀고, 그것이 시간의 흐름에 따라 식어서 바위가 되었고, 그것이 풍화되어 흙이 되었고, 그 흙에 푸나무가 자라고 거기에 동식물과 우리 사람들이 살게 되었습니다. 청자를 만드는 일은 그 풍화된 흙에 물을 붓고 무르게 이겨서 그릇을 빚어 말린 다음 불에 구운 것입니다. 불의 가마는 달리 말한다면 '불의 자궁'입니다. 불의 자궁은 자기만의 신화의 몸짓과 언어를 통해 청자라는 아기를 창조합니다. 말하자면 환원還元시키는 것입니다."

그의 가슴에 서글픔이 밀려들었다.

한 번 죽은 사람을 본디의 모양새로 환원시켜놓을 수 있다면 얼마나 좋을 것인가. 소연의 뼛가루를 바다에 뿌려버리지 않고, 흙에 넣고 이겨서 청자 그릇을 만들어 가슴에 품고 살아갈 것을, 그것을 청자 찻잔으로 만들어 차를 마시며 살 것을 잘못했다. 아, 그것은 얼마나 잔인한 일인가.

그는 매장에서 찻잔 한 개를 샀다. 매장 직원이 "포장해드릴까요?" 하고 물었는데, 그는 도리질을 했고, 그것을 묘연의 손바닥 위에 놓아주었다. 그녀는 두 손으로 그것을 감쌌다.

그때 소연과 함께 왔을 때도 소연에게 찻잔 한 개를 사주었었다. 소연은 횡재를 하기라도 한 듯 흐뭇해했었다. 읍내로 나가는 택시 안에서 그가 묘연에게 물었다.

"참선 수도하는 스님들의 깨달음의 세계를 색깔로 비유하자면 어떤 색일까요?"

묘연은 눈을 깜박거리기만 했다. 그가 말했다.

"그것은 고려청자의 비취색일 거예요. 탐욕을 버리고 또 버려서 무소유의 텅 빈空 마음이 된다면 비취색이 될 터입니다. 달리 말한다면 없음无의 색, 깨달음과 진리의 색깔이 그 비밀스러운 비취색일 겁니다."

그녀가 고개를 끄덕거렸다. 그가 말을 이었다. 그의 말은 아직도 공격적이었다.

"우리 선인들은 쪽빛을 좋아했어요. 쪽풀을 재배하여 그것으로 염색을 하곤 했어요. 쪽은 아주 진하게 하면 감색이 되고, 약간 묽게 하면 비취색이 되고, 더 묽게 하면 푸르죽죽한 색깔이 됩니다. 푸른 바다가 삼면을 둘러싸고 있는 한반도에서, 쪽물 들인 옷을 입고 푸른 하늘을 머리에 인 채 청자 그릇으로 밥을 먹고 차를 마시고 산다는 것은 행운입니다. 사는 것 자체가 신화를 사는 것이고, 우주 시원의 향 맑은 삶을 향유하는 것입니다."

백련사로 가는 오솔길

"강진에 오면 반드시 '다산초당'에서 '백련사'로 올라가는 오솔길을 걸어가 보아야 합니다. 그 길을 걸어보면 잃어버린 길을 찾을 수 있을 거예요."

강진 귤동으로 갔다. 택시기사에게 백련사 마당으로 가서 기다리라고 한 다음, 다산초당으로 올라갔다. 길은 가팔랐다. 가쁜 숨을 몰아쉬고 오르면서 그가 말했다. 말은 역시 비누거품 같은 보호막이다.

"차의 원초적인 향기처럼 향 맑고, 푸르스름한 이내가 끼어 있는 거대한 산처럼 위엄이 있으면서도 자비로운 큰 인물 다산 선생을 만난다는 것은 행복한 일입니다."

그의 말에는 신명이 실려 있었다.

"다산 선생은 여기에서 십팔 년 동안이나 유배의 삶을 살았어
요."

무성한 왕대나무숲 속에 차나무가 자라고 있었다. 그가 말했다.
말은 말꼬리를 물고 기어 나온다.

"차나무는 반양반음半陽半陰의 식물인데, 대나무하고는 상생합니
다. 차나무 뿌리는 수직으로 뻗고, 대나무 뿌리는 가로로 뻗습니
다."

그녀는 생각했다. 나는 대나무로서, 임종산이란 이 남자는 차나
무로서 서로 어우러져 산다면 어떨까. 그녀는 무엇 때문인지 모르
지만 속으로 아파하는 그의 순수가 좋았다. 그는 말을 함으로써 자
기의 아픔을 감추려고 한다.

다산초당의 마당으로 들어섰다. 초당 큰방의 문은 열려 있고, 안
쪽 바람벽에는 관복 차림을 한 다산 정약용 선생의 초상이 있었다.
목례를 하고 나서 그는 초상을 한동안 바라보았다. 이 초상은 하나
의 현상이다. 그 현상 뒤에 실상이 숨어 있다. 실상은 다산 선생의
견고한 절대 고독의 모습이다. 그 절대 고독이 다산 정약용이라는
큰 산 큰 바다를 만들었다. 추사의 절대 고독이 추사체를 만들고,
「세한도」를 만들었듯이.

그가 말했다.

"다산 선생이 평생 동안 집필한 『목민심서』『경세유표』 따위의
책 오백여 권은 절대 고독의 결과물입니다."

그가 초당 뒤란의 언덕길로 올라서면서 말했다.

"여기에서 백련사에 이르는 이 오솔길, 아주 의미심장한 길입니다."

그녀는 말없이 그의 뒤를 따랐다. 그는 소연하고 함께 왔을 때에도 이 이야기를 하면서 이 길을 걸어 올라갔었다. 소연에게 '길'을 가르쳐주고 싶었었다.

"길을 찾고 있는 묘연 씨에게는 이 길이 보약일 터입니다."

고개 위에 올라가서 소나무 그늘에 앉아 쉬며 그가 말을 이었다.

"이 길 아래쪽 끝에는 유학자인 다산 정약용 선생이 살고, 이 길 위쪽 끝에는 백련사 혜장스님이 살았습니다. 유학은 네모반듯한 규격품같이 사람을 가두어놓는 학문입니다. 그런데 불교는 그 규격을 허무는 자유자재의 삶을 가르치는 종교입니다. 더구나 혜장스님은 선승禪僧이었어요. 유배생활을 하는 다산은 혜장에게서 차를 얻어 마시면서, 규격을 깨뜨리는 자유자재의 삶을 스스로 확장시켰을 터입니다. 그러니까 이 길 아래쪽 끝에 유학자의 규격품 같은 삶이 놓여 있다면 이 위쪽 끝에는 선승의 자유자재의 삶이 놓여 있습니다. 사람은 자기를 규격품 같은 삶으로 묶어놓고 기를養生 줄도 알아야 하고, 그러한 자기를 자유롭게 풀어놓을 줄도 알아야 발전합니다. 다른 사람 아닌 다산 선생이 그러한 삶을 살았습니다."

그녀의 귀에 '자유자재'라는 말이 걸렸다. 그가 그녀의 마음을 읽기라도 한 듯 말했다.

"자유자재, 그것은, 모든 욕심으로부터 자유로워지는 텅 빈空 삶, 가난하고 깨끗하고 순수한 마음으로 사는 삶, 법정스님이 그랬듯이 무소유로 사는 참 삶입니다."

그녀가 문득 물었다.

"버리고 또 버린 다음 마음의 가난을 얻어 가지라는 것인데, 감옥 안에서 누릴 수 있는 모든 것을 과감하게 버리고 뛰쳐나온 저는 무엇을 더 버려야 합니까? 감옥을 뛰쳐나와 의지가지없게 된 사람으로서 만일 어떤 한 남자를 사랑하는 마음마저 버린다면, 무슨 재미로, 어떤 무엇에 의탁을 하면서 살아가야 합니까?"

그는 하늘을 쳐다보았다. 소나무 가지 사이로 구름이 흘러가고 있었다. 그녀가 우울한 목소리로 물었다.

"나, 호묘연이라는 여자는 무엇인데, 나의 길은 어디에 있을까요?"

한동안 침묵이 흘렀다. 다산초당 쪽에서 불어온 바람이 맹가나무 잎사귀를 흔들고 있었다. 그가 다산 정약용의 삶을 생각하며 말했다.

"사업事業을 하십시오."

사업을 하다니요? 하고 묻고 싶은 것을 참으며 그녀는 그의 눈을 보았다. 그가 마른 입술에 침을 바르고 나서 말을 이었다.

"흔히 사람들은 사업을, '경제적 활동을 해서 이익을 남기는 일'이라고 알고 있습니다. 사업이란 말은 『주역』에 있는 말인데, 이렇게 정의되어 있어요. '성인의 뜻과 가르침, 즉 어짊仁과 착함과 순수함에 따라 많은 못사는 사람들에게 이익이 가도록 실천하는 일'이 사업이다. 못사는 사람들이란, 자기보다 더 헐벗고 못살고, 진리를 못 깨닫고 박해받는 사람입니다. 다산 선생은 평생토록 사업을 했는데, 그것은 백성들에게 이익이 가도록 하는 글을 써내는 일이었어요. 다산 선생은 사업하지 않는 선비는 선비가 아니라고 했습니다."

그녀는 생각했다. 그렇다면, 나는 무슨 사업을 어떻게 해야 하는 것인가. 그가 말했다.

"묘연 씨는, 내가 생각하기로, 몸으로 시를 쓰는 '몸의 시인' 일 터입니다. 자기보다 못 먹고 못살고 깨닫지 못한 채 박해받는 사람들에게 이익이 되는 몸의 시를 써야 합니다. 행동하는 삶이지요. 묘연 씨가 쓴 몸의 시를 읽고 인간성을 바꾸고, 묘연 씨의 몸의 시를 접하면서 사람들이 위안받을 수 있어야 하겠지요."

그녀는 나뭇가지 사이로 흘러가는 구름을 쳐다보았다. 그가 몸을 일으키면서 말을 이었다.

"다산 선생은 바람벽을 향해 앉아 참선하는 스님들을 비판했어요. 텅 빈 깨끗하고 가난한 마음만 참구參究하여 어찌하겠다는 것이냐고요. 유학은 사업을 통해 정심正心에 이르는 학문이어야 한다고 했습니다. 말하자면 못 가지고, 못 깨달은 백성들에게 이익이 가도록 실천하는 과정들에서 새 깨달음을 얻곤 해야 한다는 것입니다."

그녀가 자기를 가두고 억압한 간수의 무식함과 돈이면 다 된다고 생각하는 자본주의적인 악랄함을 떠올리며 물었다.

　"어떻게 실천한다는 것입니까?"

　그는 으흠, 하고 목을 가다듬은 다음 말을 이었다.

　"글을 알지 못하므로 경전을 읽지 못하는 귀머거리 늙은 스님 한 분이 있었습니다. 그 스님은 젊어서부터, 잠을 자거나 밥을 먹고 나면 기지개를 켜고 소세를 하고 나서는 목탁만 깎고 다듬었습니다. 비가 오나 눈이 오나 바람이 불거나 꽃이 피거나 목탁만 깎고 다듬었습니다. 절에서 재齋를 지내고, 초파일 행사를 부산스럽게 해도 그 스님은 아랑곳없이 목탁만 깎았습니다. 그 스님은 목탁을 보름 만에 겨우 한 개 만들거나 말거나 합니다. 그 목탁은 어찌나 소리가 맑고 그윽한지, 세상의 모든 스님들이 가지고 싶어 욕심을 냈습니다. 그 그윽한 목탁 소리를 들으면 마음이 향 맑고 편안해집니다. 그 절뿐만 아니라 방방곡곡에 있는 모든 절의 스님들 사이에, 그 스님의 목탁이 명품이라는 소문이 났어요. 목탁 주문이 말도 못하게 많이 밀려들었어요. 그 명품이 절 살림을 넉넉하게 하겠다며 그 절 재무스님의 입이 찢어졌습니다. 재무스님은 그 귀머거리 스님에게 손짓 발짓으로 일주일에 한 개씩을 대충 만들어내라고 재촉했습니다. 그 스님은 재무스님의 말을 알아들었는지 어쨌는지, 빙긋 웃어 보였지만, 한결같은 속도로 하나같이 명품 목탁만 만들어냈습니다. 목탁을 깎는 순간에는 그 스님의 얼굴에 관세음보살의 환한 미소가 떠돌았습니다. 그 스님은 아흔 살이 훨씬 지났는데도 한결같이 건강했습니다. 명품 목탁으로 세상을 향 맑아지게 하는 것이 그 스님의 사업인 것이고, 그 사업을 통해 깨달음을 얻어가는 것입니다."

그녀가 슬픈 우울함으로 인해 눅눅해진 목소리로 말했다.

"그 스님의 길은 목탁을 깎는 일 속에 있는 것이군요……. 그렇다면, 이 호묘연이라는 여자는 자기의 길 위에서 길을 찾고 있는 가련한 여자로군요. 자기를 가두고 억압하는 간수 한 놈도 순화시키지 못한 미련한 여자."

그녀는 도리질을 하며 절망적으로 말했다.

"그런데, 저의 간수, 그 자식은 안 돼요. 그 자식은 사람이 아니에요. 그 자식의 무식과 사나움은 죽어야 나을 병이에요."

그가 말했다.

"진짜 자유는 곡진한 사랑에의 복종을 동반해야만 하는 거예요."

그녀가 더 격렬하게 도리질을 하며 울먹울먹 말했다.

"『채근담』에서 이런 말을 읽었어요. 벼린 칼로 흙을 긁으면, 흙은 아무 소용이 없는데 벼리었던 칼날만 망가진다. 악마처럼 검은 권력을 휘두르는 자를 사랑하고 그에게 복종을 하면서 그를 구제하려고 드는 실천이란 것은 무의미해요. 탐욕에 눈이 어두운 호랑이의 이빨과 발톱 앞에 알몸을 내주는 것과 무엇이 다르단 말인가요?"

그가 말했다.

"나는 구상 시인의 「꽃자리」라는 시를 좋아합니다. 네가 시방 가시방석처럼 여기는 너의 앉은 자리가 바로 꽃자리니라. 반갑고 고맙고 기쁘다."

그녀가 도리질을 하며 신경질적으로 말했다.

"아니에요. 저에게는 오직, 인간으로 대접받으면서 누리는 자유와 사랑과 그것들을 향한 복종이 절실해요."

연꽃바다

　백련사로 가는 내리막길을 걸었다. 그는 그녀에게 그녀가 미처 인식하지 못하고 있는 그 어떤 것을 심어주고 싶었다. 백련사와 그 뒷산을 건너다보며 그녀에게 말했다.

　"이 절이 원래 만덕사萬德寺였어요. 저 뒷산이 만덕산이거든요. 그런데 언제 누구인가가 이 절 이름을 '백련사白蓮寺'라고 개칭했어요. 그 까닭은 저도 잘 모릅니다."

　소연과 함께 여기에 왔을 때에도 이 말을 했었다.

　그녀는 '흰 연꽃은 깨달음이나 극락세계를 상징하는 것이니까 그런 것 아닐까요?' 하고 말하려다가 입을 다물었다. 그는 말없이 절 마당으로 들어갔다. 대웅전 앞에 선 그녀는 언덕 아래의 바다를 내려다보며 연꽃을 떠올렸다.

"저 바다가 한 송이의 연꽃처럼 보이네요."

그가 맞장구를 쳤다.

"바다를 빙 둘러싸고 있는 섬들이 연꽃잎이고…… 그렇습니다. 사람들은 자기가 볼 수 있는 것만 보지 볼 수 없는 것은 보지 못합니다. 묘연 씨가 저 바다를 연꽃으로 보는 것은 묘연 씨 스스로가 한 송이의 연꽃이기 때문입니다."

그녀는 우두커니 선 채 숲 사이로 내려다보이는 연꽃바다와 그의 내면에 들어 있는 연꽃바다를 읽었다.

그는 "우리 삶에 있어서, 순수라는 것이 무엇입니까?" 하고 묻고 나서 스스로 대답했다.

"고향에 올해 여든두 살인 당숙이 있는데, 몇 해 전까지 손수 농사 스무 마지기를 지었답니다. 서울 사는 자식들이 아버지 일하는 것이 보기 싫다고 억지로 빼앗아서, 농기계 부리는 동네 젊은이에게 맡겨 짓게 했답니다. 마지기당 세를 세 가마니씩 받기로 하고요. 그런데 당숙은 날마다 땡볕 속에서 바지게를 짊어지고 당신의 논에 나가 낫으로 논둑을 깎고, 벼 포기 옆에서 자라는 잡초도 매고, 물도 대고 그러는 거예요……. 그것은 그야말로 아무런 쓸모도 없는 일인데 그 당숙은 그 쓸모없는 일을 하는 것입니다."

말을 하고 나서 그는 마른 입술에 침을 바르며 어색해했다. 아, 나는 지금 왜 이 이야기를 이 여자에게 하고 있는 것인가. 그녀는 생각했다. 아, 나의 길을 찾아주기 위해 이런저런 이야기를 해놓고 어색해하는 저 사람의 저것이 순수라는 것이다.

원시의 몸으로 쓰는 시

장흥에서는 물축제가 펼쳐지고 있었다. 그는 그녀와 더불어 신리 마을의 개막이 고기잡이 현장으로 갔다. 그녀에게 몸으로 시를 쓰게 해주고 싶었다.

U자 모양의 연안바다에는 개막이 고기잡이 행사가 마련되어 있었다. 마을 사람들과 진행요원들은 만조에, 연안바다 아랫목에 말뚝을 박은 다음 그물을 쳐놓았다. 썰물이 지고 연안에 들어온 고기들이 그물 안에 갇히면 경기에 참여하는 사람들은 바로 그 고기들을 맨손으로 잡아야 한다. 원시의 몸으로 원시의 시를 쓰는 참으로 무식한 경기이다. 현대인들은 그 무식한 경기를 하면서 즐기고, 그것을 구경하면서 즐기는 것이다.

구경꾼들은 모래밭에 늘어서 있었고, 경기 참여자들은 젖어도 좋은 옷차림, 수영복 차림을 한 채, 고기를 잡아 넣을 그물자루 한 개씩을 손에 들고 모래밭에 한 줄로 서 있었다. 묘연은 배낭과 밀짚모자와 윗옷을 벗어서 종산에게 맡겼다. 탈의실로 들어가 수영복을 입고 나왔다. 진행요원에게서 그물자루 하나를 받아 들고, 참여자들 사이에 끼어들었다.

그때 소연도 미리 소주 반병을 마신 다음 수영복 차림을 한 채 미친 듯이 갯벌로 뛰어 들어가 고기를 잡았었다. 해가 서편 하늘로 기울고 있었다. 진행요원 한 사람이 행사 참여자들에게 개막이 고기잡이에 대하여 설명을 했다.

"그 어떠한 기구도 사용할 수 없고, 오직 맨손 맨몸만 허용됩니다. 작은 고기일지라도 많이 잡은 사람 셋, 큰 고기를 잡은 사람 셋에게 상을 주겠습니다. 그리고 잡은 것은 모두 잡은 사람이 가지고 갑니다."

이장이 징을 '과앙' 하고 울렸고, 경기 참여자들은 일시에 갯벌로 달려 들어갔다. 물고기들은 갯벌에 패인 웅덩이에 들어 있었다. 참여자들이 다가가면 퍼덕거리면서 도망을 쳤다. 참여자들은 너도나도 경쟁적으로 퍼덕거리는 물고기들을 쫓아가 두 손으로 덮쳤다. 검은 갯벌이 튀겨 몸과 얼굴에 거멓게 묻었다. 참여자들 가운데는 아예 윗몸을 던지면서 무릎을 꿇고 두 손으로 물고기를 덮치는 사람도 있었다. 손이 재빠르다 할지라도 손의 악력이 없으면 기껏 잡은 것을 놓쳤다. 여기저기서 아우성과 웃음소리와 즐거운 비명이 들려왔다.

"숭어다!" "농어다!" "돔이다!" "잡았다!" "장어다!" "아유 놓쳤네!"

한 시간쯤 지났을 때 징소리가 "구왕!" 하고 들렸다. 안에 들어가 있는 진행요원들이 말했다. "그만 나가주십시오." 호루라기를 불며, 개막이 행사장 밖으로 나가달라고 소리치기도 했다. 행사 참여자들은 고기 담긴 자루를 들고 본부석으로 갔다. 묘연이 그물자루를 들고 달려왔다. 거기에는 팔뚝만 한 숭어 한 마리가 들어 있었다. 그녀는 본부석으로 가지 않고 종산의 앞으로 왔다. 그물자루에 들어 있는 고기를 쳐들어 보이면서 웃었다. 얼굴과 몸뚱이 여기저기에 검은 갯물이 묻어 있었다.

본부석 옆에는 간이 남녀 샤워장이 있고, 포장마차들이 즐비했다. 잡아 온 고기들로 회를 쳐주고 매운탕을 끓여주고, 소주와 맥주와 막걸리를 팔았다. 확성기에서는 빠른 템포의 유행가가 흘러나오고 있었다.

"……황진이 황진이 황진이…… 사랑아, 사랑아, 내 사랑아……."

묘연은 샤워장에서 몸을 씻고 나왔다. 한 포장마차에 들어가 숭어회에다 소주를 마셨다. 묘연은 아직도 고기 잡은 순간의 흥분이 가라앉지 않은 듯 흥겹게 웃으며 소주를 마셨다. 돌아가는 차 안에서 그녀가 말했다.

"선생님, 자유와 행복의 모양새가 어떤 것인지 알았어요. 씩씩하

게 살아가는 것 자체가 원시적인 몸으로 쓰는 원시적인 시詩, 가장
순수하게 사는 삶이라는 것도……. 지금 저는 전혀 딴 세상에 와 있
어요."

해오름펜션

택시기사는 그들을 해오름펜션 앞에 내려주면서 말했다.

"내일 아침 식전에 저쪽에 있는 해변 문학 산책로를 둘러본 다음 수문포 회집에서 맵지 않은 생선탕에 아침을 먹으면 밥맛이 아주 좋을 것이요."

바다는 밤의 묽은 해무를 홑이불처럼 덮은 채 가로누워 있었다. 묽은 해무 너머로 거무스레한 섬의 불빛들이 반짝거렸다. 그 불빛들은 황금색의 별 무늬 장식이었다.

실내는 더웠으므로 창문을 방긋 열어놓은 채로 냉방을 했다. 그녀가 그에게 샤워를 하지 않겠느냐고 물었다. 그가 그녀에게 먼저 하라고 말했다. 그녀는 배낭에서 갈아입을 속옷을 꺼내 들고 욕실로 들어갔다. 욕실에서 물 쏟아지는 소리가 들렸다. 그녀는 개막이 현장에서 갯벌에 젖은 몸을 이미 씻었음에도 불구하고 다시 샤워를 하고 있었다. 그는 그녀가 흥미로워졌다. 알 수 없는 구석이 무궁무진했다. 그녀의 안개에 가려져 있는 실체가 그의 삶의 풍요로운 한 분야가 되고 있었다. 그들은 알게 모르게 엮이고 있었다.

샤워를 마치고 소매 짧은 셔츠에 바지를 꿰어 입고 수건을 목에 두르고 나온 그녀는 한쪽 손에 말아 쥔 것을 휴지통에 집어넣었다. 허리를 구부린 그녀의 엉덩이를 흘긋 보고 그는 욕실로 들어갔다. 욕실 안에 서려 있는 미지근한 증기에 그녀의 체취가 어려 있었다.

그가 샤워를 하고 욕실에서 나왔을 때, 그녀는 그에게서 날아오는 새물내를 맡았다. 그의 뒤에서 허리를 끌어안아버리고 싶었다. 얼굴을 가슴에 묻으면서 탄성 어린 소리로 말하고 싶었다. 아, 이 신선한 사람 냄새! 사람의 몸뚱이가 곧 시詩라고요. 가장 위대한 우주적인 시.

그도 그녀와 비슷한 생각을 하고 있었다. 사람의 냄새라는 것이 시다. 사람 냄새란 것은 신의 냄새도 동물의 냄새도 아닌, 사람다운 성정의 냄새, 정情의 냄새이다. 그의 남성이 일어서고 있었다. 벽걸이 냉방기에서는 시원한 바람이 날아오고 있었다. 그는 침대 위에 걸터앉았다. 그녀도 그의 옆에 걸터앉았다. 그녀가 말했다.

"저는 서로를 향해 사납게 짖어대면서 물어뜯고 싸움질만 하는 개떼들 틈바구니에서 살아오고 있었어요. 노린내 나는 개 냄새, 피를 핥아먹는 늑대 냄새, 동물들만 사는 정글의 냄새……. 그것이 얼마나 소름 쳐지고 구역질 나는지 아세요?"

그녀는 심호흡을 했다. 그에게서 멜론 향기 비슷한 냄새가 날아왔다. 그 냄새 때문에라도 그의 영원한 허방이 되어 순하게 복종하면서 살고 싶었다. 그녀의 길이 보이기 시작했다. 내 길 위에는 순수라는 것과 신앙 같은 성스러운 사랑과 복종의 자유만 있으면 넉넉하다.

그는 곤혹 속에 빠져들었다. 참회의 여행을 하겠다고 나섰는데, 지금 그의 남성은 발기해 있었다. 이놈이 나를 배반하고 있다. 그는 그를 배반하는 그의 남성의 의지를 배반하며, 잠시다, 하고 침대의 바람벽 쪽 가장자리에 누웠다.

"냉방이 웬만큼 되었다 싶으면 저것 꺼버리고……."

그녀는 그의 속마음을 읽고 있었다. 그가 바보처럼 보이고, 원망스러웠다. 이 남자는 자기의 원초적인 시의 의지를 배반하고 짓밟고 있는 비굴한 겁쟁이다. 출렁거리는 여자의 뜨겁게 융기하는 피의 흐름을 모른 체한다. 그녀는 임종산의 소설 『바다에서의 밤참』을 읽었다. 그것은 유부남인 소설가가 젊은 처녀하고 사랑의 도피 행각을 하는 소설이었다. 그녀가 말했다.

"저 선생님이 쓴 그 소설 읽었어요."

그는 부끄러웠다. 얼굴이 화끈 달아올랐다. 눈을 힘주어 감으면서 심호흡을 했다. 이 여자에게 모든 것을 들켰다. 소설가 내부의 신비성과 그럴듯한 품위는 허상이라는 것. 그 생각을 하자 그의 남성이 주눅 들린 듯 고개를 숙였다. 그는 으흠, 하고 헛기침을 했다.

여닫이 연안 모래밭 가장자리의 문학 산책로 저쪽 바다 위로 해
가 빨갛게 떠올랐을 때 그녀는 그 해를 바라보며 심호흡을 했다. 해
가 그녀의 몸으로 스며들었다. 「여닫이 바다의 혼례」라는 시비를
읽었다.

사랑하는 나그네 당신, 보았습니까, 안개 낀 봄밤에 별들이 여닫
이 바다하고 혼례 치르는 것, 보았습니까, 한여름 보름달이 마녀로
둔갑한 바다와 밤새도록 사랑하고 아침에 서쪽으로 가며 창백한 얼
굴로 비틀거리는 것, 보았습니까, 늦가을 어느 저녁에 여닫이 바다
가 지는 해를 보내기 싫어 소주 한 병에 취하여 피처럼 불타버리던
것, 보았습니까, 달도 별도 없는 겨울밤 눈보라 속에서 여닫이 바다
가 혼자 외로워 울부짖으며 몸부림치는 것, 그대 알아채셨습니까,
여닫이 바다의 몸짓이 사실은 제 마음을 늘 그렇게 표현해주고 있
다는 것.

아침밥을 먹기 위해 식당으로 가면서, 그녀가 말했다.
"아까 그 「여닫이 바다의 혼례」라는 시의 맨 끝 구절 말이에요,
'그대 알아채셨습니까, 여닫이 바다의 몸짓이 사실은 제 마음을 늘
그렇게 표현해주고 있다는 것' ⋯⋯ 그것이 정직과 순수를 말해주

는 역설이라는 것이잖아요?"

　그는 하늘을 쳐다보았다. 이 여자에게 모든 것을 다 들켰다고 생
각했다. 그녀가 말을 이었다.

　"간밤 내내 선생님의 『바다에서의 밤참』 생각을 하면서 엎치락뒤
치락했어요……. 그거 선생님이 실제 체험하고 쓴 것 아닌가요?"

　그는 그녀의 순수 앞에서 주눅이 들었다. 아, 나는 속물 중의 속
물이다. 그는 성스러움과 속됨 사이의 길항拮抗을 이야기하려다가
입을 다물었다. 한데 그녀가 그의 삶을 합리화시켜주었다.

　"세상은 모순으로 가득 차 있어요."

　사람들이 살아간다는 것은, 사실에 있어서, 모순을 삶아 먹고 고
아 먹으면서, 모순 저 너머의 진실을 향해 가는 것 아닙니까? 하고
말하려다가, 너무 잘난 체한다 할까 싶어 입을 다물었다.

성聖과 속俗

그들은 맵지 않은 우럭탕에 밥을 말아 먹은 다음 보성의 군학마을로 가서, 지금은 뒷산 소나무숲에 날아와 앉지 않는 두루미들을 그리워하다가 정응민 판소리 유적지를 둘러보았다. 명창 박유전을 잇는 웅혼하면서도 구슬픈 강산제를 더욱 발전시켜 자기의 소리를 완성시킨 정응민은 한빈한 바닷가 마을에서 태어났다. 학들은 사라졌어도 군학群鶴마을이라는 이름은 남아 있다. 사람은 사라져도 예술은 남는다. 흙탕물 속에서 맑게 솟아오르는 맑은 물 같은 향 맑은 소리.

보성의 차밭으로 갔다. 거대한 검푸른 청룡들이 줄지어 엎드린 채 꿈틀거리고 있었다. 청룡들의 검푸른 몸 위로 찬란한 아침 햇살이 쏟아지고 있었다. 작설차의 맛과 향은 배릿하고 고소했다. 차는 원초적인 기를 불어넣어주는 음료이다.

"차는 '차'일 뿐인데, 보성 사람들은 그 '차'에다가 '녹'이란 말을 붙여 녹차라고 말합니다. '차'라는 고유한 이름을, 유자차 대추차 매실차 율무차 댓잎차 연잎차 두충차 같은 엉뚱한 곳에 빼앗기고, 녹차로 피해 간 거예요. 그리고 그것을 상품화시켰어요. 녹차 된장에, 녹차 한우에, 녹차 과자에, 녹차 쌀에, 녹차 막걸리…… 성스러운 차에 속된 장삿속이 곁들여진 것입니다. 따지고 보면, 성聖과 속俗이 한데 어우러져 있습니다."

그녀가 고개를 끄덕거리고 나서 눈을 내리깐 채 말했다.

"그래요. 성과 속이라는 것…… 미스코리아에 나가기 전, 대학 이학년 일 학기에 신화학강의를 들었는데, 머리 허연 노교수가 성聖스러움과 속俗됨에 대하여 이야기하는 과정에서 문득 칠판에다가 한자로 種口종구라고 쓰더니, 그 옆에 '씨+입'이라고 뜻을 달았어요. 노교수는 그것을 중심으로 해서 '성'스러움과 '속'됨을 이야기했어요. 성과 속은 먼 데 따로 있는 것이 아니고, 같은 곳에 동전의 양면처럼 존재한다고요. 그 노교수가 제 이름을 묘연이라고 지어주었어요. 한마디로 말한다면 '우주의 샘'이란 뜻이라고요. 그런데 저는 그 성스러운 우주의 샘 노릇을 하지 못한 채 간수의 속된 오물받이 노릇만 해온 거예요. 간수는 자꾸 새벽녘에 들어와서 형식적인 그 행위를 하려 들곤 했어요. 밤새도록 어린 여자를 안고 놀다 들어와 혼자 밤을 새운 아내에게 미안하여 그 행위를 해주려는 것이었어요. 저는 그 모욕을 당하지 않겠다고 몸부림을 치곤 했지만 그는 강제로 그 짓을 기어이 하곤 했어요. 진이 이미 다 빠져 있기 때문에, 제대로 해내지도 못하면서 저의 성소聖所만 더럽혀놓곤 하는 그 잔인한 못된 짓……. 제가 동물 냄새 나는 정글 감옥을 뛰쳐나와 길을 잃고 이렇게 헤매는 까닭이 그것입니다. 그런데 세상은 다 똑같아요. 그 근엄하고 지적인 멋을 지닌, 어찌 보면 성스러워 보이는 머리 희끗희끗한 노교수도 저를 많이 좋아해서 늘 점심과 저녁과 차를 사주곤 했어요. 저를 보는 눈에 탐욕이 들어 있었어요. 눈으로 제 젖가슴을 간음하고, 가끔은 자꾸 제 손을 만지려고 들었고……. 제가 뿌리치고 도망을 쳐서 그게 이루어지지 않았지만, 등록금을 대준다는 조건의 원조교제도 하려고 들었어요. 성과 속이 그 노교수 한 몸에도 다 들어 있었어요."

그의 영혼의 옆구리 한쪽이 아프게 시렸다. 내 몸뚱이 내 영혼이야말로 찬란해 보이는 빛과 더럽고 음습한 어둠을 내포하고 있다.

순천만 갈대밭

그들은 순천만의 갈대밭으로 들어섰다. 푸른 갈대밭이 질펀하게 펼쳐졌다. 햇빛이 찬란했다. 그는 그녀가 무서워지기 시작했다. 그녀의 눈이 날카로운 투시력을 가지고 그의 영혼의 굽이굽이를 환히 뚫어보고 있는 듯싶었다. 그녀와 나란히 갈대밭 한가운데의 흑갈색 판자 길을 걸어가는 그는 말이 하고 싶어졌다.

"여자의 마음은 갈대와 같이 항상 변한다고 하는 노래를 저는 좋아하지 않아요."

뱉어내는 말들이 가지고 있는 보호막 속으로 그는 숨고 있었다.

"'인간은 생각하는 갈대'라고 한 파스칼의 말도 싫어요. 갈대의 정체성이 얼마나 뚜렷하고, 생명력이 얼마나 강한데 함부로 갈대를 그렇게 깔봐요? 바람이 불면 갈대는 흔들리는 것이 아니에요. 바람이 지나갈 수 있는 자리를 내주고 나서 다시 제자리로 재빨리 돌아가 꼿꼿이 서 있으려고 몸부림하는 거예요. 바람이 불면 갈대는 우우 소리를 질러서 바람에게 저항을 해요. 그리고 뿌리를 뻗어서 강을 건너가지요. 만일 홍수가 져서 뿌리가 뽑혀 떠내려가면, 어느 연안엔가 주저앉아 뿌리를 내려 정착을 해 곧 하나의 큰 군락을 이뤄요. 갈대는 각자 각자가 자기의 절대 고독을 꿋꿋하게 이겨내곤 하는 것이지요."

그녀가 입을 굳게 다문 채 고개를 끄덕거렸다. 그러한 그녀가 낯설었다. 그녀가 한 말이 귀청을 울렸다. '눈으로 제 젖가슴을 간음하고, 가끔은 자꾸 제 손을 만지려고 들었고……. 제가 뿌리치고 도망을 쳐서 그게 이루어지지 않았지만, 등록금을 대준다는 조건의 원조교제도 하려고 들었어요. 성과 속이 그 노교수 한 몸에도 다 들어 있었어요.'

그의 가슴에 가책이 일었다. 사실, 나는 소연과 원조교제를 한 것이었다. 오두막 앞을 지나가면서 그녀가 말했다.

"저도 한 줄기 갈대일 거예요. 저는 저에게 묻곤 해요. 너는 연약한 존재냐? 외로워 울곤 하느냐? 그 물음에 저는 세차게 도리질을 해요. 저는 어떤 경우에도 흔들리지 않고, 연약하지도 않다고요. 저는 갈대처럼 제 절대 고독을 꿋꿋하게 이겨내곤 해요. 저는 갈대처럼 강하기 때문에 그 미친 늑대 같은 간수의 마수를 벗어난 거예요. 저의 순수와 자유와, 그리고 저에게로만 향해지는 누군가의 오롯한

사랑과 저의 정체성을 확실하게 찾고 지키려고요. 저를 진실로 사
랑하는 사람에게만 진짜로 복종을 하려고요."

　머리 위로 하얀 해오라기들이 날아갔다. 누군가의 혼령 같았다.
갈대밭 사이의 웅덩이에는 청둥오리, 쇠오리들이 헤엄치고 있었다.
갈매기도 고기 사냥을 했다. 개개비들이 경망스럽게 지껄거렸다.
남쪽에서 바람이 불어왔다. 갈대들이 몸을 굽혔다. 그녀가 쓰고 있
는 밀짚모자가 벗겨졌고, 빡빡 깎은 하얀 머리가 햇빛을 되쏘았다.
빨간 끈이 그녀의 가는 목에 걸렸고, 밀짚모자는 그녀의 등에서 흔
들거렸다. 찬란한 햇빛으로 인해 그녀는 얼굴을 찌푸렸다. 밋밋하
던 이마와 눈살에 명주실보다 더 가는 잔주름 몇 개가 그어졌다. 빡
빡 깎은 머리에 얼굴 찌푸림이 더해지자 기이한 매력이 솟아올랐
다. 함부로 할 수 없는 강퍅剛愎함이 내재해 있었다. 그녀가 벗겨진
밀짚모자를 덮어썼다.

추적자

뒤쪽에서 빠른 걸음으로 다가온 한 남자가 멈칫거리면서 묘연의 얼굴을 살폈다. 그 남자는 눈을 크게 벌려 뜬 채 놀라고 있었다. 그녀는 다가온 그 남자를 아랑곳하지 않고 종산을 따라 걸었다. 다가온 남자는 묘연과 종산을 앞장서서 몇 걸음 걸어가다가 뒤돌아서더니 그녀의 위아래를 훑어보았다. 그 남자는 키 땅딸막하고 눈썹이 새까맣고 광대뼈가 튀어나오고 입술이 두껍고, 이마에 타박상의 흉터가 있고, 콧잔등이 뭉개진 정무였다. 그녀는 정무를 알아보는 순간 소스라치게 놀랐다. 이 살쾡이가 어떻게 머리까지 깎아버린 나를 알아보았을까. 그렇지만 곧 태연해졌다. 정무를 제압할 수 있는 묘책을 알고 있었다.

정무는 그녀의 앞을 막아서면서 말했다.

"형수님."

그녀가 발끈해서 볼멘소리를 했다.

"이 사람 미쳤어! 내가 왜 당신의 형수야?"

그녀는 순간적으로 멍해져 있는 종산의 옷자락을 잡아끌면서 나아갔다. 종산은 당황했다. 정무가 그의 얼굴을 흘긋 살피고 나서 그녀에게 말했다.

"형수씨 맞잖아요? 이름이 호묘연이고."

그녀는 고개를 발딱 뒤로 젖히면서 "하하하……." 하고 강팍하게 웃었다. 그 웃음으로 인해 그녀의 풍만한 젖가슴이 흔들렸다.

종산은 난감해졌다. 묘연이 이 남자에게 붙잡혀 갈 터인데, 나는 이제 어찌해야 할까. 이 남자는 보아 하니 조직폭력배가 틀림없다. 이마에 흉터가 있고, 콧잔등이 뭉개져 있고, 눈은 날카롭게 빛났다. 키는 작달막하지만 표범처럼 날쌜 듯싶고, 강단져 보였다. 정무가 그녀 앞을 막아서자마자 무릎을 꿇고 앉으면서 두 손바닥을 모아 빌었다.

"형수님, 더 방황하시지 말고 저하고 함께 돌아가십시다. 형님이 기다리고 계십니다. 날마다 밤마다 술에 절어서요. 형수님이 돌아오시기만 하면 모든 것을 물시하고 용서하겠다고 하셨습니다."

그녀가 정무를 피해 종산 옆으로 바싹 다가서면서 "재수 없을라니까 별 미친놈이 앞을 막고 지랄이야." 하고 나서 정무를 향해 날카롭게 쏘아붙였다.

"나는 그런 년 아니니까 다른 데 가서 찾아봐."

묘연과 종산은 빠른 걸음으로 나아갔다. 바람이 달려왔고, 갈대들이 몸을 눕히면서 우수수 소리쳤다. 정무가 뒤따라와 앞을 막으면서 그녀의 팔을 붙잡았다. 그녀가 잡힌 팔을 뿌리치면서 몸을 돌렸다. 종산의 팔을 주차장 쪽으로 잡아당기면서 말했다.

"선생님, 우리 그냥 돌아가요."

정무는 그녀를 놓치지 않으려고 뒤쫓아 왔다. 종산은 이제 묘연과 어쩔 수 없이 헤어져야 한다고 생각했다. 묘연은 종산을 주차장으로 이끌었다. 정무에게 잡혀갈 태세가 아니었다. 정무가 그들의 뒤를 따라왔다. 그녀는 더 이상 피할 수 없다고 생각했다. 당장에 정무와 결판을 짓고 돌려보내야 한다고 생각했다. 종산에게 빠른 어조로 말했다.

"선생님, 염려 마시고, 잠시 택시 안에 들어가 계세요. 저 자식을 두들겨 패서 보내고 올게요."

조폭의 아내다운 거친 말씨였다. 그녀가 한층 더 낯설어졌다. 종산은 그녀의 말을 반신반의했다. 여자의 몸으로 어떻게 폭력배인 남자를 두들겨 패서 보내고 온다는 것인가. 말은 저렇게 하지만, 결국 그 남자의 차에 실려 가버리지 않을까. 그는 하릴없이 대기시켜 놓은 택시 앞으로 갔다. 묘연을 놓치게 된다고 생각하니 아깝고 짠했다. 온몸으로 냉방기운이 엄습했다. 묘연이 그놈을 과연 따돌리고 돌아올까. 끌려가버릴까. 조마조마했다. 어깨를 들어 올리면서 심호흡을 했다.

묘연은 박박 깎은 머리로 햇살을 쏘고, 등에 짊어진 밀짚모자를 흔들어대며, 정무를 이끌고 주차장 맞은편의 낮은 언덕에 있는 찻집으로 들어갔다. 기다란 생머리의 젊은 주인 여자에게 아이스커피를 달라고 했다. 그녀는 씨근거리면서 허공을 쳐다보며 이를 단단히 악물었다. 눈에는 눈, 이에는 이다. 아이스커피가 나왔다. 정무의 두 눈을 쏘아보면서 말했다.

"야, 정무, 너 죽고 싶지 않으면 그 커피 마시고, 찍소리 말고 돌아가. 머리 이렇게 꽉 밀어버린 것 보이지 않니? 나 이 세상 죽기 아니면 까무러치기로, 이제는 진짜로 내가 살고 싶은 대로 살 작정을 했다. 뭔 뜻인지 알아?"

정무가 두 손을 비비며 말했다.

"형수님 저 좀 살려주십시오."

그녀가 말을 이었다.

"만일에, 정무 너, 나를 강압적으로 끌고 가면, 내가 너를, 윤창일이 그 자식한테 칼 맞아 죽게 만들어버릴 거야. 알아? 나, 너한테 이끌려서 그 자식한테 가면 못할 말이 없어. 너하고 모텔에 들어가서 며칠 밤 자고 왔다고, 너 여자 다루는 솜씨가 제법이더라고 말해버릴 거야. 네 형님 윤창일이 그 자식, 여자에 관한 한 야비하고 치사하고 의심 많은 놈인 거 알지? 나 다시 그 자식한테 가면, 오래전부터 틈만 나면 너하고 자곤 했다고 말해버릴 거야. 알아?"

정무가 몸을 일으키더니 땅바닥에 무릎을 꿇고 앉아 두 손을 비비면서 말했다.

"형수님, 저 좀 살려주십시오. 형수님이 가출해버린 뒤로 형님 사시는 것이 말이 아닙니다. 낮이나 밤이나 술만 마시고, 눈 빨개진 채 동생들한테 신경질 내고 호통만 쳐요."

"개뼉다구 같은 소리 작작해. 그 자식한테 여자가 한둘이라고, 나 없다고 눈이 빨개져서 살아? 웃기지 말라고 해……. 이 호묘연이도 살고, 윤창일이도 살고, 서정무 너도 사는 길은, 네가 눈 딱 감고, 나를 찾지 못했다고 거짓말을 해버리는 것이야. 너 마음 잘못 먹고, 나를 억지로 끌고 가면 모두가 파탄난다. 뭔 말인지 알아듣겠어? 너 그 자식한테 칼 맞아 죽고 싶지 않으면, 여기서 나간 뒤로는 나 다시 따라오지 마. 애초에 나를 안 만난 것으로 해버려. 네가 아무리 통사정해도 내 마음은 절대로 흔들리지 않아. 알아? 나를, 예전에 윤창일이 각시 노릇하던 호묘연으로 생각하지 마. 그 옛날의 호묘연은 벌써 바닷물에 빠져 죽어버렸어."

그녀는 몸을 일으키고 찻집을 빠져나갔다. 정무가 "형수님, 저 좀 살려주십시오." 하고 쫓아왔지만 그녀는 뒤돌아보지 않고 달렸다.

여수

묘연이 정무를 따돌리고 온 뒤부터 종산의 마음은 달라졌다. 그녀가 쟁취한 자유를 위해 그가 적극적으로 나서서 애써주어야 할 것 같았다. 소연이가 묘연을 감추려면 여수로 가야 한다고 말했다. 택시기사에게 여수로 가자고 말했다. 그녀는 그의 옆으로 바싹 다가앉으며 흥분된 목소리로 말했다.

"선생님, 어떤 일이 닥쳐도 저 놓치지 마세요."

택시가 달렸다. 뒤쪽 유리창 뒤를 돌아보니 정무의 날렵한 빨간색의 스포츠카가 그들의 택시를 뒤쫓아 오고 있었다. 택시로는 정무를 따돌릴 수 없다고 생각했다. 그는 택시기사에게 순천버스터미널로 가자고 말했다. 묘연을 놓치고 싶지 않았다. 그녀 영혼의 한 부분은 이미 그의 속에 깊이 들어와 똬리를 틀고 있었다. 공동운명체가 되어 있었다.

  택시가 터미널 입구에 섰고 그들은 내리자마자 대합실로 달려 들어갔다. 여수행 버스가 시동을 걸어놓고 있었다. 그들은 표를 구하자마자 그 버스에 올랐다. 뒤쪽의 빈 좌석에 나란히 앉았다. 버스 앞쪽의 창유리 밖으로, 두리번거리며 뛰어다니는 정무의 모습이 보였다.

  그들이 탄 버스가 출발을 위해 잠시 후진했다. 정무의 눈길이 그 버스로 날아들었다. 정무는 그녀가 후진하는 여수행 버스를 탄 것이라 확신하고 몸을 돌렸다. 그 버스를 뒤쫓을 모양이었다.

  그들이 탄 버스가 시내를 벗어나, 여수를 향해 뚫린 드넓은 도로로 들어섰다. 그녀는 버스의 맨 뒤편 빈자리로 갔다. 거기에 앉아 뒤편의 창을 통해 뒤따르는 차들을 살폈다. 맨 앞에 트럭이 따라오고, 그 뒤에 검정색 승용차가 오고, 그 뒤에 봉고차가 오고 있을 뿐 빨간색 스포츠카는 보이지 않았다. 버스는 냉방기운을 쾌적하게 뿜고 있었다. 그녀는 그의 옆자리로 가서 앉았다.

  "따라오고 있어요?"

  그녀는 도리질을 했다. 그는 생각했다. 이마에 타박상 흉터가 있고 콧잔등이 뭉개진 그 강단진 남자는 끈질기게 여수까지 따라올 것이다. 버스에서 내리자마자 거문도행 배를 타버리자. 그의 속에 들어 있는 소연이 일단 거문도행 배 시간을 알아보고 나서 중앙동의 해안통에서 점심을 먹은 다음 향일암 쪽으로 가라고 말했다.

묘연이 깊이 잠긴 목소리로 말했다.

"아까 그 자식, 간수놈의 오른팔인데…… 무지하게 끈질긴 놈이에요."

그가 말했다.

"좌우간 염려 말아요. 여수에 내리자마자 택시를 탑시다. 그 자식이 뒤쫓으면 택시기사보고 골목길을 이리저리 달려서 따돌려버리라고…… 택시기사들이 운전을 귀신같이 잘하니까."

그녀가 그의 손 하나를 끌어다가 두 손으로 감싸 잡았다. 그녀의 손이 미세하게 떨고 있었다. 그가 다른 손으로 그녀의 손등을 감쌌다. 그녀는 문득 말을 하고 싶어졌다. 심호흡을 하고 나서 잠긴 목소리로 말했다.

"제 몸에는 회유回遊하는 물고기의 피가 흐르고 있어요."

그녀의 말은 비누거품처럼 보호막 구실을 하고 있었다.

"제 외가가 어디인지 아세요? 덕적도의 소야도예요. 경기도 땅인 덕적도 옆의 소야도 처녀하고 전라도 땅인 우이도 총각하고 어떻게 결혼을 했겠어요? 회유하는 새우 잡으러 덕적도의 소야도 앞까지 간 우리 아버지 배가 고장이 나서 덕적도의 소야도에 닿았어요. 거기서 며칠 동안 묵다가 우리 어머니를 만난 것이지요. 우리 외할아버지는 꽃게잡이 어부였어요. 외할아버지는 외할머니가 일찍이 돌아가시고 나자, 우리 어머니를 배에 태우고 꽃게잡이를 했대요."

향일암

여수에 도착하자마자 종산과 묘연은 택시를 타고 서대회집으로
가서 점심을 먹고 향일암을 향해 달렸다. 택시가 연안 바다를 왼쪽
에 끼고 달리고 있는 동안 그의 마음은 이미 향일암에 가 있었다.

그해 초하룻날 소연과 더불어 향일암엘 갔었다. 섣달그믐날 밤
모텔에서 자고 이튿날 아침 일찍이 해 떠오르는 것을 보기 위해 절
로 올라갔다. 간밤 바다를 앞에 눕혀놓은 채 소주를 마시고 취한 그
녀는 말했었다.

"저는 욕심이 참 많은 여자예요. 저는 한 사람의 남자만을 사랑하
고는 못 살 거 같아요. 친구하고 사주를 봤는데, 사주쟁이가, 제 운
명이 반드시 두 남자를 사랑하며 살 거라고, 그랬어요. 운명이 그렇

다면 그렇게 살아가야지요 뭐······. 선생님을 사랑하다가 제 나이 서른 살이 되면 어떤 순한 남자하고 결혼을 할 거예요. 그리고 그 남자의 아이를 하나 먼저 낳아주고, 그런 다음에 선생님 아이를 또 하나 낳을 거예요. 저 혼자서만 아는 그 둘째 아이에 대한 비밀을 죽을 때까지 고이 간직하고 살아갈 거예요. 제가 향일암에 오자고 한 것······ 그 소망을 떠오르는 해님한테 빌려고 그런 거예요."

눈이 얇게 쌓여 있었다. 찬 바람이 매서웠다. 해맞이 관광객들이 절 마당에 가득 찼다. 소연은 거북의 등껍질 무늬가 새겨진 바위 위에 두꺼운 수건을 깔고 앉아 있었다. 바야흐로 해가 떠오를 시간이었다. 해오름의 시간을 알고 있는 누군가가 구령을 붙였고 사람들이 따라서 외쳤다.

"열, 아홉, 여덟, 일곱, 여섯, 다섯, 넷, 셋, 둘, 하나!"

수평선의 묽은 안개 너울을 뚫고 새빨간 해가 얼굴을 혀끝처럼 내밀었다. 주홍색이라고도 할 수 있고, 주황색이라고도 할 수 있었다. 진홍색과 선홍색에 보라색 계통의 어떤 어두운 색깔인가가 더 섞여 있었다. 해가 모습을 드러냈다.

사람들은 왜 해를 숭상하는가. 마하 비로자나불大日如來은 절대적인 위대한 빛이 인격화된 존재이다. 우주 에너지의 축소판인 인간의 몸은 원초적인 해의 에너지를 흡입하려고 한다.

해의 붉은 내부가 수런거렸다. 사람들이 박수를 치면서 환호했다. 소연은 반가부좌를 한 채 두 손을 앙가슴에 대고 합장을 하고 해를 바라보았다. 해는 거대한 열기구처럼 둥실 떠올랐다. 해의 새빨간 빛살 너울이 향일암 아래쪽 연안의 갯바위를 향해 거대한 다리처럼 놓였다. 소연은 해와 출렁거리는 새빨간 다리를 가슴으로 빨아들였다. 그녀는 몸을 떨었다. 그는 그녀의 체온이 떨어져 몸을 떠는 줄 알고 그녀를 뒤에서 끌어안았다. 두 손으로 그녀의 합장한 손을 감쌌다. 그녀가 속삭이듯이 말했다.

"제가 심호흡을 했더니, 저 해, 저 시뻘겋게 출렁거리는 물너울 다리가 제 몸속으로 다 빨려 들어왔어요. 지금 가슴이 벅차고, 온몸이 부풀어나서 터지려고 해요."

해가 중천에 떠올랐고, 사람들은 하나씩 둘씩 돌아갔다. 그녀와 그만 남았다. 향일암의 얼룩덜룩한 단청이 햇살을 받아 찬란하게 빛났다. 절 안에는 어두운 보라색의 그늘이 담겨 있었고, 그 그늘 속에서 부처님이 그윽한 미소를 짓고 있었다.

종산은 절을 향해 올라갔다. 오르내리는 길에 어려 있을 소연의 숨결과 체취를 느껴보고 싶었다. 묘연이 그의 뒤를 따랐다.

한 해 전에 목조건물인 절이 모두 불탔는데, 불탄 잔해들을 모두 걷어내고 가건물을 지어 절로 사용하고 있었다. 스님이 가부좌를 한 채 불상을 향해 목탁을 두드리며 염불을 하고 있었다. 신도들 대여섯이 절을 하고 있었다.

소연이 떠오르는 해를 향해 앉아 있던 거북 등 무늬가 새겨진 바위가 햇살을 받아 반짝거렸다.

절을 등지고 산을 내려오면서 그는 가슴속의 그녀를 위하여 시 한 편을 초혼하듯이 외고 싶었다.

"시 한 편 외울게요."

그녀가 고개를 끄덕거렸다. 그가 시를 외었다.

나는 늘 당신 품에서 산다. 길거리에 흐르는 사람들 속에서 당신을 만나고 산의 푸나무들과 밤하늘의 별들 속에서 당신의 눈빛을 보고, 나뭇잎을 스쳐온 바람에서 당신의 체취를 맡는다. 당신의 그윽한 눈빛 속에서 다소곳이 해바라기하고, 아침 산책에서 허기진 듯 이슬 묻은 당신의 숨결을 마신다.

묘연이 말했다.

"그 시 속의 '당신'은 여신 같은 존재인 듯싶네요……. 저도 누군가의 거룩한 여신이 되어 살고 싶어요."

거문도

거문도로 들어가는 '오가고호號'를 탔다. 배에 오르면서 그녀는 불안한 눈으로 사방을 두리번거렸다. 그는 불안해하는 그녀의 심사를 바꾸어주고 싶어 말했다.

"거문도에는 순정 시인의 마음으로 가야 합니다."

그녀는 말없이 고개를 끄덕거렸다. 그 모습이 소연처럼 순했다.

그해 늦은 여름, 그는 소연과 더불어 거문도엘 갔었다. 한여름의 태양이 최고조로 작열하는 때는 하늘, 바다, 물고기, 물새, 사람들이 광기에 들뜨게 마련이다. 광기는 생명력이란 말의 극단적인 표현이기도 하다. 그 광기가 두려운 그는 한여름이 시들어지고 난 뒤 소연과 더불어 거문도와 백도를 읽으려고 갔었다.

이제 그는 한여름에, 묘연과 더불어 거문도엘 가고 있었다. 하얗게 쏟아지는 햇볕은 신화 속의 화살처럼 번쩍거렸다. 한여름의 바다는 난만하게 짙푸르러 있고, 부끄럼 없이 출렁거리고 있었다.

바다의 물너울은 거대한 마녀가 치렁치렁 걸친 반물색 자락치마였다. 오가고호는 푸른 물결 속에 들어 있는 지퍼를 하얗게 찢어 열면서 나아갔다. 그 지퍼가 열릴 때, 바다는 간지럼 먹은 여자처럼 하얗게 웃어댔다.

그는 창가에 기대섰다. 그녀의 벗겨진 밀짚모자는, 목에 걸린 빨간 줄 때문에 등에서 데룽거렸다. 그녀의 박박 깎은 머리는 번쩍거렸다. 그가 그녀의 등에 걸쳐져 있는 밀짚모자를 머리에 얹어주었다. 밀짚모자의 그늘에 가려진 얼굴은 숙련된 장인이 조각해놓은 아름다운 석고상 같았다. 그녀의 눈과 코와 기다란 목에서 소연을 느꼈다. 그는 그녀에게 소연에 대한 이야기를 모두 고백해버리고 싶은 충동을 느꼈다.

크고 작은 무인도들이 뒤쪽으로 흘러갔다. 파도들이 동남쪽에서 밀려오고 또 밀려왔다. 자세히 보면 파도들은 그 높이나 부피나 모양새가 모두 똑같지 않았다. 드높고 세모난 파도가 밀려온 다음에는 반드시 두루뭉술한 타원형의 파도가 밀려오고, 그다음에는 밋밋한 것이 달려왔다. 그 세 유형의 파도는 늘 차례를 지켜 거듭 밀려오곤 했다.

그녀는 문득 미련스러운 질문을 했다.

"파도란 것은 무엇인가요."

그는 오랫동안 생각에 잠겨 있다가 이윽고 대답했다.

"머물러 있는 것과 그것을 향해 달려온 것이 서로 부딪치기 때문에 융기하는 것이겠지요."

한동안 융기하는 파도들을 바라보고 있다가 말을 이었다.

"따지고 보면 사랑이란 것, 자유라는 것도 융기하는 파도 같은 것 아니겠어요?"

그는 생각했다. 파도는 머물러 있는 A와 달려온 B의 만남으로 인해 생긴 것인데, B만 달려가고 A가 없다면 파도가 생길 수 없지 않은가. 그런데 슬프게도 나는 공허한 사랑을 하고 있다. 실체가 있지도 않은 여자를 향해 달려가고 있다. 메아리를 찾아 헤매는 바보 소년같이. 그 생각을 들키고 싶지 않아 그는 입을 열었다.

"거문도를 왜 거문도라고 하는 줄 알아요?"

그녀는 말없이 파도만 바라보았다. 사실에 있어서 말이란 것은 불필요하다. 다만, 말은 순간적으로 아프게 고문하는 고독의 보호막으로서 필요할 뿐이다.

"거문도는 원래 이름이 '검은 섬島'이었어요. 따지고 보면, 거문도는 흑산도와 이름이 같은 거예요. 흑산도도 원래 '검은 섬'이거든요. '검神'은 함부로 범접할 수 없는 신성한 존재를 말하니까, 거문도는 '신성한 섬'인 겁니다."

"선생님, 어원 공부를 많이 하신 모양이네요."

그가 말했다.

"여신 공부를 많이 했어요. 여신은 만들어집니다."

그녀는 그가 진작부터 자기에게 관심을 가지기 시작했다고 생각했다. 이 남자는 나를 여신으로 모시려 하고 있다. 속에서 뭔가 꿈틀거리는 생각이 있었다. 소설가 임종산이 나 호묘연으로 인해 흔들리고 있다. 불현듯 하하하…… 하고 웃어댐으로써 그를 확실하게 무너뜨리고 싶었다. 그의 귀 가까이에 입을 대고 속삭여주고 싶었다. 선생님을 제 속에 신으로 모신 채 평생토록 신앙하고 복종하며 살고 싶어요. 그러나 그 말을 아끼기로 했다.

백도

    거문도항에서 내린 그들은 모텔방에 배낭을 벗어놓고, 뒷산 기슭에 있는 영국인 병사의 무덤을 찾아갔다. 그는, 자기가 그녀의 유혹에 흔들리고 있다는 것을 그녀가 알아채고 속으로 즐기고 있다고 생각했다. 내가 유혹에 넘어간다면 이 여자는 '너도 별수 없는 그렇고 그런 놈이야.' 하고 비웃을 것임에 틀림없다. 흔들리고 있는 마음을 감추어야 한다. 영국인 병사의 무덤 앞에 선 그가 그녀에게 말했다.

    "다도해 남단의 외로운 섬인데 어째서 영국인 병사의 무덤이 있는지 아시지요?"

    콧등에 땀이 송송 맺힌 그녀는 다 알고 있는 사실이지만, 모른다고 도리질을 하며 그의 두 눈을 응시했다. 심연 같은 눈에 허방이 들어 있었다. 그는 그 심연에 빠져죽을 것을 겁내며, 역사학자가 되어 말했다. 이때도 말은 비누거품 같은 보호막이었다.

"한반도가 일본 식민지로 전락하기 직전, 영국, 러시아 등의 세계 열강들이 한반도를 삼키려고 호시탐탐 노리고 있을 천팔백팔십년대 중반, 영국의 동양 함대가 이 섬을 점령하여 군사시설을 갖추고 이곳을 '해밀턴항'이라고 명명했어요……. 그 영국 함대는 이 년 뒤에 떠나갔는데, 이것은 그 이 년 동안에 죽은 병사의 무덤입니다."

그녀와 그는 알 수 없는 줄다리기를 묻어둔 채, 서도로 건너가는 다리 밑으로 갔다. 그곳의 횟집에서 갈치회에다가 소주를 마셨다. 갈치의 싱싱한 살코기는 부드럽고 달보드레했다. 갈치 살코기를 초장이나 된장에 발라 먹는 맛은 거문도 낭만의 맛이었다.

서도의 수월산 아래 바다에서 불끈 솟아오른 남근바위 저쪽의 수평선으로 해는 떨어지고 있었다. 그는 으흠, 하고 헛기침을 했다. 그녀는 말없이 해를 가리켰다. 그들 사이에는 상대를 유혹하느냐, 유혹을 따돌리느냐 하는 자존심 싸움 같은 줄다리기가 벌어지고 있었다. 낙조는 찬란하면서도 쓸쓸했고, 피곤이 밀려들었다. 방 안에 들어가 쉬고 싶어졌다.

아침을 먹고 백도로 가는 배를 탔다. 백도에 이르자 관광 해설사가 확성기를 통해 해설을 했다.

"태초에, 하늘나라 옥황상제 아들이 방탕한 생활을 한 죄로 이 바다로 귀양을 왔어요. 그런데 그 아들은 이 바다에 와서도 방탕의 버릇을 버리지 못하고 용왕의 아름다운 딸과 눈이 맞아 농탕질을 치면서 세월을 보냈어요."

그녀가 말했다.

"유치하네요."

그가 말했다.

"이런 곳에 관광 와서는 해설사의 말을 신뢰해야 즐겁습니다."

해설사의 말은 계속되고 있었다.

"옥황상제는 몇 년 뒤 아들이 보고 싶어, 아들을 데려오려고 사신을 내려보냈습니다. 모두 서른여덟 명을 보냈어요. 옥황상제의 아들은 그 사신들에게, 야야, 너희들 잘 왔다, 하면서 붙잡아두고 하늘로 돌려보내지 않았어요. 사신들은 모두 용왕님 딸의 시녀들과 놀아났습니다. 그들이 그렇게 농탕치고 있음을 안 옥황상제는 화가 나서 자기 아들과 내려보낸 사신들을 향해 뇌성벽력을 때렸습니다. 그 순간 그들은 모두 백도와 그 옆의 크고 작은 바위 서른아홉 개로 변했습니다."

해설사는 신명이 나 있었다.

"거문도에서 동쪽으로 이십팔 킬로미터 떨어진 이 백도는 상백도와 하백도로 구분이 됩니다. 깎아지른 절벽들의 모습이 장엄하고 천태만상이고, 변화무쌍하여, 동쪽에서 보는 것 다르고 서쪽에서 보는 것이 다릅니다. 그야말로 선경인데, 이곳은 중국 진시황제가 불로초를 캐오라고 보낸 동남동녀들이 잠시 머물렀던 곳입니다. 이 섬에는 흑비둘기를 비롯하여 삼십 여 종의 새들이 살고, 풍란, 석곡, 눈향나무, 동백, 후박나무 따위의 아열대식물, 진기한 풀들이 많습니다. 남해의 해금강이 바로 여기입니다."

돌아오는 길에 그녀가 물었다.

"회갈색의 섬인데, 왜 흰 백白 자를 써서 백도라고 이름 지었을까요?"

그녀의 박박 깎은 머리에 햇살이 반사되었다. 밀짚모자는 붉은 끈으로 그녀의 가는 목울대를 죄면서 등에서 흔들거리고 있었다. 그때 소연도 그와 똑같은 질문을 했었다. 그가 줄달음질 치고 있는 파도들을 보며 말했다.

"일백 백百 자에서 한 획을 뺀 글자, 즉 아흔아홉九十九이라는 뜻의 글자가 흰 백白 자입니다. 아홉은 양陽의 극치이면서 동시에 변화무쌍한 수입니다. 이 섬의 기기묘묘한 아름다움을 극찬하려는 이름입니다. 또한 흰白 것은 우주적인 시원, 신화에 맞닿아 있어요."

진실게임

거문도항에 내렸을 때 그녀가 말했다.

"선생님, 우리 여기서 하룻밤 더 자고 가요."

그가 그녀의 두 눈을 들여다보았다. 예로부터 남근바위는 여자를 바람나게 한다고 했다. 그녀가 얼굴을 일그러뜨렸다. 지금 여수항에서 제 간수가 기다리고 있을 것 같은 예감이 들어서요, 하고 말하려다가 그만두었다. 그녀가 말했다.

"오늘 저녁은 제가 사겠어요."

그들은 남근바위가 한눈에 바라다보이는 횟집으로 들어갔다. 그녀가 농어회 한 접시와 소주 한 병을 달라고 말했다.

"이제부터는 우리 역할 바꾸기를 해요. 제가 주인 노릇을 하고, 선생님이 노예 노릇을 하기로. 제가 만리장성을 쌓으라고 명령하면, 선생님은 참을성 있게 그것을 쌓아야 하는 거예요."

모텔로 들어온 그녀가 졸랐다.

"우리 진실게임해요. 은밀하게 감추고 있는 것을 혼자만의 신화로 간직하려 하지 말고 다 털어놓으세요. 선생님의 비밀……『바다에서의 밤참』에서 슬쩍 꼬투리만 보여준 그 비밀을 저하고 공유해요."

그녀가 맥주병 마개를 텄다. 컵 위로 거품이 넘치도록 따랐다. 그는 컵을 들고 거품을 빨아 마셨다. 묘연에게 그의 모든 죄와 벌을 다 털어놓고, 홀가분해지고 싶었다. 그는 술잔 속의 술을 들여다보며 말했다.

"부산 송도에서 처음 만났어요, 소연이라는 그 아이. 그 아이는 항구 처녀예요. 항구는 개방적이고 황홀하게 출렁거리는, 시쳇말로 화끈한 시공이잖아요."

2장 방황하는 넋

부산 송도

봄처럼 포근한 늦겨울이었다. 소연은, 미색의 오리털 파카에 옥색의 목도리를 하고 청바지를 입고, 그를 만나러 나와주었다. 까만 머리 꽁지에는 모란꽃 모양의 흰 리본을 달고 있었다. 그 리본으로 인해 그녀가 십 대 후반의 앳된 소녀로 보였다. 해변의 횟집에서 소연과 그는 마주 앉았다. 소주잔을 내밀자 그녀는 얼굴을 찌푸리고 도리질을 하며 "써요?" 하고 물었다. 그가 말했다.

"쓰기는? ……소주를 잘 마셔야 소설을 잘 쓰는 거야."

그것은 악마의 말법이었다. 소연은 긴장한 표정으로 한 모금을 마시고는 입을 힘주어 다물었다. 눈이 거슴츠레해지고 양쪽 볼에 웃음우물이 파였다. 눈꼬리에 가느다란 주름살이 하나 생겼다. 밋밋한 수면에 돌멩이 하나를 던져놓자 잔잔한 물결무늬가 생기고 있는 호수처럼 그녀의 얼굴은 풋풋한 생기가 돌고 있었다. 볼과 콧등에 주근깨의 그림자들이 발견됐다. 화장으로 감추었지만 완벽하게 감춰지지 않았다. 그 주근깨들이 귀여웠다. 그것들 하나하나가 알 수 없는 이야기들을 간직한 작은 우주들이었다. 그것들을 감추려고 한 흔적이 안타까웠다. 그 주근깨는 임용고시에서 떨어진 것과 더불어 그녀의 슬픈 콤플렉스였다. 그녀는 입맛을 몇 차례 다셔보더니 고개를 끄덕거리며 말했다.

"마시고 난 뒷맛은 약간 달콤하고 환하네요."

또박또박 표준어를 사용하고 있지만, 억양은 옹골지게 짙은 부산 말씨였다. 그가 말했다.

"그래, 처음에는 약간 쓴 듯싶지만, 마시고 난 뒷맛이 달콤하고 환한 것, 바로 그 마법의 맛으로 소주를 마시는 거야."

그녀는 얼굴을 찌푸린 채 소주 한 잔을 마셨다. 안주를 몇 점 씹어 먹은 다음 그가 따라준 소주 한 잔을 다시 마셨다. 오래지 않아 그녀의 이마와 턱과 볼과 목은 하얗게 변했다. 눈자위만 볼그족족해졌고 눈꺼풀의 힘이 풀리면서 거슴츠레해졌다. 그가 그녀의 빈 잔에 술을 따라주며 말했다.

"술은 불가사의한 요술 안경이야. 그 안경을 끼면 일차적으로 세상이 황홀하게 보인다. 다음에는 도덕적으로 무장하고 있던 세상이 스스로 그 무장을 해제한다. 그다음에는 지구가 돌고 있음을 확실하게 느끼게 되고, 또 그다음에는 자유가 무엇인가를 알게 된다. 구차스러운 것들로부터 놓여나는 거지. 그리고 마침내는 하늘을 잡고 뙈기를 치는 시인이나 철학자가 되고, 드디어 악마의 화신이 되는 거야. 누군가가 이런 농담을 하더라……. 가끔씩 지상으로 내려와서 세상을 휘저어놓곤 하는 하늘에 사는 악마가 자기 일이 너무 바빠서 내려오질 못하게 되면, 자기 분신인 술을 내려보내는 것이라고."

그녀가 눈을 거슴츠레하게 뜬 채 말했다.

"이게 마법의 맛이네요?"

타올랐던 노을이 스러지면서 땅거미가 짙어지고, 거리의 가로등이 켜지고 있었다. 바다가 깜깜해졌을 때 술집을 나왔다. 해안통의 서남쪽 언덕 위에 휘황찬란한 네온사인들과 수천만 개의 꼬마전구들로 장식한 집들이 즐비했다. 그 집들 뒤쪽은 검게 물든 숲인데, 거기에 산책길이 있었다. 그는 그녀와 더불어 네온사인들 속으로 들어가 보고 싶었다. 바다에서 찬 바람이 불어왔다. 그는 그녀의 손 하나를 잡아다가 호주머니 속에 넣었다. 그녀의 손은 물새처럼 작고 따스하고 부드러웠다.

"나 새 한 마리를 잡았다. 사실은 창공을 훔쳐 잡은 거야."

그녀가 몸을 약간 외틀며 고개를 떨어뜨렸다. 그는 호주머니에 들어 있는 그녀의 손에 악력을 가했다. 그녀의 손이 미세하게 떨렸다. 그 떨림이 그의 가슴으로 건너왔다. 맞잡은 두 손을 통해, 그녀의 피와 그의 피의 뜨거운 메아리 같은 울림이, 서로의 핏줄을 타고 서로의 심장과 정수리와 겨드랑이와 몸에 뚫려 있는 모든 모공들을 저릿저릿 넘나들고 있었다.

울긋불긋 휘황한 네온사인으로 사람들을 유혹하는 언덕 위의 전망 좋은 집들을 지나 숲 속으로 갔다. 숲 사이로 검은 바다가 보였다. 바다에는 상선들이 불을 밝힌 채 무언가를 기다리고 있었다. 작은 어선 한 척이 탐조등으로 바다를 휘저으며 달려가고 있었다. 검은 숲 속의 벤치에 앉았다. 그의 속에서 악마가 동했다. 그는 슬쩍 "나 너를 가지고 싶은데 어쩌지?" 하고 능치듯이 말하고 나서 그녀의 반응을 기다렸다. 한동안 어두운 바다를 바라보고 있던 그녀가 수줍은 목소리로 속삭이듯이 말했다.

"이미 가지셨잖아요. 제 영혼, 선생님이 잡고 있는 그 손 안에 모두 흘러들어가 있어요."

그녀의 말이 시 한 구절로 느껴졌다. 그의 속에서 피를 본 검은 늑대 같은 욕망이 불처럼 타오르고 있었다.

"영혼만 말고…… 모든 것을 다……."

그녀가 고개를 숙였다. 그는 자기가 염치없다고 자책했다.

"미안해…… 너, 깨끗하고 아름다운 천사인데…… 그러한 네가 너무 좋아서…… 우리 단둘이만 있을 수 있는 작은 공간, 사방이 가려져 있어서 별도 바다도 보이지 않는 깜깜한 공간에서 너를 안아보고 싶은 탐욕 때문에 내가 이성을 잃었다."

그는 혀를 깨물었다. 이 천사를 유혹해 어쩌자는 것이냐. 교사임용고시에 떨어져 절망하고 방황하고 있는 이 스물네 살의 여자를 어쩌겠다는 것이냐. 그는 스스로의 행위를 합리화시키려고 입을 열었다.

"낮에 소설을 쓰면, 그 문장들이 이지적으로 밀도가 짙게 쓰여지는데, 한밤에 쓰면 감성적으로 흥분하게 되고, 육감적으로 에로틱하게 되지……. 나는 대개의 경우, 밤에 기껏 쓴 것들을 이튿날 낮에 다시 쓰게 된다. 지금 너하고 나하고를 에워싸고 있는 새까만 밤이 흥분하게 하고 이성을 잃어버리게 하는 모양이다……. 그러니까 내일 날이 밝으면 너와 나는, 우리가 함께 쓴 오늘 밤의 역사를 다시 쓰려 할지 모른다."

숲 사이에서 별 하나가 눈을 초롱초롱 뜬 채 그들을 내려다보고 있었다. 바다에서 바람이 불어왔다. 그녀가 모기만 한 소리로 말했다.

"저는 아득하게 어두운 광장에 혼자 버려져 있고, 가야 할 길이 막연해요. 다른 사람들은 다 제 갈 길을 씩씩하게 가고들 있는데, 저 혼자 바보 멍청이가 되어 우두커니 못 박혀 있어요. 절망하고 있는 저를 위로해주는 사람은 아무도 없는데…… 그런데, 선생님이 유일하게 저를 챙겨주고 있을 뿐이에요."

그녀가 부우웅 소리를 내며 달려가는 불그레한 탐조등을 바라보고 있다가 말을 이었다.

"우습게 생각하실지 모르지만, 선생님이 오신다기에 기다리면서 이런 생각을 했어요."

그녀의 물새 같은 손은 그의 손아귀가 뿜어낸 땀에 젖고 있었다. 그녀는 망설이다가 말을 이었다.

"선생님은 날개가 둘이잖아요? 제가 그 한쪽 날개 밑으로 들어가 추위와 외로움을 피하고 산다면 어떨까…… . 저 어리석지요?"

그녀는 그의 손아귀에 잡혀 있는 손을 빼내 갔다. 두 손바닥으로 얼굴을 가렸다. 그가 그녀의 윗몸을 안았다. 그의 목과 어깨 사이에 그녀의 얼굴이 묻혔다. 그녀의 심장이 팔락팔락 뛰고 있었다. 그녀가 울음 섞인, 떨리는 목소리로 말했다.

"선생님한테 저, 다 드려버릴게요. 어디로든지 데리고 가서 가져 버리세요. 언제부터인가, 제 스스로의 삶에 큰 획 하나를 그으려고 무서운 음모 하나를 꾸미고 있어요. 그 음모가 실현되고 나면 저는 또 하나의 놀라운 의지력의 저로 거듭나게 될 거예요. 선생님 저를 도와주세요."

그는 그녀가 꾸미고 있다는 음모가 하나의 알 수 없는 배반의 폭탄 뇌관처럼 느껴졌다. 두려웠다.

그녀는 서울에 사는 그에게 보내곤 한 여러 통의 편지로써 이미 구애를 했었다. 대학 사 학년에 들어선 사월 초부터였다. 편지는 당돌했다.

"……저 선생님을 점찍었어요. 제 친구들한테 아무도 임종산 선생님을 건드리지 말라고 경고했어요. 임종산 선생님은 내 것이라고……. 여중, 여고, 여대로만 진학을 해온 우리들 몇몇 친구들 사이에는, 어떤 한 멋진 남자를 다른 친구들에게 뺏기지 않고 자기 혼자서 공공연하게 소유하려는…… 뭐 그런 것이 있어요. 저는 선생님을 좋아하는 친구들 사이에서 선생님을 선점한 거예요. 웃기지요?"

그녀는 졸업논문으로 '임종산의 초기 소설 깊이 읽기'를 쓰기로 했다면서, 그의 초기 소설의 납득할 수 없는 몇 가지 문제에 대하여 시시콜콜 묻곤 했다. 그런 다음, 편지 끝에 깨알 같은 글씨로 가슴 서늘하게 하는 말을 덧붙이곤 했다.

제가 선생님의 소설에 대하여 전혀 새로운 해석을 해드릴 테니까 부산에 오시는 길에 저 불러내서 무지개 색깔보다 더 맛있는 것 사주세요. 선생님의 그윽한 향기를 저 혼자서만 오롯하게 맡아보고 싶어요. 사실은 선생님의 모든 것을……. 그래야만 논문을 더 잘 쓸 수 있을 것 같아요.

송도 바닷가에서 단둘이 만난 것은 그 편지 때문이었다. 따지고 보면, 그녀는 그의 거룻배 고물을 따라오다가 그가 던진, 미끼도 미늘도 없는 낚시의 궁둥이를 물고 배 위로 올라온 미지의 물고기였다. 그는 그녀를 호텔로 데리고 들어가고 싶었다. 그렇지만 그녀가 두려워지기 시작했다. 배반의 씨앗 때문이었다. 별을 쳐다보며 망설였다. 그녀가 그의 속마음을 읽기라도 한 듯 말했다.

"저, 가끔 이런 꿈을 꾸어요."

꼬박꼬박 표준어를 쓰고 있지만 사투리의 또렷한 억양을 어쩌하지 못하는 그녀의 어리광 섞인 말씨가 그의 가슴을 달뜨게 했다.

"저는 시퍼런 바다가 되어 누워 있는데, 선생님이 저의 바다에 풍덩 뛰어들어 헤엄을 치는 그런 꿈이요."

호텔 '푸른 바다'

네온사인이 명멸하는 호텔 '푸른 바다'를 턱으로 가리키며 그녀
가 말했다.

"선생님…… 저기로 가요."

그는 깜짝 놀랐다. 그녀의 대담성에 그의 가슴이 움츠러들었다.
이 아이 혹시 그렇고 그런 아이 아닐까. 대담성 속에 알 수 없는 음
모가 들어 있는 것 아닐까. 그녀의 얼굴을 살폈다. 그녀는 고개를
떨어뜨렸다. 그는 재빨리, 이 아이가 난잡한 아이일 리 없다고 스스
로에게 말했다. 그녀를 이끌고 '푸른 바다'의 출입문 안으로 들어
갔다. 그녀는 고개를 숙인 채 그의 뒤를 따랐다. 그가 방값을 계산
했고 열쇠를 받았다. 하늘도 별도 바다도 아무것도 보이지 않고, 해
조음만 어렴풋이 흘러들고 있을 뿐인, 네모진 바람벽과 천장이 막

흰 공간으로 들어섰다.

그녀는 침대 앞에서 파카를 벗었다. 두 개의 가슴이 흰 블라우스 자락을 들치고 있었다. 잠시 망설이다가 화장실엘 들어갔다. 변기에 물 흐르는 소리가 들렸다. 얼마쯤 뒤에 나온 그녀는 침대를 향해 우두커니 선 채 불을 꺼달라고 말했다. 그가 불을 껐다. 네온사인의 푸르고 붉은 빛살이 객실 안으로 어슴푸레하게 날아들었다. 그녀는 침대 위로 올라갔다. 그가 화장실에 들어갔다 나오자 그녀가 보이지 않았다. 네온사인의 불빛에 비친 그녀의 오리털 파카와 그 위에 놓인 흰 블라우스와 청바지와 브래지어가 보였다. 그녀 속에 들어 있는 음모와 배반의 씨가 네온사인 불빛처럼 뇌리를 휘저었다.

침대 머리맡의 이불자락을 들어 올렸다. 그녀의 알몸이 하얗게 드러났다. 그녀는 반듯하게 누운 채 눈을 감고 있었다. 네온사인 빛을 받은 그녀의 몸은 아름답게 빚어놓은 석고상이었다. 신이 만들어놓은 하나의 작은 우주였다. 그는 그녀의 흰 우주 앞에서 몸을 떨었다. 이 일이 어떤 일인데, 이 아이는 스스로의 모든 것을 열어놓고 있단 말인가. 누구에게인가 이미 제 모든 것을 이렇게 열어준 적이 있는 아이 아닐까. 아마 틀림없이 그럴 것이다. 아니다. 그럴 리 없다. 너무 순수하기 때문에, 남자와의 깊은 만남이 어떤 일인지를 모르고 있는 것이다. 전율이 온몸을 덮었다. 목과 입안과 혀가 바싹 밭았고, 가슴이 우둔거렸다. 좌절과 절망과 소외와 고독이 이 아이를 이렇게 만들고 있는 것 아닐까. 그렇다면 오래지 않아, 지금 자기가 한 일을 후회하게 되고, 더욱 혹독한 좌절과 절망과 소외와 고독 속으로 빠져들 것이다. 그러면 나에게 모든 것을 기대려 할지도 모른다. 그러는 이 아이의 몸속에서 알 수 없는, 나에 대한 혹독한 배반의 씨가 싹터 날지도 모른다. 그 배반의 씨가 이 아이와 나를 동시에 파멸시킬 것이다. 그녀의 알몸이 거대한 불가사의의 바윗덩이로 다가왔다. 그의 남성은 움츠러들었다. 자기도 모르는 사이에 그녀 앞에 무릎을 꿇은 채 깊이 잠긴 목소리로 말했다.

"아니야, 옷 입어…… 너, 지금 이러면 안 돼……. 너, 나하고 함께 며칠 동안 어디론가 여행을 하기로 하자. 아버지 어머니한테 허락 얻어내가지고…… 한 이틀, 아니 한 사나흘쯤……. 낙방으로 인해 맥 빠져 있는 네 자신을 추스르고, 새 마음을 다질 수 있는 기회를 혼자서 가지고 싶다고 허락을 얻어내서…… 여행을 하면서 생각하고 또 생각해보고…… 네가 진정으로 나한테 모든 것을 다 주고 싶으면 그때 그래도 늦지 않다. 그리고 잘 생각해봐. 앞으로 후회될 일을 미리 앞당겨 할 필요는 없어…… 주도면밀하게, 정확히 계산을 해보고, '그게 아니다' 싶으면 이러지 않아도 돼…… 나는 네가 여기까지 나를 따라 들어와준 것만으로도 너에게서 받을 것 이미 다 받은 거다."

그녀가 몸을 모로 틀면서 두 손으로 얼굴을 가리고 울다가 옷을 입고 나서 말했다.

"선생님, 저 나쁜 아이 아니에요."

그가 그녀의 윗몸을 안아주면서 말했다.

"그래서가 아니야. 오해하지 마…… 나 너에게, 희망이라는 것이 무엇인지 가르쳐줄게. 나 따라가자. 며칠 동안만……."

"언제 가요?"

"내일부터라도 당장."

"그럼…… 어머니 아버지한테 허락받고, 준비해가지고 나올게요."

그녀가 몸을 일으키고 목도리를 하고 파카를 걸쳤다. 그도 따라 일어섰다. 밖으로 나가서 택시를 태워주었다. 그녀가 말했다.

"내일 아침에 올게요."

택시가 한길 모퉁이 저쪽으로 사라졌다. 그녀의 검은 머리 위에 나비처럼 얹혀 있는 모란꽃 모양의 리본이 그의 머리에 잔영으로 남아 있었다.

그녀가 가고 없자, 가슴속이 썰물로 드러난 잿빛 갯벌처럼 쓸쓸해졌다. 그의 악마가 '바보, 왜 주겠다는데 가지지 않았어?' 하고 말했다. 그는 도리질을 했다. 아니야, 나는 잘한 거야. 그녀로 하여금 다시 판단하게 해야 한다. 성스러운 어떤 의식인가를 치르지 않고는 그녀를 소유할 수 없다. 그녀가 나에게 모든 것을 주겠다는 확고한 생각을 가졌는지 어쨌는지를 확인해보아야 한다. 그녀의 속에 배반의 씨앗이 자라지 않도록 해야 한다.

잠들 수 없었다. 그 아이가 내일 아침에 여행준비를 해가지고 올까. 그 천사와 더불어 꿈같은 무지개 색깔의 여행을 할 수 있을까. 엎치락뒤치락했다. 까무룩 잠이 들었는가, 했다가 문득 깨어 일어났다. 가끔 지나는 차의 소리와 파도 소리만 들리는 새벽녘이었다. 화장실에 다녀와서 다시 엎치락뒤치락했다. 만일 그녀의 어머니 아버지가 그녀의 여행을 허락하지 않고 집에 붙잡아두면 어찌할까. 그녀가 나와의 관계를, 이게 아니다 싶어서, 나와 더불어 여행을 하지 않기로 작정을 해버린다면 어찌할까.

이튿날 아침 아홉 시가 넘도록 그녀는 오지 않았다. 그는 유리창 밖을 내다보며 그녀를 기다렸다. 정박해 있는 상선들처럼 하염없이 기다렸다. 흐르지 않고, 지루하게 머물러 맴도는 시간을 죽이기 위하여 여신을 생각했다. 시를 썼다.

'딩동' 벨이 울렸고, 그는 달려가 문을 열어주었다. 전날의 그 차림에 샛노란 배낭 하나를 짊어진 그녀가 들어섰다. 얼굴의 주근깨들을 감추는 화장을 하고.

"함께 시험 치렀다가 떨어진 친구가 있거든요. 그 친구하고 둘이서 울릉도 갔다가 오기로 했다고…… 삼 박 사 일 말미를 얻었어요."

그는 그녀를 끌어안았다. 가슴과 가슴이 맞닿았다. 뛰는 고동이 그의 가슴으로 건너왔다.

손

그녀가 포항행 버스에 오르면서 말했다.

"우리 지금 하고 있는 것, 희망여행…… 그것 맞지요?"

"그래, 이 여행하고 난 다음 공부해서 임용시험 치르면 틀림없이 합격하고, 중고등학교 국어선생님이 될 거야."

그녀가 어깨를 들어 올리면서 턱을 목 속에 묻고 어색하게 웃으며 대꾸했다.

"임용시험에 합격한 다음 해에는 소설도 열심히 쓸 거예요."

그는 그녀의 손 하나를 두 손으로 감싸 쥐고 말했다.

"그래…… 내년에는 틀림없이 합격할 터이지만, 만에 하나, 또 떨어지면 소설 써라. 너는 머리도 좋고 문학적인 감수성도 뛰어나니까 멋진 소설가가 될 거야. 소설 쓰다가 다시 임용시험 치러서 교사가 되고."

그녀가 다부지게 말했다.

"그래요, 저는 학교 선생도 되고, 소설가도 될 거예요."

"그래. 두 마리 토끼를 다 잡아라. 너는 할 수 있을 거야."

포항터미널에 도착한 그들은 택시를 타고 호미곶으로 가서 과메기정식을 먹은 다음 바닷가로 나갔다. 그들은 검푸른 바다를 배경으로 하늘을 향해 솟구쳐 올라와 있는 한 개의 손 작품과 육지의 공원에 서 있는 다른 한 개의 손 작품 사이에 서서, 그 둘을 번갈아 보았다. 모래밭에서, 일망무제의 탁 트인 바다를 배경으로 불끈 솟아올라온 손은 무엇인가를 움켜쥐려는 강력한 의지를 표현하고 있었다. 그녀에게 물었다.

"손이란 무엇이지?"

그녀는 그의 갑작스러운 물음에 멍해져서 바다 위에 솟아 있는 거대한 동으로 제작된 손을 바라보았다. 파도는 먼바다에서부터 달려와서 손목 바깥쪽을 두드리고 있었다. 그가 그녀의 손을 움켜쥔 손아귀에 불끈 힘을 가하면서 말했다.

"저 손은 권력을 잡으려는, 재산을 움켜쥐려는, 사랑을 쟁취하려는 의지를 표현하고 있지. 손은 성스러움과 위대함과 속된 탐욕과 추함을 다 갖추고 있지. 손으로 움켜쥐고, 손가락 끝으로 만지고 더듬고, 손가락 끝으로 쑤신다."

그는 그녀의 손을 애무하며 말을 이었다.

"지금 나는 내가 소유했다고 생각하는 새 한 마리를 내 손 안에 움켜쥐고 있고, 손으로 사랑을 표현하고 있다. 붙잡은 손과 붙잡힌 손 사이에 마음이 통한다. 누구의 발상인지 모르지만 참 잘 착안했다. 모든 것은 손으로부터 시작된다. 일을 시작했으면 손을 댔다고 말하고, 일을 끝냈으면 손을 뗐다, 손을 씻었다, 손을 털었다고 말한다. 어떤 일을 하지 않았을 경우 손끝 하나도 대지 않았다고 말하고. 인간의 미래도 손에 의해서 만들어진다…… 어떤 민족은 왼손을 저주받은 손이라고 하고, 오른손을 성스러운 손이라고 말한다. 왼손으로는 추한 것을 만지고, 오른손으로는 음식을 집어 먹고, 누군가와 악수를 하고 신을 향해 성호를 긋지."

그들은 나란히 서서 그 조각작품의 해설이 적혀 있는 동판을 읽었다. 하나의 손으로 살던 세상에서 두 개의 손으로 사는 상생相生의 삶을 희구한다는 말이 쓰여 있었다. 해설을 읽고 난 그녀가 그의 어깨에 한쪽 볼을 대며 물었다.

"상생이 뭐예요?"

"가령," 하고 그가 말했다. "너하고 나하고 사랑을 하는 사이라고 했을 때, 그 사랑을 한 결과 너의 삶도 풋풋하게 창성하고, 나의 삶도 헌걸차게 자라야 한다는…… 서로가 더불어 상승하고 승화한다는…… 뭐 그런 거 아니겠어?"

한동안 수평선을 향해 눈을 깜박거리고 있던 그녀가 말했다.

"저하고 가장 친한 친구, 이번에 임용시험에 저하고 나란히 합격했는데…… 면접에서 저는 떨어졌지만, 최종적으로 합격한 그 친구는 저랑 같이 학교에 다니는 동안 두 번이나 임신하고 그때마다 유산을 시켰어요. 유산시킬 때마다 제가 병원엘 따라가곤 했어요. 수술한 다음에는 제가 친구를 여관으로 부축해 가고, 그 친구의 자취방으로 가서 미역국도 끓여주고……."

그는 허공을 향해 물었다.

"학교에 다니면서 그랬다는 거야?"

그녀가 고개를 끄덕거리고 나서 의문을 제시했다.

"그 친구가 남친하고 하는 사랑을 보면…… 사랑이란 것이 여자에게 있어서는 너무 아픈 것이었어요. 똑같이 사랑을 했는데, 여자 쪽에서만 일방적으로 고통을 당하는 거예요. 형평에 어긋난 그러한 사랑을 상생의 사랑이라고 말할 수 있을까요?"

그가 도리질을 했다.

"그것은 상생이 아니다."

"그럼 어떻게 사랑을 해야 상생의 사랑일까요?"

그는 막연해졌다. 눈앞에 연오랑과 세오녀 상이 보였다. 자기도 모르는 사이에 문득 말을 뱉었다.

"저런 사랑이다."

그녀가 연오랑과 세오녀 상을 쳐다보면서 말했다.

"선생님하고 저하고는 그야말로 오롯한 상생의 은밀한 연애를 해요. 우리가 한 연애로 인해 선생님은 더 좋은 시나 소설을 쓰시고, 저는 임용시험에도 합격하고, 소설가도 되고……."

　다음 날 아침, 수평선 위로 해가 떠올랐다. 붉은 혀를 내밀 듯이 천천히, 바닷가 모래밭에서 솟구쳐 올라온 손의 손가락들 사이로 떠올랐다. 해는 빨갛게 이글거렸다. 수평선에 솟은 그 해가 만든 붉은 너울이, 거대한 손을 향해 뻗어왔다. 파도는 줄기차게 출렁거리고 있었다.

　그녀는 고개를 숙이면서 해를 향해 합장했다. 합장한 두 손끝을 턱 가까이 댔다. 눈을 감았다. 그녀의 기도가 붉은 너울을 타고 해로 달려가고 있었다. 해가 새빨간 기구처럼 수평선 위로 두둥실 떠올랐을 때 그녀는 말했다.

　"저, 조금 전에 뭐라고 빌었는지 알아요?"

　"뭐라고 빌었니?"

　"해님, 저에게 새빨간 당신의 얼굴 같은 희망을 제 가슴에 안겨주고 있는 우리 선생님을 진실로 은밀히 사랑할 수 있도록 도와주세요……."

　그는 그녀의 순수가 두려워졌다. 그녀가 말했다.

　"저는 「케세라 세라」라는 노래를 좋아해요. ……이루어질 수 있는 것이 이루어질 거예요. 미래는 우리가 볼 수 있는 것이 아니니까……."

섬

울릉도행 배를 타기 위해 택시를 타고 가는 동안 내내 말 없던 그
녀가 항구가 가까워졌을 때 입을 열었다.

"아까 제 가슴속으로 들어온 해가 꿈틀꿈틀 헤엄치고 있어요. 희
망이란 것, 아무것도 아니에요. 제 속에 싹터 난 자신감이 희망이에
요. 마음으로 정했어요. 선생님을 진실로 은밀히 사랑하기로. 선생
님이 저에게 준 사랑의 힘은 저의 시곗바늘을 싱싱하고 씩씩하게
움직이도록 하는, 무지무지하게 힘이 센 건전지예요."

그는 그녀의 희망 건전지 노릇을 충실하게 하고 싶었다. 이 아이
를 더욱 싱싱하게 만들어주려면 내가 먼저 풋풋해져야 한다.

해안통에서 맵지 않은 생선탕에 밥을 말아 먹고 매표소로 갔다.
울릉도행 표 두 장을 샀고 배에 올랐다. 그들의 좌석은 삼 층의 유

리창가에 있었다. 바다는 잔잔했다. 회청색이었다. 빨간 등대 위로 갈매기들이 날고 있었다. 늦은 겨울의 울릉도행 손님은 붐비지 않았다. 선실 안의 여기저기에 빈 의자들이 있었다. 배가 출발했다. 파도는 거칠지 않았다. 배의 기관 소리가 아득하게 들려왔다. 배는 요동하지 않고 나아갔다. 그녀는 유리창 밖으로 바다를 내다보았다. 푸른 물결 위에 유영하고 있던 갈매기들이 배를 피해 날아갔다. 배와 경쟁하듯이 평행선으로 나는 놈들도 있었다. 그가 그녀에게 말했다.

"유치환의 시 「울릉도」 알지?"

그녀가 "네 알아요." 하고 나서, 창문 밖의 바다를 보며 조용조용히 외었다.

"동쪽 먼 심해선深海線 밖의/한 점 섬 울릉도로 갈거나…… 창망한 물굽이에/금시에 지워질듯 근심스레 떠 있기에/동해 쪽빛 바람에/항시 사념의 머리 곱게 씻기우고……"

그녀의 암기력을 놀라워하며 그는 그녀의 손을 끌어다가 두 손으로 감싸주었다. 오래지 않아 유리창에 김이 서렸고, 부옇게 변했다. 배가 천천히 기우뚱거렸고, 졸음이 밀려들었다. 그녀도 어지럼을 느끼고 그의 어깨에 이마를 묻고 눈을 감았다. 누가 먼저랄 것 없이 거의 동시에 깊은 잠 속으로 떨어졌다. 강보에 싸인 아기들처럼.

배가 울릉도의 도동항에 이르렀다. 창밖으로 화산섬의 험준한 산줄기들이 보였다. 배에서 내리자 두꺼운 검은 웃옷을 걸친 중년의 아주머니가 다가와 명함을 내밀면서 말했다.

"민박 하세요. 방도 따뜻하고, 뜨거운 물도 펑펑 나오고, 침구도 깨끗하고……. 짐 풀어놓으시면 곧 섬 일주하는 관광버스나 택시를 안내해드리겠습니다. 제 남편이 관광택시업을 하거든요."

그가 명함을 받아 주머니에 넣었다. 선창가의 한 횟집에서 한치 물회로 출출한 배를 채웠다. 입에 씹히는 맛이 부드러우면서도 올깃졸깃 고소했다. 명함에 찍힌 관광택시를 불러 탔다.

맨 먼저 간 곳은 통구미마을이었다. 통처럼 비좁은 연안 앞에 거북처럼 생긴 바위가 하늘을 찌를 듯이 솟아 있었다. 맑고 짙푸른 먼 바다에서 달려온 파도가 흑회색의 자잘하고 몽실몽실한 자갈밭에서 재주를 넘었다. 자갈밭으로 들어갔다. 신을 신었지만 발바닥에 밟히는 감촉이 가슴을 저리게 했다.

그 연안 모퉁이를 돌고 있을 때, 거무튀튀한 말상인 운전기사가 철철 흐르는 하천의 물을 가리키며 말했다.

"울릉도는 제주도와 마찬가지로 화산암으로 된 섬인데, 제주도하고는 달리 물이 아주 좋습니다. 산 굽이굽이에 뚫려 있는 모든 구멍에서 물이 나옵니다."

운전기사는 머리 위의 거울에 비친 그녀와 그를 번갈아보면서 말을 이었다.

"울릉도에는 눈이 엄청나게 옵니다. 얼마 전에 온 눈이 거의 녹았습니다만, 이따가 가게 될 '누리분지'에는 지금도 무릎까지 눈이 쌓여 있습니다. 울릉도 안에 흐르는 물들이 모두 눈 녹은 물입니다."

바다를 왼쪽에 끼고 달리던 택시가 거멓게 뚫려 있는 터널을 앞에 놓고 오른쪽으로 비켜 멈추었다. 빨간 신호등이 켜져 있었다. 신호가 파란불로 바뀌자 택시가 터널을 통과했다. 그는 소통을 생각했고, 그녀 내부의 깊은 사랑의 통로가 이처럼 빠듯할 것이라는, 매우 불순한 생각을 했다.

태하마을 앞에 이르렀다. 기사의 입은 걸었다. 컬컬한 목소리로 계속 해설을 늘어놓았다.

"대한민국에 서울이 있듯이, 울릉도에도 서울이 있는데 그게 바로 태하마을입니다. 옛날 울릉도가 우산국이었을 때 여기가 도읍지였어요. 신라의 한 장군이 배를 타고 와서 우산국을 항복시킨 포구가 바로 태하마을입니다."

그가 그녀에게 말했다.

"모든 섬은 처녀지인데, 육지 사람들이 개발이란 미명하에 활짝 열어젖히고 더럽히고 망치는 거야."

말을 하고 나서 가슴이 찔끔했다. 나는 지금 이 아이의 처녀지를 열어젖히고 망치려 하고 있는지도 모른다.

택시기사는 성하신당을 보여준 다음 말했다.

"중국 진시황을 위해 불로초를 캐러 온 동남동녀들이 중국으로 돌아가지 않고 여기서 살다가 죽었다는데, 해마다 음력 이월 이십팔일, 영등사리 때에는 그 동남동녀의 신들을 달래는 풍어제를 지내곤 합니다."

그가 그녀에게 말했다.

"섬의 신화와 전설은 모두 육지 쪽 사람들의 정서에 알맞도록 진술되어 있어."

그녀가 맞장구쳤다.

"모든 역사는 싸움에서 승리하여 지배하는 자의 입맛에 알맞게 기술되어진 것이라고 했어요."

"그래. 가부장제의 세상에서는, 남성과 여성의 관계에 대한 이야기들이 남성들의 입맛대로 말해진 것들이 대부분이다. 여성의 체구나 피부나 미모의 기준을 다 남성의 성적인 시각에서 판단하는 것이다."

그때 그녀가 무슨 생각을 했는지 두 손으로 얼굴을 가리고 울었다. 왜 울까. 그의 머리에 문득 간밤의 일이 떠올랐다. 그는 그녀와 나란히 잤지만 그녀의 몸에 손을 댈 수 없었다. 그녀는 각질처럼 단단한 청바지를 입은 채 잤었다. 이 아이가 스스로 몸을 열어주지 않으면 가지지 않을 생각이었다. 한데 간밤의 일로 인해 울까. 아, 이 아이는 주근깨와 작은 체구에 대한 콤플렉스가 있다. 그는 그녀를 안아주고, 등을 다독거려주었다. 그녀가 울음을 그쳤을 때 그가 말했다.

"얼마 전에, 잠수부들의 삶을 주제로 한 할리우드 영화 한 편을 보았는데…… 울고 있는 여자 주연배우의 얼굴을 클로즈업해주더라. 그런데 그 여배우의 얼굴에 주근깨가 아주 많아 그 얼굴이 영락

없이 소연이 네 얼굴하고 아주 비슷하더라. 예쁘고, 성적인 매력이 넘쳐 나고."

그녀는 손등으로 눈물을 훔쳤다. 그가 말을 이었다.

"이 마을 이름이 태하인데…… 별 이름 태台 자, 노을 하霞 자를 쓰는 모양이다. 여기서는 밤하늘의 자잘한 푸른 별 노란 별 붉은 별 들이 노을처럼 보얗게 보이는가봐. 너 술 마셨을 때 보면, 이마, 턱, 볼, 콧등, 목 부분은 하얘지는데, 눈꺼풀과 아래 눈자위만 약간 볼그족족해진단 말이야. 그때는 볼과 콧등의 살갗에 점점이 박혀 있는 주근깨들이, 천상에 사는 알 수 없는 꼬마 요정妖精이나 꼬마 새들의 눈알처럼 초롱초롱 맑게 보여. 네 얼굴은 주근깨 때문에 더욱 예뻐. 작은 키에 대해서도 염려할 것 없어. 키가 작은 나폴레옹은, 자기의 키를 땅에서 재면 작지만, 하늘에서 재면 세상에서 제일로 크다고 말했어."

섬의 뿌리

택시가 누리분지를 향해 달렸다. 택시기사가 백미러에 비친 그와 그녀를 보면서 말했다.

"여기는 모텔이나 민박이나 다 거기서 거기입니다. 제 집에서 주무십시오. 제 집사람의 성정이 칼칼해서 침구 관리를 아주 깨끗하게 잘합니다."

기사는 그와 그녀가 가지고 있는 돈을 뽑을 수 있는 한 많이 뽑아가려고 들었다.

"부인은 민박업을 하시고, 기사님은 관광택시업을 하시고, 그렇게 번 돈을 어디에 다 씁니까?"

기사가 말했다.

"비수기가 육 개월이고, 성수기가 육 개월인데, 비수기에는 그저 현상유지나 하는 것이고, 성수기에 번 것은 육지에다가 다 바칩니다. 아들만 둘인데, 하나는 포항에서 고등학교를 다니고, 다른 하나는 대구에서 대학을 다닙니다. 죽어라고 번 것들, 그 아이들의 하숙비로 학비로 용돈으로 모두 들어가는 것이지요. 울릉도 사람들은 육지에서 구경 온 사람들을 상대로 돈을 번다고 벌지만, 결국은 다시 모두 육지 사람들에게 바치는 것이지요."

택시는 경사 오십 도쯤의 가파른 길을 올라갔다. 기사가 말했다.

"울릉도를 있게 한 자궁이 '누리분지'입니다. 말하자면 자궁 같은 분화구입니다. 지금 그 분지로 가고 있습니다."

택시는 달리다가 자꾸 움찔거렸고, 그때마다 기사는 거듭 기어를 바꾸면서 말했다.

"일반 관광버스들은 이륜구동이라 여기 못 올라가는데, 제 택시는 사륜구동이라 올라갈 수 있어요."

찻길 가장자리와 숲에는 흰 눈이 무릎을 덮을 만큼 두껍게 쌓여 있었다. 오직 찻길만 거멓게 드러나 있었다. 제설차가 한차례 다녀간 것이라고 했다. 택시는 한 개의 고갯마루를 지나고, 다시 한 개의 골짜기를 치오르다가 또 한 개의 고갯마루를 넘은 다음 만난 골짜기를 숨 가쁘게 기어오르다가 다시 또 한 개의 고갯마루에 이르렀다. 기사가 택시를 세우고 "저 아래가 누리분지입니다." 하고 말했다. 언덕 아래로 드넓은 분지가 나타났다. 기사가 차문을 열고 나가면서 "잠시 내려가지고 저 아래를 보십시오." 하고 말했다.

그 분지를 중심으로 산봉우리들이 꽃잎처럼 빙 둘려 있었다. 몇만 년 전에 여기서 화산이 분출해서 울릉도가 형성되었으므로 이 분지는 울릉도의 자궁이다. 뿌리인 것이다. 여기에 물이 고였다면, 아마 백두산의 천지나 한라산의 백록담하고 똑같이 되었을 것이다.

서쪽 산봉우리 위에 해가 걸려 있었다. 끄느름한 대기 속에 떠 있는 해는 주황색 얼굴을 하고 있었다. 그 해처럼 그도 나른해졌다. 시장기가 들었다.

도동항에 내린 그들은 택시기사를 따라 민박집 몇 군데와 모텔들을 둘러보았다. 모두가 곰팡내가 나는 방이었고, 침구가 불결했고, 바람벽은 방음이 되지 않았다. 옆의 방에서 물 흘려보내는 소리가 와르르 들려왔다. 모텔의 객실들을 둘러보고 나온 소연이 우울한 얼굴을 한 채 우두커니 서서 고개를 떨어뜨리고 있었다.

그녀가 실망을 한 것이라고 그는 생각했다. 그는 암컷 새의 마음에 들도록 하기 위하여 열심히 나뭇가지를 물어다가 신방을 꾸미는 수컷 '바우어'를 떠올렸다. 그녀의 마음에 드는 분위기 아늑하고 깨끗한 방을 골라 울릉도에서의 밤을 밤답게 보내야 한다고 생각했다.

생선탕을 시켜 먹으면서 소주를 곁들여 마신 다음 거리로 나와서 택시를 타고 마을 밖에 있는 리조트로 갔다.

리조트는 산기슭에 외따로 떨어져 있어 고즈넉하고 그윽했다. 바닥에 연한 녹색의 카펫이 푹신거리고 분위기가 쾌적했다. 방이 널

찍하고 더블침대 위의 침구가 희고 깨끗했다. 휘황하게 켜진 조명이 가슴을 달뜨게 했다. 방으로 들어오자마자 그녀는 암컷 바우어가 되어 속삭이듯이 말했다.

"분위기가 아늑하고 다사롭고 깨끗하고 조용하고…… 아주 좋네요."

그는 그녀를 끌어안았다. 그녀가 그의 얼굴을 쳐다보면서, 어리광 섞인 목소리로 투정하듯이 말했다.

"제가 불쌍하게 생각되세요? 임용고시에 낙방하고 절망하여 맥이 풀려 있고…… 쪼그마한 체구에다가, 금방 몸과 영혼이 망가져버릴 것 같고……."

그는 도리질을 했다. 그녀가 쓸쓸한 목소리로 말했다.

"우리 술 더 마셔요. 오늘 바다여행도 좋고, 울릉도 일주여행도 좋고, 이 리조트 분위기도 좋고…… 저 취해버리고 싶어요."

마음 여린 어린 신부와 더불어 신혼여행을 온 듯싶었다. 그는 종업원에게 맥주를 가져다 달라고 했다.

그가 유리컵에 진한 커피색의 맥주병 주둥이를 기울였다. 흰 거품이 일어나면서 노란 액체가 컵에 차올랐다. 그가 컵을 들어 올렸고, 그녀도 들어 올렸다. 그녀는 한 컵을 단숨에 들이켰다. 입가에 묻은 거품을 손등으로 닦아내고 말했다.

"선생님, 저 사실은 술꾼이어요. 송도에서 제가 소주 처음 마신다고 한 것 거짓말이었어요. 저는 아버지 닮아서 술을 아주 잘 마셔요. 친구들을 제치고 선생님을 이렇게 차지한 끼도 아버지를 닮았을 거예요. 우리 아버지는 키가 작달막하지만 강단져서, 우리 어머니 모르게 감쪽같이 '몰래 사랑'을 잘해요."

그녀는 맥주 한 컵을 더 마시고 나서 말했다.

"오해는 마세요. 저를 꼬이려고 하는 대구대학 사학과에 다니는 아이가 있었지만, 공부하느라고 딱 두 번 만나주고는 더 만나주지 않았어요. 그 자식이 아주 못됐어요. 만나기만 하면 모텔로 끌고 가려고 하는 거예요. 저를 데리고 몇 차례 모텔을 들락거리다가 차버릴 놈이었어요."

그는 속으로 생각했다. 역시 이 아이도 요즘의 개방적인 아이로구나. 딱 두 번 만나주고는 더 만나주지 않았다는 말을 신뢰할 수 있겠는가. 세 병째 마개를 텄다. 그녀의 이마와 턱과 볼과 목은 희어졌고, 눈꺼풀과 눈자위만 볼그족족해졌다. 술기운으로 살갗이 희어지자, 서툰 화장으로 감추려고 한 콧등과 양 볼의 주근깨들이 드러났다. 그녀가 거품이 가라앉아버린 컵 속의 노란 액체를 들여다보며 말했다.

"아까, 선생님이 하신 말씀 속에 이런 뜻이 담겨 있었어요. 모든 섬은 애초에 처녀지였는데, 그 처녀지가 육지 사람들에 의해서 처녀성을 짓밟히고 착취당하는 거다…… 울릉도도 본토에 의해서 착취를 당하고 있는 거다."

그가 울릉도에서의 숙소로 리조트를 선택하자, 그녀가 왜 좋아했는가를 이제 확실하게 알 수 있었다. 이 아이는 나에게 착취당하고 싶은 것이다. 그가 술잔 속의 거품들을 들여다보는데, 그녀가 구석을 향해 선 채 두 손으로 얼굴을 가리면서 소리 없이 울었다. 또 갑자기 왜 울까. 그는 그녀가 입은 상처를 생각했다. 친구는 임용고시에 합격하고 그녀만 떨어진 것. 그 상처의 아픔에 반응하는 모양새가 앙증스럽고 안타깝고 짠하고 귀여웠다. 그가 다가가서 그녀를 안았다.

"울지 마."

그녀는 그의 가슴에 얼굴을 묻었다. 그녀의 얼굴이 그의 턱과 목 사이에 묻혔고, 그녀가 "선생님, 제가 불쌍하지요?" 하고 다짐을 받듯이 물었다.

"네가 왜 불쌍해?"

그녀가 투정 어린 목소리로 말했다.

"불쌍하지 않으면 사랑해주세요. 온전히, 확실하게요. 가엾게 여기는 것, 동정심은 싫어요. 저 깔보지 마세요."

그녀는 그를 버려두고 욕실로 들어갔다. 물 쏟아지는 소리가 들렸다. 샤워를 마친 그녀가 문을 방긋 열고 말했다. 순간, 그녀의 느닷없는 울음에 담겨 있는 비의를 읽었다.

"불 좀 꺼주세요."

그가 불을 끄자, 그녀는 커다란 수건으로 알몸을 휘감은 채 나왔다. 침대 위의 이불 속으로 파고들어간 다음 수건을 방바닥으로 내

던졌다. 두려워졌다. 그녀가 전에 누구인가를 상대로 여러 번 해본 것을 하고 있는 듯싶었다. 두려워하는 스스로를 향해 말했다. 그럴 리 없다. 그도 샤워를 하고 나왔다. 수건으로 물기를 훔친 다음 이불 속으로 파고들어갔다. 그녀가 그를 끌어안았다. 그녀가 그의 가슴에 얼굴을 묻었다. 그의 몸이 달아올랐고, 숨이 가빠졌다. 그녀가 말했다.

"저 영국 소설가 로렌스의 작품을 다 읽었어요. 『무지개』도 읽고, 『아들과 연인』도 읽고, 『채털리 부인의 사랑』도 읽었어요. 남편이 성불구자인 젊은 채털리 부인이 봄날 농장에 가서, 샛노란 병아리를 손에 들고 흐느껴 운 것, 발가벗은 채 억수로 쏟아지는 비를 맞으며 젊은 농장 관리인하고 사랑을 나누는 것……. 로렌스의 생각은, 당시로서는 대단히 혁명적인 것이었어요. '플라토닉러브'란 것은 완전한 사랑이 아니고, 병적인 절름발이 사랑이라는 것이잖아요. 정신적인 사랑과 육체적인 사랑이 다 함께 갖추어져야 완전한 사랑이 되는 것이라는 말에 저는 동의해요. 저는 아날로그세대이면서 동시에 디지털세대이기도 해요. 아날로그세대는 사랑의 모든 결과를 책임진다는 전제하에 관계를 맺지 않아요? 그렇지만 디지털세대는 그 모든 책임으로부터 자유로운 편리한 세대예요. 저, 중학교, 고등학교 시절부터 성교육 완벽하게 받았어요. 여자는 성기 자체가 무방비로 개방되어 있는 존재라는 것, 성행위는 정신적으로 육체적으로 완전히 성숙한 다음, 상대 이성을 존경하고 수용할 수 있을 때 치러야 한다는 것, 그 존경할 만한 이성과 더불어 진실로 하나가 되는 완전한 사랑이 성행위여야 한다는 것……. 저는 스물네 살의 완전한 여성이고, 선생님을 진실로 존경하니까 선생님과 사랑을 나눌 자격이 있어요. 선생님은 책임감 느낄 필요 없이 저의 사랑을 받아주시기만 하면 돼요."

한동안 그의 가슴에 얼굴을 묻고 있던 그녀는 떨리는, 깊이 잠긴 목소리로 고백하듯이 말했다.

"저, 사실은 처녀 아니에요."

그는 숨이 꺽 막혔다. 그녀에게 농락을 당하고 있다고 생각됐다. 심호흡을 거듭했다. 이 아이는 남자친구를 통해 남자에 대하여 알 만큼 이미 안 모양이다. 그녀는 반듯하게 누운 채 그를 기다리고 있었다.

순간 그의 남성은 움츠러들었다. 자기 남성의 배반에 그는 울화가 치밀었다. 그는 용기를 냈다. 그녀의 말랑말랑한 젖가슴을 두 손으로 감쌌다. 그의 가슴은 쿵쾅거렸다. 몸이 떨렸다. 그녀의 젖무덤의 말랑거리는 탄력이 그의 속에서 뜨거운 힘이 불끈 일어서게 했다. 그는 미끄러지듯이 그녀의 바다 속으로 빠져 들어갔다. 그녀의 입에서 떨리는 짧은 탄성이 흘러나왔다.

해조음 때문에 눈을 떠보니, 침대의 시트가 혈흔에 젖어 있었다. 상처 입은 암사슴이 누워 있던 자리 같았다. 그의 머리에, 털이 새

하얀 희생양의 목에서 흘러내린 피가 떠올랐다. 망친 시트를 둘둘 말아 침대 밑에 쑤셔넣으려 하는데, 욕실에서 나온 그녀가 도리질을 하면서, 시트를 끌어당겨 한데 뭉쳐 방바닥으로 내놓고 말했다.

"이것 망쳤다고 사실대로 말하고, 세탁비 물어주고 갈 거예요."

그는 그녀를 끌어안았다. 치자색의 햇빛이 커튼 사이로 날아들어왔다. 그녀는 그의 가슴에 얼굴을 묻은 채 행복한 웃음을 지으며 말했다.

"선생님, 저 이제 어른이 되었어요. 그렇지요?"

그녀는 거울 앞에서 화장을 했다. 그는 그녀가 화장 끝내기를 기다리면서 바다를 내다보았다. 파도들의 모서리에 치자색의 아침 햇살이 묻어 있었다. 그는 로비에서 종업원에게 망친 시트의 세탁비를 건네려 했다. 가무잡잡한 얼굴이 넙데데한 종업원은 빙그레 웃으면서 손사래를 치고 말했다.

"가끔 있는 일입니다. 괜찮습니다."

택시를 불러 타고 도동항으로 나갔다. 전복죽을 파는 이 층 식당으로 가기 위해 가파른 계단을 올라갔다. 계단을 밟는 그녀가 조금씩 절름거리는 듯싶었다. 그가 미안스러워하면서 그녀의 손을 잡아 끌었다.

이 층 식당 안은 드넓었다. 큰 홀이 하나 있고, 사방으로 작은 방들이 네 개나 있었다. 오십 대 초반쯤의 주인 여자 혼자서 식당을 지키고 있었다. 그는 식당 안을 둘러 살피고, 전복죽 두 그릇을 주문했다. 얼굴이 희고 쌍꺼풀이 예쁜 주인 여자는 냉동실에서 주먹만 한 전복을 꺼내 보이면서 말했다.

"이것은 이 근처에서 잡히는 진짜 자연산 전복입니다."

그는 주인 여자가 부엌에서 죽을 끓이는 동안 마주 앉은 소연의 얼굴을 바라보았다. 전날보다 가냘파 보이고 수척해 보였다. 그녀가 수줍어하며 고개를 떨어뜨렸다. 그가 사랑 가득 담긴 눈으로 그녀를 응시하며, "거짓말쟁이!" 하고 말했다. 간밤 어둠 속에서 그녀가 뱉은 '저 사실은 처녀 아니에요.'라는 거짓말을 환한 아침에 추궁하고 있는 스스로를 어색해하며 그는 주인 여자에게 물었다.

"종업원도 없이 혼자서 장사를 하십니까?"

주인 여자는 전복죽 두 그릇을 들어다 놓고 말했다.

"비수기이니까요."

"바깥어른은 택시업을 하십니까?"

"아니요. 서울에서 살아요."

"그리워서 어떻게 떨어져 삽니까?"

주인 여자가 말했다.

"아이고 다 늙었는데……. 그이, 나보다 열한 살이나 많아요. 지금 일흔 살이에요."

그가 놀란 얼굴로 물었다.

"아주머니 벌써 쉰아홉이세요?"

나이에 비하여 열 살쯤은 더 앳되어 보이는 주인 여자가 말했다.

"그러게 세월이 현기증 나게 빨리 지나가네요."

전날 택시기사가, 죽어라고 번 돈을 모두 육지에다 바친다고 하던 말을 떠올리면서 그가 물었다.

"자식들은 모두 서울에서 사는가 봐요."

"딸은 미국에서 살고 있고, 아들은 카이스트에서 박사과정을 밟고 있어요."

"자식들을 다 잘 키우고 가르쳤군요."

주인 여자가 말했다.

"악을 바락바락 쓰면서 죽어라고 벌어가지고 그것들 밑으로 다 바쳤지요. 미국 사는 딸한테는 지금도 돈 부쳐주고 먹을 것도 부치고 그래요. 여기 울릉도에 살면서 보면, 사람이라는 것이 다 거미랑 한가지예요. 새끼들 낳아서 그 새끼들한테 살 다 뜯어 먹으라고 맡겨주고, 결국은 껍질만 남지 않아요?"

반지

　소연에게 독도를 보여주고 싶은데, 비수기이므로 배가 운행되지 않았다. 두 시 반에 포항을 향해 출발하는 배에 올랐다. 포항항에 도착한 것은 여섯 시가 가까운 때였다.

　해수욕장의 한 모텔에 방을 잡았다. 더블침대가 놓여 있는 방 옆에 욕실이 있고, 화장실이 따로 있었다. 음료수 냉장고와 화장품 냉장고가 있고 큼지막한 화장대가 있었다. 안쪽의 바람벽 아래에는 텔레비전이 있었다. 객실에 짐을 풀어놓고 씻은 다음 편의점에서 붉은 와인 한 병을 사 들고 횟집으로 갔다.

　"우리 신부에게 와인을 맛보이고 싶어서."

　도다리회를 시켰다. 해수욕장 주변은 나폴리항구처럼 휘어져 있었다. 타오르던 노을이 꺼지고 땅거미가 내렸다. 어선 한 척이 불을 켜고 달려가고 있었다. 회가 들어왔다. 와인잔이 없다 하며 소주잔을 가져다주었다. 그가 그녀의 잔과 그의 잔에 와인을 따랐다. 그가 속삭이듯이 말했다.

"이것, 천사 같은 신부가 성취한 사랑과 희망을 축하하는 성스러운 술이다."

그녀가 잔을 들었다. 그가 잔을 부딪치자고 제안했다. 도다리의 살은 오도독오도독 씹혔다.

"비리다 싶으면 와인을 조금씩 마시면서 먹어. 신부님에게 보상해줄 수 있는 것은 이것뿐이다."

그는 다소곳이 회와 와인을 잘 먹고 마시는 그녀가 한없이 귀엽고 예뻤다. 그녀의 빈 잔에 술을 채워주곤 했다. 그녀의 얼굴은 술기운으로 희어졌다. 서투르게 감춘 주근깨가 드러나고 있었고, 눈의 가장자리가 볼그족족해졌다. 주근깨가 그녀에게만 준 신의 선물이라고 생각했다.

얼근해져서 횟집 밖으로 나오며 그가 말했다.

"나와의 이 여행이 너에게 희망과 용기와 재도전의 의지를 확실하게 불어넣어주었으면 좋겠다."

한길로 나와서 택시를 세우고 그녀를 안으로 밀어넣고 올라탔다. 백화점으로 가자고 말했다. 조명이 휘황찬란한 백화점의 여성의류 코너로 갔다. 소매 짧은 눈빛의 잠옷이 자락을 길게 늘어뜨리고 있었다. 결이 고운 목과 소매와 자락 끝에 오글오글한 앙증스러운 레이스가 달려 있었다.

"이거 천사의 옷이다."

종업원이 소연의 얼굴을 흘긋 살피고 빙그레 웃으면서 말했다.

"아주 잘 고르셨어요. 순면이어서 부드럽고 땀을 잘 흡수합니다. 입으시면 천사 같을 겁니다."

그것을 포장해달라고 해서 그녀에게 넘겨준 다음, 귀금속 코너로 가면서 그가 말했다.

"실처럼 가느다란 금반지 하나 사줄게."

그녀가 고개를 끄덕거렸다. 반짝거리는 샛노란 실반지를 그녀의 무명지에 끼워주었다. 모텔방으로 가면서 그가 속삭였다.

"반지가 사실은 여성을 상징하는 거야. 이제 너는 내 거다."

그녀는 수줍어하면서, 차창 밖으로 흘러가는 휘황한 등불과 네온사인들을 보며 고개를 끄덕거렸다. 모텔방으로 들어가자마자 그는 그녀를 욕실로 밀어넣었다. 샤워를 하고 나서 큰 수건으로 알몸을 감싸고 나온 그녀에게 백화점에서 사 온 잠옷을 입혔다. 그녀는 한순간에 하늘에서 내려온 하얗고 얇은 날개의 천사로 변해버렸다. 그는 그녀를 얼싸안고 방 안을 빙빙 휘돌았다.

성류굴聖留窟

　택시를 타고, 일망무제의 짙푸른 동해를 오른쪽에 끼고 달리다가
화진해수욕장에 이르렀다. 활등처럼 굽어 있는 해수욕장을 앞에 놓
고 커피 한 잔씩을 마셨다. 영덕군 경계 안으로 들어서자 장사해수
욕장이 나왔다.

　흑갈색의 바위들이 물 밖으로 드러나고, 그것들이 달려온 파도에
유린당하며 물보라를 뿜어대는 것을 보면서, 그녀는 어느 먼 이국
에서 온 소녀처럼 탄성 어린 소리로 말했다.

　"우리나라에 이런 아름다운 길이 있었네요!"

　택시기사는 점심을 먹기에는 시간이 아직 이르다면서 창포마을
과 해맞이공원과 풍력발전소 단지를 보여주었다. 날개가 셋인 풍력
발전 기계는 눈처럼 희었다. 산언덕 위에 서 있는 그것들의 날개는

푸른 하늘을 배경으로 천천히 원무를 추고 있었다. 간밤에 그녀가 입은 잠옷도 그렇게 희었다. 새하얀 풍력발전 기계들을 앞에 두고 말했다.

"나, 내내 생각했는데…… 네 얼굴 피부를 말끔하게 수술을 할 수 없을까?"

그녀가 하늘을 쳐다보면서 말했다.

"박피술이라는 것이 있는데, 한 번 시술을 하면 완전히 없어지는 것이 아니고, 또 나타난대요. 체질에 맞지 않은 경우에는 부작용 우려도 있고……. 레이저수술을 하기도 하는데, 자칫 잘못하면 그 자리에 기미가 생겨버리기도 한다더라고요."

"어느 병원에서 잘하는지 한번 알아봐. 내가 해줄게."

"그것 수술하더라도 시험에 합격하고 나서, 제 힘으로 할 거예요."

"아니야. 내가 해줄 거야."

한 식당에서 대게찜을 먹었다. 달콤하고 고소한 향기가 물씬 피어났다. 게살이 입에 들어가자마자 살살 녹았다. 물고기들 가운데 최고로 맛있는 것은 대게 속살이다. 소주를 곁들여 마시면서 먹었다. 그는 자기의 입에 들어가는 것을 아까워하며 그녀에게 좀 더 먹이려고 들었다.

대게 요릿집에서 나오며 그녀에게 말했다.

"여기까지 왔으니까 울진 성류굴聖留窟까지 보고 가자. 어차피
나, 너를 부산까지 데려다주고, 바닷가 모텔에서 일박하고 나서 비
행기 타고 갈 거니까."

그는 그녀와 되도록 오래 함께 있고 싶었다. 그녀 속에는 그를 진
저리 쳐지게 하고 취하게 하는 향기로운 꿀단지와 마법의 미약媚藥
이 들어 있고, 그를 무력화시키는 강력한 흡인력이 있었다. 그것은
그녀의 바다가 가지고 있는 고혹으로 인한 것이었다.

성류굴로 갔다. 입장권을 사가지고 안으로 들어갔다. 그녀의 작
고 보드라운 손 하나를 잡았다. 무명지의 실반지가 반짝거렸다. 아,
이 작은 우주가 내 것이다. 그녀와 더불어 음음한 동굴 속으로 들어
가자 가슴이 울렁거렸다. 바깥 날씨보다 동굴 안이 오히려 다사로
웠다. 광도 높지 않은 파르스름한 조명이 동굴 안을 밝혔다. 만물
상, 로마궁전, 보물섬, 은하천, 부처님, 마귀할멈, 청사초롱이라는
표지판을 읽으면서 동굴 안을 구경했다.

조명이 흐릿한 곳에서 그는 그녀를 끌어안았다. 이 아이의 어머
니 아버지에게서 이 아이를 온전히 훔친 것이다. 나는 음흉한 도둑
이다. 사실은 이 아이도 나를 내 아내에게서 훔친 도둑이다. 우리는
공범자들이다. 그와 그녀는 도둑 사랑에 흠씬 취해 있었다. 음음한
동굴 속에 들어 있다는 것과, 명도 높지 않은 포근한 어둠에 감싸여
있다는 것이 그와 그녀를 안도하게 하고 있었다. 동굴은 우주의 자
궁을 가시적으로 느끼고 체험하게 하는 시공이었다.

"오늘 부산에 가면 너 집으로 들어가야 하는데……. 나 헤어지기 싫다. 한없이 너하고 같이 있었으면 좋겠어. 우리 아주 어디로 멀리 멀리 도망쳐버릴까?"

"선생님이 그렇게 할 수 있으면 그렇게 해보세요. 저는 선생님이 이끄는 대로 무조건 따라갈 거니까요."

해운대

해운대에 도착했을 때는 땅거미가 내리고 있었다. 그녀와 헤어질 것을 생각하니 조급해졌다. 그의 마음을 읽은 그녀가 말했다.

"조급해하지 마세요. 삼 박 사 일의 말미는 오늘 자정까지예요. 그때까지는 제가 선생님의 애인 노릇을 할 거예요. 선생님이 지루하지 않게…… 함께 술을 마시자고 하면 마시고, 거닐자고 하면 거닐고, 노래하자면 하고 그럴 거예요."

모텔방을 하나 잡아 짐을 풀어놓고 와인 한 병을 사 들고 횟집으로 갔다. 그가 말했다.

"서울 가서 너 보고 싶으면 어떻게 하지? 네 얼굴이 어른거려 안절부절못하고…… 글도 잘 써지지 않을 듯싶은데?"

"그럼 오시면 되죠 뭐."

"너, 나를 자주 만나면, 이제 마음먹고 시작하는 공부에 지장이 막대할 텐데?"

"이때까지 시험공부 넉넉히 충실하게 해놓았으니까 이제는 그것 잊어버리지 않게 슬슬 훑어가기만 하면 될 거예요."

"책을 들여다보면 활자들 속에서 내 얼굴이 불끈 솟아오르고…… 그러면 어찌할 거야?"

"저 독한 데가 있거든요. 대학 들어갈 때도 졸업할 때도 과수석을 했어요. 그리고 대구 그 자식이 쫓아와서 귀찮게 해도 흔들리지 않고 내내 장학금 받고 다녔어요. 일단 공부 시작하면 저 집중 잘해요. 염려 마세요."

와인에 회덮밥을 먹고, 모래밭으로 나갔다. 찬 바람이 동북쪽에서 불어왔다. 먼바다에서 달려온 파도는 모래톱에서 재주를 넘었다. 물보라가 네온사인 불빛을 머금었다가 뱉어놓곤 했다. 물보라에서 무지개 빛살이 일어났다. 모래톱 위를 걸었다. 맞은편에서 거무스레한 점 하나가 그들을 향해 걸어오고 있었다. 그 점이 점차로 커졌다. 키 작달막한 남자였다. 흰 장갑을 낀 손에 장미꽃 한 묶음을 들고 있었다. 그 남자가 나지막한 목소리로 말했다. "꽃 사십시오." 그가 한 송이를 샀다. 무릎을 꿇고 그녀에게 꽃을 바쳤다. 그녀가 수줍어하며 꽃을 받았다. 그는 꽃을 들고 있는 그녀를 번쩍 안아들고 한 바퀴 돌았다. 그녀를 모래밭에 내려놓기가 바쁘게 그녀 앞에 쪼그려 앉으면서 등을 들이댔다. 그녀가 손을 내저으며 엉덩이를 뒤로 뺐지만 기어이 그녀를 업고 걸었다. 선생님 힘드니까 얼른 내려주세요, 하고 그녀가 어리광 섞인 목소리로 말했지만 그는 내려주지 않고 걸었다. 앞쪽에서 한 쌍의 남녀가 오고, 또 한 쌍이 왔지만 아랑곳하지 않고 업은 채 걸었다.

모텔방으로 들어간 그들은 서로를 끌어안은 채 서로의 가슴에서 타는 사랑을 확인하고 또 확인했다. 벽시계가 열한 시 반을 가리키고 있었다. 그는 그녀의 어깨에 배낭을 걸쳐주면서 얼른 집으로 가라고 재촉했다. 그녀는 아쉬워하면서 문밖으로 나갔다. 그는 거리로 나가서 그녀를 택시 태워 보내주었다.

그녀가 없는 모텔방은 썰물 진 광활한 회색의 갯벌처럼 쓸쓸했다. 샤워를 하고 침대 속에 들어가 눈을 감았다. 의식이 하얗게 맑아졌다. 세상 전체를 잃어버린 듯 허전했다. 텅 비어 있는 가슴 한복판이 쓰라렸다. 그녀의 주근깨 아물거리는 얼굴과 앙증스러운 젖무덤이 머리에 삼삼했다. 상사相思의 아픔으로 인해 끙 앓는 소리를 내며 모로 돌아누웠다. 푸른 파도가 달려와 재주를 넘는 모래톱을, 그녀와 나란히 걸어가는 생각에 잠겨 있었다. 손끝에 입술에 가슴에 그녀의 맨살 감촉이 스멀거렸다. 그리움이 가슴앓이로 변했다. 아아, 하고 한숨을 뱉었다. 그런 채로 꿈인 듯 꿈 아닌 듯 시간이 흘러갔다. 이리 돌아눕고 저리 돌아누웠다. 딩동, 하고 벨이 울렸다. 모텔 주인이 무슨 일로 나를 깨울까. 황급히 일어나 천장의 불을 밝히고 방문을 열었다.

　문밖에 소연이 서 있었다. 하얀 털 스웨터에 감색의 짧은 치마를 받쳐 입고 있었다. 다리에는 검은 스타킹을 신고 있었다. 문 안으로 들어서자마자 두 팔을 벌리고 깡총 뛰면서 그의 목을 끌어안았다.

　"웬일이야? 너 쫓겨난 거 아니야?"

　그녀가 활짝 웃으며 도리질을 하며 말했다.

　"함께 여행 간 친구가 아프니까 그 친구 자취방에 가서 함께 자주어야 한다고 말하고 왔어요."

　그는 그녀를 얼싸안으며 말했다.

　"아이고 잘했다. 너 없는 동안, 나 상사병을 앓고 있었는데……."

홍련암

서울 집으로 돌아온 다음 그의 가슴은 소연에 대한 그리움으로 가득 찼다. 불처럼 일어나곤 하는 그리움을 시 쓰기로 달랬다. 시는 사람이 쓰는 것이 아니고, 안타까운 사랑과 그리움이 쓴다. 서재에서 책을 뒤적거리면서, 잠자리에 들어 엎치락뒤치락하면서, 그녀와 다시 만날 수 있는 핑계를 만드려고 은밀하게 음모를 꾸몄다. 그녀에게서는 사흘이 멀다 하고 편지가 날아왔다.

도서관에 다니면서 동어반복의 시험공부를, 먹기 싫은 밥을 의무적으로 먹듯이, 어찌할 수 없이 짜증스럽게 하고 있다는 이야기가 주된 사연이지만, 행간에는 그에 대한 사랑과 그리움이 넘쳐흐르고 있었다. 부산 바다의 출렁이는 파도, 해안통의 꽃집 안팎에 흐드러져 있는 꽃들, 도서관에서 밤늦게 집으로 돌아가며 밟는 쓸쓸한 거리, 바다 저편에서 떠오르는 달, 반짝거리는 별들, 밤을 어슴푸레하게 밝히는 가로등, 타오르는 노을, 흘러가는 구름, 날아가는 비행기들에게서 선생님의 얼굴을 보곤 한다는, 가슴 아리고 저리게 하는 그녀의 말들.

한 편지에는 원망과 항변이 담겨 있었다. 자기에게 시험공부가 중요하고, 선생님에게 글 쓰시는 일이 중요하지만, 최소한, 열흘이나 보름 만에는 한 번씩 만나야 하지 않느냐는 것이었다. 가슴이 계속 텅 비어 있어 날마다 아프고 쓰라린데……. 선생님에 대한 그리움으로 인해 가슴이 닳고 또 닳아져버리면 치유할 수 없는 병에 걸리는 것 아니냐고 했다.

또 다른 편지에서는, 동어반복의 시험공부를 잠시 젖혀놓고 소설 한 편을 쓰고 싶다고 했다.

……그 소설 제목이 '바다에서의 밤참'이에요. 교사 임용시험에 낙방하고 길을 잃어버린 한 젊은 처녀가, 안타깝게 짝사랑하던 남성 소설가와 더불어 뜨거운 사랑을 나누며 해변마을과 항구와 포구를 떠돌면서 자기의 진짜 길을 찾는 이야기를 쓰고 싶어요. 그런데 저는 상상력이 부족해서인지, 실제로 체험하지 않고는 쓸 수 없어요. 선생님, 써야 할 글 부지런히 써놓고, 제가 가고 싶어하는 곳 몇 군데만 좀 함께 여행해주세요. 속초항하고 낙산사하고 홍련암하고

설악산하고…… 거기 갔다가 오면, 지난번에 포항의 호미곶과 울
릉도 누리분지 둘러본 이야기, 대게 요리 먹고 나서 석류동굴에 들
어간 이야기, 송도와 해운대에서 선생님 만난 이야기하고 한데 묶
어 좋은 소설을 한 편 쓸 수 있을 것 같아요…….

그는 당장에 그녀에게 전화를 했다.
"여행준비해가지고 서울로 와. 그럼 함께 속초 쪽으로 가자. 이
박 삼 일 예정으로……. 아침 일찍이 기차 타고 와. 서울역에서 기
다릴게."
정원의 붉은 모란꽃잎이 뚝뚝 떨어지고, 그 위로 찬란한 빛살이
쏟아지고 있었다. 뒷산에서는 뻐꾹새가 숨 가쁘게 울었다. 아내에
게 속초에서 세미나가 있다고 말하고 배낭을 꾸려 짊어지고 집을
나섰다. 아내에게 양심의 가책이 있었지만, 훗날 큰 소설 쓸 거리를
위해 체험을 하고 있는 것이라고 스스로를 달랬다. 첫새벽에 출발
하는 기차를 타고 온 그녀는 열한 시 반에 도착했다. 그는 플랫폼에
나가서 그녀를 맞이했다. 공항으로 갔고, 점심을 먹은 다음 속초행
비행기에 올랐다.
그녀는 챙 있는 감색 모자를 쓰고, 흰 운동화를 신고, 반팔의 옥
색 블라우스 위에 얇은 황갈색 점퍼를 걸치고 청바지를 입고 있었
다. 얼핏 보면 열예닐곱 살의 소년으로 보였다. 비행기가 하늘을 날
아가고 있었다. 무지개 속으로 떠가는 듯싶었다.

속초에서 내리자마자 택시를 타고 홍련암으로 갔다. 홍련암은 쪽
빛으로 탁 트인 바닷가 언덕 위에 날아갈 듯이 앉아 있었다. 울긋불
긋한 단청이 꽃송이들로 장식을 해놓은 듯싶었다. 홍련암이 건너다
보이는 자리에서 그는 발을 멈추었다. 그녀는 그의 팔을 두 손으로
잡은 채 암자를 보며 말했다.

"그림 같아요."

홍련암이 앉아 있는 언덕의 밑뿌리는 검은 갯바위였고, 그것은
짙푸른 바다에 발을 묻고 있었다. 쪽빛의 먼바다에서 달려온 파도
들이 그 검은 바위를 들이받고 있었고, 그때마다 흰 물보라가 일어
났다.

"홍련암으로 가서 관세음보살을 친견하기 전에 알아두어야 할 것
이 있다."

시적詩的인 것

　그들은 돌계단에 나란히 앉았다. 그가 갯바위에서 일어나곤 하는
하얀 물보라를 보면서 말했다. 그것은 그의 부도덕한 행위의 합리
화였다.

　"의상대사가 관세음보살을 친견했던 방법과 원효대사가 친견했
던 방법은 다르다. 의상의 방법은 시적詩的이고, 원효의 방법은 소
설적이야. 그 두 방법 가운데 어느 것을 택하여 친견할 것인가, 하
는 것은 너 스스로가 결정할 문제야."

　그녀는 수학여행 온 초등학생처럼 초롱초롱 눈을 빛내면서 그의
말에 귀를 기울였다.

　"당나라 유학을 마치고 돌아온 의상대사가 절 지을 자리를 보려
고 여기저기 다니는데 파랑새 한 마리가 날아왔지. 그 파랑새에게

서 신통력이 느껴져 그 새를 따라왔는데, 그 새가 저 언덕 밑에 뚫려 있는 굴속으로 들어가버렸어."

홍련암 밑에 있는 바위굴은 물에 잠겨 있었다.

"의상대사가 바위굴 앞에서 무릎을 꿇고 앉아 기도를 하는데, 바다에서 새빨간 연꽃紅蓮 한 송이가 떠왔어. 부처님의 묵시默示라 생각하고 그 연꽃을 향해 기도를 올리자, 그 연꽃 속에서 관세음보살이 나타나 저쪽에다가 절을 지으라고 말했지."

그는 낙산사를 손으로 가리켰다.

"그렇게 해서 지은 절이 바로 낙산사야. 의상대사는 낙산사를 지은 다음, 붉은 연꽃 속에서 몸을 나타내신 관세음보살을 친견한 저 언덕 위에 암자를 짓고 홍련암이라 이름을 붙였지. 의상대사가 관세음보살을 친견한 것은 시적이고 환상적이야. 원효대사의 친견 방법은 소설적이니까 훨씬 재미있다. 원효대사는 당나라로 유학을 가다가 당항성 근처에서 해골바가지의 물을 마시고는, '세상의 모든 일은 마음 하나에 달려 있다는 것'을 깨닫고는 그냥 돌아와버렸잖아? 원효대사는 의상대사가 이곳에서 관세음보살을 친견했다는 말을 듣고 여기를 찾아왔지."

그는 잠시 마른 입술에 침을 바르고 나서 말을 이었다.

"중국 유학을 하지 않은 진짜 토종 승려인 원효대사는 당시 한창 인기 있던 당나라 유학승인 의상대사를 만나서 나누어야 할 말들을, 머리에 대발처럼 엮으면서 부지런히 걸었지."

소설적小說的인 것

그는 그녀의 손 하나를 끌어다가 호주머니에 넣으면서 짙푸른 바다를 향해 말했다.

"원효대사가 드넓은 들판 한가운데로 난 길을 가는데, 하얀 소복 차림을 한 젊은 여인이 낫으로 벼를 베고 있었어. 허리를 굽히고 벼 포기 두엇씩을 한 줌에 잡고 삭둑삭둑 베어 가지런하게 가려놓아가는 품이 익숙했지. 거듭 다섯 줌을 벤 다음 허리를 펴고 얼굴과 하얀 목에 흐른 땀을 소매로 훔치면서 쌔근거렸어. 머리채는 뒷목에 얹혀 있지 않도록 뒤통수로 걷어 올려 묶어놓았지. 머리채 끝에 묶인 붉은 댕기가 햇살을 되쏘며 팔랑거리고 있었어. 그 여인의 치마 허리는 띠로 잘록하게 묶은 까닭으로 버들가지처럼 가늘고, 엉덩이가 실팍해 보였어…… 아마 소연이처럼 생겼던가봐."

소연이 그의 주머니에 들어 있지 않은 다른 손으로 그의 옆구리를 가볍게 꼬집었다. 그가 움찔하면서 말을 이었다.

"……벼 이삭들 사이로 달려온 바람결이 치맛자락을 출렁거리게 했지. 바람결을 타고 그녀의 체취가 원효대사에게로 날아왔어. 그것은 머리를 아찔하게 하는, 잘 익은 하늘참외의 향기 같은 체취였어."

소연은 달려오는 파도들을 바라보며 이야기를 들었고, 그는 마른 입술에 침을 바르고 말을 이었다.

"원효대사가 물었어. '그대는 처녀이십니까, 부인이십니까? 나는 그대를 천하에서 제일 예쁘고 아름답고 향기로운 여인이라고 부르고 싶습니다. 이름을 붙인다면 원묘元妙입니다. 원묘 님, 시방 그대가 베어 쥐고 있는 벼 한 줌을 저에게 시주하실 수 없습니까? 그것으로 중생을 구제할 생각입니다.' 그러자, 그 여인이 말했지. '용서하십시오. 지독한 흉년이 몇 년째 계속된 뒤끝인지라 불행하게도 스님께 시주하지 못하겠습니다.' 그 목소리는 소연이의 목소리처럼 콧소리가 많이 섞여 있었어."

소연은 다시 그의 옆구리를 가볍게 꼬집었다. 그는 다시 움찔하면서 말을 이었다.

"원효대사는 그 여자의 말끝을 재빨리 잡아챘어. '흉년에는 넉넉하지 못한 것일수록 서로 나누어야 하지 않습니까?' 그 여자가 원효대사를 등진 채 허공을 쳐다보면서 말했지. '벼는 드릴 만큼 넉넉하지 못할지라도, 이 소녀가 스님께 드릴 수 있는 마음은 넉넉합니다.

그런데, 소녀가 살핀 바로는, 그것을 받아 가실 스님의 손과 바랑이 너무 작고 적은 듯싶습니다.' 그녀의 말은 어지럽게 꼬여 있었어. '하아!' 원효대사는 뒤통수를 한 대 모질게 얻어맞은 듯싶었어. 공부할 것 다 하고, 깨칠 것 다 깨쳤으므로, 천하에서 내로라하며 살아온 원효가 한갓 시골 여인에게 시방 이 무슨 망신을 당하고 있는 것인가. 원효대사는 여인을 노려보았지. 그녀는 천연스럽게 벼를 베기만 했지. 정수리 끝의 붉은 댕기머리와 벼의 이삭이 동시에 낭창거렸어. 벼의 그루터기를 낫으로 벨 때마다 허리와 엉덩이가 굼실굼실 넘놀았어. 원효대사는 자기도 모르는 사이에 '주어보지도 않고 왜 받을 사람의 손과 바랑이 그것을 수용하기에는 넉넉하지 못하다고 단정부터 하시는 것입니까?' 하고 눙쳤어. 그녀가 한 줌 가득 쥔 벼를 논바닥에 놓고 서쪽 하늘을 보면서 말했지. '팔만대장경을 한 아름에 보듬기에는 스님의 가슴이 너무 작아 보이고, 수없이 많은 그 장경들을 논하고 풀이한 것을 담아 짊어지고 다니기에는 바랑이 너무 적은 터에, 소녀에게서 기어이 시주를 받아 가려 하는 대사의 마음을 헤아릴 길이 없습니다. 미색美色인 요석공주가 있고, 그 여자가 낳은 총명한 아들 총이 있음에도 불구하고, 다시 여색을 탐하여 또 하나의 아들을 낳고 싶으신 것이옵니까?' 원효대사는 다시 한 번 뒤통수를 얻어맞은 듯 눈앞에 현기증이 일었지. 말을 마치고 난 여인은 벼 베기에 지친 듯 땀을 훔치며 논바닥에 주저앉아버렸어. 여인의 모습이 촘촘한 벼 이삭들에 가려 보이지 않았어. 여인은 비록 벼

베기를 하고 있기는 하지만 보통의 여인이 아닌 듯싶었어. 잠시 자기를 망각한 채 여인을 희롱했음을 깨닫고, 원효대사는 여인을 향해 합장하고 나서 몸을 돌렸어. 여남은 걸음 걸어가다가 돌아보니 그 여인의 모습과 그 여인이 베던 벼들은 어디론가 사라지고 없었어. 발을 멈춘 채 짙푸른 허공을 쳐다보며 생각했지. '아아, 그 여인과 황금색 논이 사라진 것인가, 원효의 마음이 텅 빈 시공時空 안으로 들어서버린 것인가.' 원효대사의 가슴에 환희심이 폭죽처럼 솟구치고 있었어."

소연이 눈을 빛내면서 그를 향해 물었다.

"그 여자가 관세음보살이었어요?"

그가 으흠, 하고 목을 가다듬은 채 말을 이었다.

"조금만 더 들어봐……. 가을 저녁 무렵이었지만 대기는 투명했고 여름날처럼 무더웠어. 원효대사는 가파른 고개 하나를 넘었고, 소나무숲 빽빽한 골짜기에 이르렀어. 시냇물이 푸른 이끼 돋은 돌 틈을 빠져나가면서 노래하고 있었어. 물을 보자 입술과 혀와 목이 버석거렸지. 원효대사는 물을 마셔야겠다고 생각했어. 얼마쯤 가자 무지개다리가 나왔고, 그 다리 밑에서 자태가 고혹스러운 한 여인이 빨래를 하고 있었어. 그 여인의 코앞에 옹달샘이 있었어. 왕골을 넣어가며 곱게 삼은 짚신 날 안에 여인의 백옥같이 흰 뒤꿈치와 발가락들이 들어 있었지. 원효대사는 여인에게로 다가갔지. 물 한 그릇을 청하여 마실 생각이었어. 여인 옆으로 다가서던 원효대사는 깜짝 놀랐어. 여인이 빨고 있는 것은 예사 빨래가 아니고, 새빨간 핏덩이가 어려 있는 월경대였단 말이야. 바야흐로 서쪽 산 위에서 타오르는 저녁노을이 세상을 주황색으로 물들이고 있었어. 그 노을 빛이 여인의 얼굴과 손과 빨래와 그것에서 흘러 번지고 있는 붉은 물을 더욱 붉어 보이게 했어. 원효대사는 그 월경대와 여인의 얼굴을 번갈아 보았어. 여인은 고개를 들지 않은 채 빨래만 하고 있었지. 아니, 더러운 월경대를 샘물에서 빨고 있다니……. 불쾌해진 원효대사는 여인에게 퉁명스럽게 말했지. '이 나그네, 목이 마르오니 물을 좀 떠주십시오.' 여인은 바가지로 옹달샘의 물을 듬뿍 떠서 내밀었어. 그 바가지에 담긴 물을 보는 순간 원효대사는 기가 막혔어. 그것은 불그죽죽한 핏물이었단 말이야. 아니 어쩌면 이렇게 조심성 없고 방자하고 무례할 수 있단 말인가. 원효대사는 가슴속에서 뜨거운 불쾌함과 분노의 덩이가 주먹처럼 단단하게 뭉쳐졌지. 바가지에 담긴 핏물과 여인의 얼굴을 번갈아 보았어. 여인은 태연스럽게 월경대 빨래를 계속했어. 눈을 내리깐 여인의 얼굴은 여치의 더듬이처럼 긴 속눈썹에, 오똑한 콧날에, 오동통하고 보얀 볼에, 도톰한 입술에, 하얀 귓바퀴에, 번져오는 배릿한 체취에…… 고혹蠱惑스럽기 그지없었어. 그렇지만 그 고혹스러움이 원효대사의 가슴에 서린 불쾌함과 분노를 가시게 하지는 못했어. 원효대사는 어금니에 불쾌함과 분노의 감정 덩어리를 놓고 깨물었지. 월경대에서 나온 불그죽죽한 물을 어떻게 마신다는 것인가. 원효대사는 바가지의 물을

개울 하류 쪽에다 흩뿌려버린 다음 웅달샘 앞으로 한 걸음 더 다가
가서 손수 허리를 굽히고 맑은 물을 한 바가지 떴어. 그런데 어찌
된 일인지 샘 안쪽의 맑은 물을 뜬다고 떴는데, 바가지 안에 담긴
물은 아까 그녀가 떠준 것과 다름없이 불그죽죽했어. 샘물 안쪽에
도 월경대에서 흐른 핏물이 이미 번져 있었더란 말인가. 순간 어디
에서인가 굵은 남자의 목소리가 들려왔어. '아이고! 꿀물 넣은 미
음(제호醍醐)을 마다한 이 멍청한 화상아!' 그 빈정거림이 원효대
사의 정수리를 때리고 있었지. 아찔한 아픔을 느끼며, 그 소리가 어
디에서 들려왔는지 두리번거렸어. 몸을 돌리자 여인은 아드득 짠
빨랫감을 손에 든 채 숲길 저쪽으로 걸어가고 있었어. 그런데, 눈
깜짝할 사이에 그 여인의 모습은 사라지고, 소나무숲 저쪽으로 파
랑새 한 마리가 후르르 날아가고 있었어. 원효대사는 '아하, 그렇
다.' 하고 생각하면서 다시 바가지 속의 물을 들여다보았지. 물은
월경대의 핏물로 인해 붉은 것이 아니고, 노을빛으로 인해 붉어 보
인 것이었어. 원효대사는 파랑새 날아간 하늘을 쳐다보았어. 그 여
인의 월경대 빤 핏물이 꿀물 미음이라는 것은 무엇인가. '그렇다면
그 여인은 관세음보살의 화신이었단 말인가.' 마음공부를 할 만큼
했다고 자부하여온 내가 맑은 물과 월경대 빨래에서 나온 핏물과
노을빛 어린 물을 구태여 구분하려 하면서 불쾌해하다니……. 원
효대사는 얼굴이 화끈거렸어. 부끄러움을 주체할 수 없었지. '아,
의상대사가 동해변 굴속에서 친견했다는 관세음보살이 미리 와서

지켜 서 있다가 나의 오만해져 있는 마음을 시험하신 것이다.' 원효
대사는 혀를 아프게 깨물며 고개를 저었어. 누가 나를 시험한다는
것인가. 내가 나를 시험할 뿐, 아무도 나를 시험하지 않는다."

소연이 말했다.

"관세음보살의 화신인 예쁜 여자가 월경대 빨래한 물을 원효대사
에게 떠주었다는 그 이야기는, 원효대사가 당항성에서 해골바가지
의 물을 마시고 크게 깨달았다는 이야기하고 비슷하군요."

"그래, 그래." 하며 고개를 끄덕거리고 난 그는 말을 이었다.

"소설을 쓰려는 사람은 '글의 대비對比'에 대하여 알아야 한다.
월경대에서 우러난 불그스레한 물과 꿀물 우유에 갈분을 섞어 쑨
미음의 대비, 그것은 원효대사의 말법이야. 부처님의 말법을 배워
익힌 원효대사 자신의 비유와 대비의 말법인 것이라고……. 부처
님의 말법은 시를 내포한 산문이다. '말의 승리'는 군더더기 없는
깔끔한 시에 있지 않고, 비유와 대비를 동원한 끈끈하면서도 질척
거리는 산문에 있다. 시가 진리를, 우주라는 과일의 즙과 향기가 승
화된 무지개로 표현한다면, 산문은 향기와 맛을 가진 육질의 이야
기로서 총체적으로 표현한다. 하부구조를 튼실하게 갖추고 있지 못
하는 시만으로는 우주를 온전하게 다 말할 수 없다. 하부구조를 튼
실하게 갖추고 있는 산문만이 넉넉하게 해낼 수 있다……. 시가 구
름이나 무지개라면 산문은 대지와 강과 산과 바다와 하늘의 모든
것이다. 산문은 뜀박질하는 말을 타고 슬쩍 보는看 것이 아니고, 굼

뜬 소소疏를 타고 깊이 비판하면서 뚫어보는觀 것이다."

그가 바다를 바라보며 말했다.

"소연이, 너, 빨간 연꽃과 관세음보살의 화신인 그 여인이 우물에서 월경대를 빤 '시뻘건 물'의 관계를 알 것 같으니?"

"응, 어렴풋이……."

그가 덧붙여 말했다.

"연꽃은 여성의 깊은 속살인 것이고, 그것은 우리들의 우주를 생산하는 자궁이다. 그런데 그 우주적인 자궁인 연꽃은 저 짙푸른 바다에서 나온 것이다. 그렇다면 저 바다가 연꽃을 낳은 자궁인 거야. 네 이름이 소연素蓮이잖니? 너는 저 바다같이 속이 깊고 드넓은 큰 소설가가 되어야 한다."

그는 그녀와 그가 하고 있는 사랑의 도피행각, 그것이 사실은 소연을 바다 같은 소설가로 만들기 위한 하나의 방편이라고 합리화시켰다.

속초 동명항

속초 동명항으로 갔다. 영금정에 올라가 바다 구경을 했다. 항구와 속초시 저쪽으로 무겁게 침묵하고 있는 설악산의 웅대한 자태가 가슴을 압도했다. 높은 산은 머리를 신화 속에 묻고 있는 존재이다. 침묵이 숭엄한 신이다. 바람이 세차졌고, 파도가 전보다 더 드높아졌다. 파도들은 갯바위에 와서 하얗게 부서졌다. 그 바다를 등지고 돌아서면서 그는 소연에게 말했다.

"나에게는 두 개의 바다가 있다. 하나는 저기 저렇게 출렁거리는 바다이고, 다른 하나는 화엄華嚴의 바다야. 나는 화엄의 바다에서 헤엄을 치고 있어. 꽃으로 장식되어 있는 보이지 않는 영원무궁한 세상……. 네 몸속에도 화엄 세상이 들어 있다. 우리 함께 커다랗고 향기로운 꽃이 되자. 화엄의 바다 속에서."

노을이 스러지고 땅거미가 밀려들었다. 횟집으로 들어갔다. 모듬회를 시켰다. 그는 주방장이 회를 준비하는 동안, 그녀에게, 소설 쓰려면 바다의 물고기들에 대해서도 알아야 한다면서, 수족관을 구경시켰다.

"저것, 모양새가 별로 늘씬하지 않은 것은 도루묵이고, 비늘이 은빛이고 크고 팔뚝처럼 굵은 것은 숭어이고, 지느러미가 현란하고 등에 반점이 있고 배가 희고 볼록한 것은 복어이고, 몸에 다갈색 줄무늬가 있는 고기는 줄도미이고…… 푸르스름한 저것은 방어, 저기 엎드려 있는 갈색의 납작한 것은 광어이고, 음험하게 꿈틀거리는 것은 문어, 이것은 오징어, 이것은 키조개, 이것은 나선이 오른쪽으로 도는 뿔소라……."

여종업원이 음식이 나왔다고 했으므로 안으로 들어갔다. 뼈다귀, 오징어회, 멍게, 꽃치구이, 회무침, 문어회, 도루묵 세꼬시, 홍게, 살아 있는 꽃새우 두 마리가 차례로 들어왔다. 소주를 곁들여 먹었다.

그는 살아 있는 꽃새우도 먹어보아야 한다고 꼬였지만, 그녀는 도리질을 했다. 그가 말했다.

"글을 잘 쓰려면 어떤 의미로서는 잔인해져야 하고, 과감하고 끈덕져야 한다. 까마귀나 독수리처럼, 소설이 될 수 있는 이야깃거리가 어디에 있는지 귀신같이 알아내야 하고, 한 번 그것을 확인하면 하이에나처럼 끝까지 싸워 자기 것으로 확보하여 먹어치워야 한다.

때에 따라서는 그것을 표범처럼 나무 위에 올려 숨겨놓고 자기 혼자서만 곰곰이 먹어야 한다."

소주로 인해 얼근해진 그가 "이 세상엔 도둑 아닌 것이 없어." 하고 말했다. 그녀가 의아한 눈빛으로 그의 얼굴을 건너다보았다. 그가 말했다.

"나 시 한 편 썼어. 너 만난 다음부터 나 시인이 되었다. 지금도 시 한 편이 떠올랐어. 읊어볼까?"

그녀가 고개를 끄덕거렸다. 그가, 너는 나를 훔치고 나는 너를 훔친다, 하고 읊었다. 그녀가 "아이, 싫어요. 저는 도둑이 아니에요." 하고 어리광 어린 목소리로 말했다. 그는 아랑곳하지 않고 시를 읊었다.

당신은 나를 훔치고 나는 당신을 훔친다.
나는 당신의 배낭 안에 담겨 떠돌고
당신은 내 가슴 안에서 잠들곤 한다.
당신은 내가 내쉬는 숨을 들이쉴 숨으로 빨아들이고
나는 당신의 체취 속에서 꿈꾼다.
당신은 나를 실 끝에 달아 휘돌리고
나는 어지럽게 당신 주변을 맴도는
우리는 훔치는 당신과 훔침을 당하는
나와 하늘과 땅만 아는 위대한 큰 도둑이다.

낙산비치호텔

바다를 향해 앉아 있는 호텔의 이 층 방에서 그는 그녀를 안은 채 바람벽에 걸려 있는 원반 모양의 흰 벽시계를 쳐다보았다. 작은 바늘은 아홉 시 방향을 가리키고 있고, 큰 바늘은 열두 시 방향을 가리키고 있었다. 시계는 고장으로 멈춰 있었다. 그가 멈춰 있는 시간을 생각하며 즉흥시를 읊었다.

우리 다음 생에는 시계가 되자.
너는 발 느린 시침으로, 나는
발 빠른 분침으로
한 시간마다 뜨겁게 만나자.

그녀가 벽시계를 쳐다보며 "정말, 그 시 명작이네요." 하고 탄성을 질렀다. 그가 창문 밖에 펼쳐져 있는 짙푸른 물너울을 내다보면서 말했다.

"열애熱愛는 죄가 아니야. 나 열심히 너를 사랑하다가 죽을 거야."

그녀가 말했다.

"죽다니요? 영원히 사랑하면서 살아야지요. 시계의 시침과 분침처럼 만나고 또 만나고 또다시 만나서 뜨겁게 사랑을 해야지요."

그래 영원히 사랑하고 영원히 죽지 말고 사랑해야 한다, 하고 나서 그는 몸을 일으켰다. 벽시계 앞으로 갔다. 까치발로 서서 고장으로 멈춰 있는 벽시계를 떼었다. 작은 바늘을 열두 시를 가리키게 해놓고 큰 바늘을 끄집어다가 작은 바늘 위에 포개놓았다. 인제 됐다! 하면서 벽시계를 아까 그 자리에 걸었다.

"우리의 시간은 저기 저 한순간에서 영원히 포개진 채 멈춰버렸다."

그는 조금 전에 읊은 그 시구의 한 구절을 읊었다.

그리고 한 천 년의 강물이 흘러간 뒤에
우리 열두 점 머리 한가운데서
서로를 얼싸안고 숨을 멈추어버린 그 시계
다음 생에는 우리
이 세상 한복판에서 너의 영원을 부둥켜안은 미라가 되자.

그녀가 어리광 섞인 소리로 말했다.

"선생님, 그 시 정말 좋아요!"

그녀의 얼굴에 점점이 박혀 있는 주근깨들을 들여다보고 있던 그가 "아, 그렇지." 하고 소리쳤다. 주근깨가 하늘에 사는 박새들의 까만 눈알 같다고 생각됐다. 그는 음습한 목소리로 읊었다.

먼지 알 같은 들꽃들의 아프고 슬픈 사랑을 모르고 어찌
하늘과 땅의 뜻을 우리들의 그 영원에 수놓을 수 있으랴.

다음 날 아침 그들은 열 시가 훨씬 지났을 때 일어나 방 안에서 밥을 시켜다가 먹었다. 로비에다가 하룻밤 더 자고 가겠다고 말하고 나서 그녀를 안은 채 침대 위로 넘어졌다. 잠결에 시가 떠올랐다. 뛰어 일어나서 메모지를 꺼내 썼다. 그녀에게 말했다.

"소연아, 나 또 시 한 편을 썼는데, 읽어줄게 들어봐. 제목이 '금잔디'야."

당신의 부드러운 맨살을 진저리치면서 밟습니다.
그 진저리 때문에 당신의 솜털들은 보얗게 발기합니다.
저의 당신 사랑하기는 당신을 학대하며 죽이기이고
당신의 저를 사랑하기는 저를 영원으로 끌어올리기입니다.
당신의 소라고둥 같은 내부로 들어서면 저는

연기도 없이 어지럽게 타오르고 당신은
용수철 같은 탄력으로 저를 안고
은하의 블랙홀 속으로 흘러가버립니다.
굴절하는 태초의 빛이 됩니다.

그녀가 말했다.

"그 시 정말 아름다우면서도 가슴을 아리게 해요."

종일토록 침묵하면서 사랑만 했다. 해가 저물고 있을 때, 이불 속에서 그녀가 그를 안은 채 문득 말했다.

"선생님, 저 고래 한 마리를 잡았어요."

"어떤 고래?"

"말향고래요. 향유고래라고도 하는데, 머릿속에 무지무지하게 비싼 향유를 담고 있대요. 허만 멜빌의 『백경』을 읽어보면 선장 에이햅이 머리 흰 고래를 잡으려고 하잖아요? 에이햅도 못 잡은 말향고래를 저는 잡았어요. 바로, 이 고래요."

그녀는 그의 가슴을 끌어안았다.

"아아, 이 말향고래 향기!"

그는 그녀의 등을 토닥거리면서 말했다.

"아, 나도 고래 한 마리를 잡았다. 암컷 말향고래야."

"제가 잡은 고래는 에이햅이 잡으러 다닌 그 흰 고래하고 똑같은 고래예요. 그 흰 고래가 무엇을 상징하는지 아세요? 자연이라는 신

神이요. 저는 신을 제 가슴에 품었어요. 제가 지금 당장에 죽더라도 제 인생은 절대로 손해를 보지 않았어요. 제가 잡은 고래 한 마리로써 저는 충분하게 이익을 본 거예요."

그가 말했다.

"내가 잡은 고래는 여신女神 고래야."

다시 거문도

 밤은 심연으로 무겁게 가라앉아가고 있었다. 잠시 심호흡을 하던 종산은 술을 거듭 들이켰다. 참담한 죄의식 속으로 빠져들어갔다.

 "꽃구름 속에서 노니는 것 같은 그 황홀한 시간은 별로 길지 않았어요. 그 아이의 몸 깊은 곳에서 싹트기 시작한 배반의 씨로 인해서요. 서울을 거쳐서 부산으로 돌아간 그 아이한테서 보름쯤 뒤에 전화가 걸려 왔는데, 임신을 했다는 것이었어요. 아, 이런 일이 우리들에게 있을 수 있구나……. 사실은 축복을 받아야 마땅할 그 새 생명이 잉태된 일로 인해서 나는 정신이 아득해졌어요. 앞뒤 생각해볼 경황이 없었어요. 그래서 그 아이에게, 유산을 두 차례나 해본 경험이 있는 친구하고 상의하라고 했어요. 유산을 시키라고 사주를 한 것이지요. 그리고 계좌번호를 불러달라고 했고, 돈을 넉넉하게 넣어주었어요. 내가 서울에서 그 아이를 위해 할 수 있는 것은 오직 그것뿐이었어요. 시간이 어떻게 흘러가는지 모르게, 정신적인 공황 상태에서 살았어요……. 사흘이 지났을 때, 그 아이한테서 전화가 걸려 왔어요."

그는 한동안 허공을 쳐다보고 있다가 말을 이었다.

"……병원에 가서 유산을 시켰는데, 거의 죽을 뻔했다고 하며 훌쩍훌쩍 울더라고요."

묘연은 말없이 술잔만 내려다보며 심호흡을 했다. 그가 컵을 들면서 자학하듯이 말했다.

"나 이렇게 잔인한 사람입니다……. 임종산이라는 소설가, 한 입으로는 생명존중의 휴머니즘을 이야기하면서 다른 한 입으로는 여신이라고 추켜올린 여린 여자에게 살인을 하라고 사주하고……."

묘연이 맥주 한 컵을 마시고 나서 물었다.

"그 뒤 그 여자하고 어찌 되었어요?"

통영 바다

    소연이 동양의 나폴리항이라는 통영 바다와 해금강을 보고 싶다고 했다. 그녀의 어머니와 아버지가 젊어서 한때 통영 바다에서, 해녀와 통통배 선장으로 산 적이 있으므로, 그 바다를 탐구하고 싶다는 것이었다.

    그와 그녀는 그해의 십일월 십일 일 열한 시 십일 분에 통영시외버스터미널에서 만나자고 약속을 했다. 십일월 십일 일이 그녀의 생일이었다. 소연은 부산에서 통영을 향해 출발하고, 종산은 서울 강남에서 일곱 시에 고속버스를 탔다.

    그가 통영시외버스터미널에 도착한 것은 그날 열두 시가 지나서였다. 그녀는 터미널 대합실에서 그를 기다리고 있다가 그를 보자 활짝 웃고, 깡충깡충 뛰면서 어리광 어린 목소리로 투정을 했다.

"못 오시는 줄 알고…… 가슴이 다 닳아졌어요."

"늦게 온 벌에다가, 네 생일 축하에다가…… 맛있는 거 사줄게."

그들은 바닷가 횟집에서 매운탕에 소주 한 병을 마시고 바닷가로 나가 통영항구 구경을 했다. 봄날처럼 다사로운 가을 날씨였다.

유람선 타는 곳으로 이동했다. 구레나룻이 푸짐한 택시기사는 소리 나지 않게 휘파람을 불어가면서 운전을 했다. 그는 그녀의 손 하나를 잡아다가 호주머니 속에 넣었다. 그녀의 손이 꼼지락거리더니, 그의 손바닥을 아프게 꼬집었다. 그녀의 꼬집는 손가락 끝에, 그동안 그녀가 당한 고통과 그에 대한 원망과 사랑과 그리움에 대한 추궁이 담겨 있었다. 그는 그녀의 물새 같은 손을 쥔 손에 불끈 악력을 가하며 흔들었다.

고통은 사실은 둘이 함께 맛본 것이었다. 핏덩이를 긁어내는 아픔을 당한 그녀도 그녀지만, 만일 그것이 만천하에 드러나게 된다면 그는 부도덕한 소설가로서, 그녀의 부모로부터 비난을 받을 것은 물론, 그들의 사랑도 끝장이 나게 되는 것이었다. 그 무서운 사건이, 그녀의 지혜로운 대처와 인내로 은밀하게 끝이 났고, 그녀는 건강을 다시 회복했고, 그들은 예전과 다름없이 다시 홀가분한 마음으로 만나게 된 것이었다.

유람선 선착장에 도착한 것은 두 시가 조금 지나서였다. 해금강을 유람하는 배를 탔다. 그것은 유산을 시킨 그녀의 고통에 대한 위로와 새로운 사랑의 시작을 위한 뱃길 여행이었다. 배가 푸른 물너울을 헤치면서 달렸다. 그녀가 고마워 죽을 지경이었다. 그녀는 지옥행 같은 악몽 속에서 그를 구해주었다. 그는 푸른 물굽이와 지나가는 섬의 기괴한 갯바위들을 바라보며 그의 호주머니에 들어 있는 그녀의 손을 애무했다. 펄럭거리는 심장과 영혼을 담고 있는 오묘한 창공 같은 손.

확성기에서는 해설사의 목소리가 들려왔다.

"지금 여러분은 환상의 섬 해금강으로 가고 있습니다. 해금강은 노자산 봉우리 끄트머리가 바다 속 깊숙이 잠겼다가 한 떨기 부용처럼 피어 솟은 섬인데, 천태만상의 만물상이 장관을 이루고 있습니다……."

그녀는 그의 어깨에 기대선 채 창밖의 비경을 내다보았다. 그의 머리에는, 그 아슬아슬한 위기에서 벗어난 자기가 행운아라는 생각만 맴돌았다. 그는 그녀의 귀에 대고 속삭였다.

"고맙다. 정말 고맙다."

그녀는 다른 한 손으로 그의 옆구리를 가볍게 꼬집었다. 해설사가 말했다.

"해와 달이 이 바위 위에서 뜬다고 하여 일월관암日月觀岩이라고 합니다. 위쪽을 쳐다보십시오. 이 바위는 병풍과 같이 생겼는데, 그 앞에서 신랑 신부 바위가 지금 마주 서서 전통 결혼식을 올리고 있습니다……. 그리고 저 바위는 돛대바위, 이 바위는 거북바위…… 저것은 미륵바위입니다."

저녁을 먹은 다음, 제과점에서 작은 케이크 한 개와 맥주 두 병을 사 들고 호텔방으로 들어갔다. 탁자 위에 케이크를 놓고, 촛불을 밝혔다. 천장의 조명을 끄고, 그가 생일 축하 노래를 불러주었다. "사랑하는 내 천사 소연이의 생일 축하합니다." 맥주컵을 들고 건배를 했다. 그녀는 그가 벌여준 이벤트로 인해 행복해하며 술을 들이켜고 케이크를 한 입 먹었다.

그녀는 샤워를 하고 나와서 배낭에서 하얀 잠옷을 꺼내 입었다. 그가 포항에서 사준 것이었다. 그는 잠옷 속에 들어 있는 그녀를 끌어안았다. 그녀는 자기 친구와 함께 산부인과에 가서 치른 유산 이야기를 했다.

"돈은 달라는 대로 얼마든지 줄 테니까 한사코 문제없게 처리해달라고 제가 통사정을 했어요. 간호사가 수술대 위에 올라가 누우라고 하대요. 가랑이를 벌리고, 두 발목이 묶인 채……. 얼마나 부끄럽고 두려웠는지……. 간호사가 파랗게 질려 떨고 있는 저를 보고, 눈 딱 감고 있으면 금방 끝난다고 안심을 시켰어요."

그녀는 남의 이야기를 하듯이 말을 했다.

"마취주사를 맞았는데 스르르 잠이 오고, 아물아물 꿈을 꾸는 듯싶었어요. 쟁반과 수술기구들 달그락거리는 소리가 들리고, 제 깊은 속살 속으로 무슨 이물질인가가 들락거리는 듯싶었어요. 얼마쯤 아득한 시간이 흐른 다음 간호사가 눈을 떠보라고 말했어요. 눈을 뜨니, 간호사가 다 끝났으니까 어디에서 좀 쉬었다가 들어가라고 했어요. 몸을 일으켰는데, 마취가 덜 깼는지 어질어질하고 몸에 힘이 없었어요. 밖에 있던 친구가 와서 부축해주었어요. 친구 부축을 받으며 병원 문밖으로 나갔어요. 병원 맞은편에 모텔이 있었어요. 통증이 시작되었어요. 식은땀을 뻘뻘 흘리면서 간신히 이 층 방으로 들어갔어요. 친구가 우유하고 빵을 사다 주었어요. 우유만 몇 모금 마시고 잠을 잤어요. 오후 네 시쯤에 친구가 집으로 데려다주었어요. 집 안에는 아무도 없었어요. 제 방으로 들어가 이불을 덮고 누웠는데 온몸에서 식은땀이 흘렀고, 그 땀으로 옷이 젖었어요. 비몽사몽간을 헤매는데, 어머니가 무슨 일인지 낮에 집엘 왔다가, 제 방엘 들어왔어요. '어디 아프냐?' 하면서 이마를 짚어보더니 '아니, 이 아좀 봐라, 웬 식은땀을 이렇게 흘리는 기가?' 했어요. 저도 모른 새에 신음하면서 몸살감기가 들었는지 어쨌는지, 생리통도 이상하게 심하고…… 도서관에서부터 어지럽고 열이 나고 온몸에 힘이 없고 해서 그냥 들어왔어요.' 하고 말했어요. 어머니는 제 얼굴을 들여다보며 물었어요. '혹시 너 요즘…… 나오는 것이 전보다 더 많고 그러냐?' 고개를 끄덕거렸더니, 어머니는 '열심히 공부만 파고 있는 너를 내가 너무 소홀히 했는가 보다.' 하면서 부엌으로 갔어요. 한참 뒤에 밥상을 차려 들고 왔어요. 하얀 쌀밥과 미역국이 놓여 있었어요. 어머니는 저를 일으켜 앉히면서 말했어요. '생리로 인해 하혈이 심해도 그렇게 몸에 힘이 빠지고 식은땀이 나고 그런다. 그러는 데는 미역국이 약이란다. 어서 훌훌 마셔봐라.' 저는 어머니의 가슴에 얼굴을 묻고 흐느껴 울어버렸어요. 어머니가 제 등을 토닥거리면서 말했어요. '시험에 떨어지고 마음 고통이 심한 데다, 쉴 새도 없이 너무 열심히 하려고 매달리니까 몸이 부실해졌는가 보다. 보약을 한 재 지어다가 먹어야 할 모양이다……. 에미는 횟집인가 뭣인가 한다고 하고, 애비는 물질하는 사람들한테만 매달리느라고, 혼자서 고통스러워하는 딸 위로도 제대로 해주지 못하고 몸보신도 못 시켜주고…….' 어머니는 제 헝클어진 머리칼들을 쓰다듬어 넘겨주고 눈물을 닦아주면서 말했어요. '어서 먹고 힘을 내라……. 살아가면서 만나는 모든 일은 열심히 하면서 참고 기다리면 결국에 좋은 쪽으로 잘되어갈 것이다……. 마음 약하게 먹지 말고, 한사코 명랑하고 넉넉하게 꿋꿋하게……. 알지?'"

소연은 자애로운 어머니를 배반한 불효를 이야기하면서 울었다. 그는 우는 그녀를 안아주면서 말했다.

"미안하다. 지혜롭게 잘 처리해주어서 고맙다. 네 친구도 정말 고맙다. 어머니한테는 나중에 네가 잘되어서 보답해드려라."

그녀는 훌쩍거리면서 그의 품을 파고들었다. 그는 그녀의 바다 속으로의 자맥질을 시작했다.

배반의 죄와 벌

종산이 묘연에게 말했다.

"그 뒤부터는 보름 만에 만나기도 하고 한 달 만에 만나기도 했어
요. 내가 비행기를 타고 부산엘 가기도 하고, 그 아이가 기차를 타
고 서울로 찾아오기도 하고⋯⋯. 그랬으니 그 아이가 제대로 시험
대비를 했겠어요? 그해에는 필기시험에서부터 낙방을 해버렸어요.
그 아이는 그걸 어이없어하면서도, 어쩌면 그게 당연한 일일 거라
고 수긍을 하더라고요. 그리고 마음을 다잡고 다시 한 해 동안 공부
를 더 해서 응시를 하겠다고 했어요. 그런 상태로, 우리의 만남은
더욱 뜨거워지고 빈번해졌고, 그 때문인지 다음 해에 또다시 낙방
을 했어요. 그 아이는 임용시험을 포기하고 소설을 쓰겠다고 나섰
어요. 어머니가 자기를 잉태한 채 바다에서 물질을 했으므로 자기

는 어머니의 태반 속에서부터 바다 체험을 한 것이라고, 그 어머니의 바다 이야기를 쓰고 싶다고 했어요. 그러면서 자기는 실제로 체험을 해야만 소설을 잘 쓸 수 있다고 하면서, 바닷가 마을 여행을 함께하자고 했어요. 그래서 내가 틈을 내어 그 아이하고 함께 이 항구 저 항구, 이 포구 저 포구에서 추억 만들기를 해주었어요. 흑산도로, 홍도로, 제주도로, 완도로, 선유도로, 낙월도로, 격포로, 무장포로, 덕적도의 소야도로…….물론 그것은 황홀한 사랑놀음이었지요…….그런데, 그 사랑놀음 여행을 하고 나서 또 임신을 했어요."

묘연이 한심스럽다는 듯, 항의하고 질책하듯이 물었다.

"또 유산을 시켰겠네요?"

그가 그 당시의 참담한 심정이 되어 한숨 어린 목소리로 말했다.

"어쩔 수 없지 않나요?"

묘연이 말했다.

"선생님 정말로 나쁘고 잔인하고 미련하군요. 왜 피임을 하지 않았어요?"

그가 한숨을 쉬고 나서 말했다.

"그렇습니다. 잔인하고 미련하고…….유산이란 것은 살인행위인데, 그 일을 위해 그 아이 통장에 돈을 넣어주면서 유산을 시키라고 사주를 하고, 그 아이가 성공적으로 그 짓을 처리했다고 하자, 내 파렴치한 죄가 세상에 노출되지 않은 것을 다행스러워하고, 그 아이한테 겨우 고맙다, 고맙다, 하고 말을 하는 것만으로 끝이었으니까."

묘연이 빈정거렸다.

"그렇게 하고도 선생님 아무런 죄와 벌도 받지 않았어요? 그런 채로 파렴치하게 독자를 기만하는 소설을 쓰고…… 그리고 원고료와 인세받아서 잘 먹고 잠 잘 자고 잘 살아왔어요? 아, 악마와 천사의 얼굴은 동전의 앞뒤 같은 것이라더니, 선생님의 경우가 바로 그러하네요."

그가 술을 한 잔 들이켜고 나서 말했다.

"맞아요, 나는 이중인격자요. 본명은 심학규이고, 내 필명은 임종산이요. 이름이 둘이듯이 얼굴이 둘이요."

"선생님, 정말로, 저주받아야 마땅할 사람이네요."

그가 허공을 향해 말했다.

"그 무렵에 나는 밤이면 살인을 하고 경찰에 쫓겨 다니는 꿈을 꾸곤 했어요. 경찰이 내 집 주위를 살피고 돌아다니다가, 초인종을 누르는데, 나는 방 안에서 조마조마한 채 몸을 웅크리고 있는 꿈. 아, 이제는 내가 살인자라는 것이 온 세상에 알려진다. 그 돌이킬 수 없는 절망 속에서 몸을 부들부들 떨고 있다가 번뜩 잠에서 깨어 식은 땀을 씻으며 '후우' 하고 안도의 숨을 내쉬곤 했어요."

그는 술을 벌컥벌컥 들이켰다. 묘연이 물었다.

"그 뒤 그 여자는 어찌 됐어요?"

"그 아이가 임용고시 보는 것을 포기했으므로, 내가 그 아이에게 해줄 수 있는 말은, '소설을 써라, 너는 할 수 있을 거다, 이제 너를 구제해주는 것은 소설뿐이다.' 이것뿐이었어요. 그 아이는 내 말대로, 도서관에 다니면서 소설을 쓰곤 한 모양인데, 소설이라는 것이 어디 그렇게 쉽게 써지는 것인가요? 잘 안 써지는 것을 억지로 써서, 그해 끝 무렵에 신춘문예에 응모를 했는데 낙방을 했어요. 좌절하고 절망하는 꼴을 볼 수가 없었어요. 나이는 스물여섯, 스물일곱…… 많아져가는데, 집에서 죽치고 있으면서 어머니 아버지 얼굴 대하기 민망하다고 해서…… 내가 서울로 데려다가 한 출판사에 취직을 시켜주고, 원룸 하나를 전세로 얻어주었어요. 그리고 내가 일주일에 두세 차례 드나들었지요. 그러다가 또 한 번 임신을 했어요. 피임을 한다고 했음에도 불구하고……."

그는 말을 멈추고 한숨을 쉬었다. 그녀가 그를 쏘아보았다. 그는 그녀의 눈길이 무서웠다. 심호흡을 하고 나서 떨리는 목소리로 다시 말을 이었다.

"그 일을 처리하고 몇 달이 지난 어느 날 아침에, 출판사 사장한테서 전화가 걸려왔어요. 소연이가 사흘째 아무런 말도 없이 출근을 하지 않는다고, 어찌 된 일이냐고……. 내가 그 아이 원룸으로 달려가 보니 문이 잠겨 있었어요. 내가 가지고 있는 열쇠로 열고 들어가 보니 어디론가 떠나고 없었어요. 부산의 친구에게 전화를 걸어보니, 자기한테도 연락이 없었다는 거예요. 뾰족한 수가 없었어요. 그냥 기다리는 수밖에……. 그런 지 두 달쯤 뒤에 편지가 왔어요. 발신지가 소록도였어요. 부랴부랴 달려가 보니, 병원에서 자원 봉사를 하고 있었어요. 방 청소, 변소 청소, 이불 빨래를 하고, 수족이 불편한 노인 환자들의 휠체어를 밀어주고……. 교육을 받은 간병사도 하기 힘들어하는 똥오줌 받아내기, 팔다리 주물러주기, 목욕시켜주기, 음식 만들어주기를 하고 있었어요. 힘든 일을 한 때문인지, 그녀의 작달막한 몸이 더욱 작아져 있었어요. 얼굴은 새까맣게 그을고, 화장을 하지 않은 얼굴에는 주근깨들이 모두 드러나 있었어요. 나를 보자마자 그 아이는 병원 옆의 공원 숲 속으로 달아나더니 주저앉아 펑펑 울었어요. 나는 우는 그 아이를 안고 등을 토닥거리면서 달랬어요. 겨우 울음을 그치기에, 그만두고 서울로 가자고 졸랐어요. 출판사에 나가지 말고 그냥 엎드려 소설만 한번 써보라고, 너는 감수성이 좋으니까 끈질기게 몰두하기만 하면 금방 문단에 진출할 수 있을 거라고……. 달래고 또 달래서 데리고 서울로 왔어요. 그런데 이유 없이 아랫배가 거북하고 아플 뿐만 아니라 생리도 불순해서 한 산부인과에 다녀왔어요. 거기에서 큰 병원으로 가보라고 한다고 해서, 제가 잘 아는 의사가 있는 대학병원으로 데리고 갔어요. 거기에서 자궁경부암 사 기라는 진단이 나왔어요. 이제 스물아홉 살인 젊은 여자의 자궁에 암이 생겼다니……. 그래서 수술을 했지요……. 그런데 그게 다른 곳으로 전이되었던지, 한 해 뒤에 멀리 떠나가버렸어요.”

그는 허공을 향해 한숨을 쉬고 나서 술 한 잔을 들이켰다. 묘연이

짠하고 안타깝다는 듯 그를 보며 말했다.

"살아 있는 한 내내 죄의식에 사로잡혀 살아야 하겠네요."

"그 아이한테 내가 할 수 있는 일은, 그 아이가 쓰고 싶어하다가 쓰지 못한 그 소설들을 써주는 일이었어요. 그래서 소설을 한 편 썼는데 그게 영화로 만들어졌어요. 원작료를 듬뿍 받았어요. 그런데, 죽어간 그 아이의 아픈 사랑과 순백의 영혼을 팔아 나 혼자만 호의호식하고 있는 것 같고, '나 살고 있는 이게 무어냐' 죄 짓고 나서, 서재에 파묻혀 거짓 글쓰기에만 몰두하는 내 인생이 알곡 떨어내고 난 지푸라기처럼 푸석푸석하게 느껴져서 이렇게 길을 나섰어요. 나 지금, 그 아이하고 함께 다녔던 그 바닷가 마을, 그 항구들, 포구들, 함께 먹었던 음식들을 먹으면서 참회 여행을 하고 있는 거예요."

그의 가슴에서 뜨거운 울음이 밀고 올라왔다. 눈에 물이 가득 고였다. 그게 흘러 볼을 적셨다. 묘연은 다가가 그의 등을 안고 등을 다독거려주었다.

"선생님의 쓰라린 가슴, 제가 다 안타까워 죽을 지경이네요."

그가 넋두리하듯이 말했다.

"내 본명이 심학규입니다. 심청이의 아버지하고 동명이요. 이름이 같아 그러는 것인지, 심학규가 딸을 공양미 삼백 석에 인당수의 제물로 팔아먹은 결과로 눈을 떴듯이, 나는 소연을 팔아 원고료와 인세와 원작료를 챙기고 나서야, 아, 비로소 참으로, 아픔과 참회의 눈을 뜨기 시작했어요."

묘연은 그를 안은 채 한동안 입을 반쯤 벌리고 허공을 쳐다보고 있다가 말했다.

"아, 선생님의 그 참회, 가증스럽고 저주스럽고, 그러면서도 눈물 겹네요……. 제가 참회하는 것 도와드릴게요. 소연이라는, 그 여자 노릇 해드릴게요. 어디든지 가자고 하세요. 길 잘 든 노예처럼 따라 다닐게요. 선생님하고 며칠 동안 여행을 하면서 저에게도 제 길이 보이기 시작했어요. 일거양득이네요. 선생님의 그 여자 노릇도 하고, 잃어버린 제 길도 찾고……."

소록도

    묘연이 여수항에서 자기 간수가 기다리고 있을지 모른다고 하여, 녹동항으로 가는 쾌속선을 탔다.

    배는 거대한 물너울을 헤치면서 달렸다. 짙푸른 물너울을 바라보는 그의 가슴은 쓰라렸다. 소록도엘 가면 소연의 한스러운 체취를 들이켤 수 있을 터이다. 거멓게 그을은 얼굴에 드러나는 주근깨를 감추려 하지도 않은 채 변소 청소를 하고 환자들의 휠체어를 밀어주고, 그들의 목욕을 시켜주던 소연의 넋. 그때 그가, 왜 거기 가서 그 짓을 했느냐고 하니까 소연이 참으로 가슴 아픈 말을 했었다.

    "그 이야기 소설로 쓰려고요."

    배가 녹동항에 옆구리를 댔을 때 묘연이 말했다.

    "선생님은 소록도가 가슴을 아리게 하는 시공일 듯싶네요."

연륙교가 생겼으므로 택시를 타고 갈 수 있었지만, 일부러, 작은 배 한 척을 빌려 타고 소록도의 부두로 갔다. 바람이 달려와서 묘연의 밀짚모자를 벗겼다. 박박 깎은 머리가 흰 햇빛을 되쏘았다. 그녀가 등에서 흔들거리는 밀짚모자를 머리에 덮어썼다. 길 가장자리에는 소나무숲이 무성했다. 그들은 그늘을 밟으며 걸었다. 그녀가 그와 나란히 걸으면서 말했다.

"감옥에서 도망쳐 나와 정체성을 잃어버리고 방황하는 저의 길보다는 선생님의 참회의 여행길이 사실은 더 가엾네요."

그녀의 콧소리 많은 목소리가 소연의 얼굴을 떠오르게 했다. 산길을 벗어나자 바다가 나타났다. 무성한 소나무숲 사이로 드러난 바다는 청자색이었다. 그 바다를 오른쪽에 끼고 걸었다. 소연을 찾으러 혼자 터벅터벅 걸어간 길이고, 소연의 손을 이끌고 되돌아 나온 길이었다.

병원 건물 왼쪽에 있는 공원으로 들어갔다. 그때 소연이 공원의 숲 속에 주저앉아 울면서 절망적으로 하던 말이 들리는 듯싶었다.

"소설가가 되는 것이 저의 마지막 희망인데, 만일 그것마저도 안 된다면…… 저도 나병에 걸려서 여기 들어와 살 거예요. 나병에 걸리는 거 간단하대요. 환자 피를 몇 방울만 빼서 자기 몸에 수혈을 하면 된대요."

그는 소연을 끌어안고 말했었다.

"그러면 안 돼……. 미안하다. 미안하다. 내가 죽일 놈이야."

종산과 묘연은 한하운의 시비 앞에 섰다. 시비는 평평하고 넓은 회흑색의 바위였고, 그것은 풀밭에 가로누워 있었다.

보리피리 불며
봄 언덕
고향 그리워
필 닐리리
보리피리 불며
꽃 청산
어릴 때 그리워
필 닐리리

그는 '필 닐리리'라는 음악성 짙은 시어를 가슴에 담은 채, 소연이 주저앉아 울던 숲으로 갔다. 향나무숲 아래에, 그때 소연이 그랬던 것처럼 그는 주저앉아 두 손으로 무릎을 보듬었다. 당시 소연의 가슴에 들어 차 있었을 절망과 자폐증 같은 우울이 그의 가슴속에서 맴돌고 있었다. 그것이 그 공원의 숲 그늘처럼 그의 가슴을 어둡게 덮었다. 소록도의 서편 바다 저쪽으로 해가 떨어지고 있었다. 그는 공원을 벗어나서 병원 건물을 바라보았다. 한 간병사가 휠체어를 밀고 마을로 돌아가고 있었다. 휠체어에는 수족 불편한 늙은 환자가 타고 있었다.

묘연이 그의 손을 이끌었다. 어린 남동생을 끄는 누님처럼. 소록도 부두에 이르렀다. 녹동항이 꺼져가는 노을에 물들었다. 그는 그녀의 손을 잡았다. 소연의 손처럼 그것은 물새 같았다. 남쪽에서 바람이 불어왔다.

녹동항으로 건너가자마자 '녹동횟집'으로 들어갔다. 소연과 들어갔던 그 횟집이었다. 갯장어회를 주문하고 탁자에 앉았다. 묘연이 마주 앉았다. 그는 마주 앉은 그녀의 얼굴에서 주근깨를 찾았다. 콧등과 볼에 주근깨 몇 개가 보였다. 아, 이 여자의 얼굴에 앙증스러운 요정妖精의 검은 눈동자들 몇 개가 보인다. 그는 소주 한 병을 시켰다. 회를 먹으면서 거듭 술을 마셨다. 그녀가 말했다.

"웬 술을 그렇게 급하게 마시세요?"

그녀가 소주 한 잔을 들이켜고 나서 말을 이었다.

"선생님의 사념 속에서 이제는 그 여자가 사라져버리고, 이 호묘연이 대신 들어앉았으면 좋겠어요."

그들은 술에 얼근하게 취했다. 모텔로 간 그가 주인에게 말했다.

"오 층 서쪽 맨 끄트머리 방으로 주세요."

방에 들어간 그녀가 냉방기를 가동시켜놓고, 이 방, 그 여자하고 자고 간 그 방인 모양이네요, 하고 말하려다가 그만두었다. 죽은 소연에게 질투를 하고 있는 게 아닌가.

그가 천장을 쳐다보며 말했다.

"그 아이가 그때 출판사 일자리를 걷어차버리고 소록도에까지 와서 사력을 다해 봉사활동을 한 것……. 그것이 나를 참을 수 없도록 고통스럽게 하네요."

푹신한 더블침대. 바람벽에서 에어컨이 시원한 바람을 뿜어주고 있었다. 그들은 침대 위에 나란히 누웠다. 그녀가 말했다.

"자학 아니었을까요?"

그가 눈을 감으며 말했다.

"거듭된 임용고시 낙방이라는 상처를 입고, 거기에 신춘문예 낙방이라는 상처를 거듭 입었고, 또 거기다가 세 번이나 유산을……."

그는 묘연을 등지고 모로 돌아누웠다. 그녀 보기가 부끄럽고, 가슴이 쓰라렸다. 눈을 힘주어 감았다. 사람은 마음의 큰 상처를 입으면 대개 세 가지의 반응을 보인다고 한 심리학자가 말했다. 첫 번째는 상처 그 자체를 감추려 하면서 혼자 외곬로 파고들고, 우울해하고 자폐에 빠진다. 두 번째는 누군가가 상처 주위를 건드리면 건드리는 자를 미친개처럼 덤벼들어 물어뜯으려고 한다. 세 번째는 매우 성숙한 자세인데, 지극히 이성적으로, 자기의 상처를 직시함으로써 그것을 치유하려고 애를 쓰고, 다른 어떠한 일을 함으로써 상처를 극복하고 승화시키려고 든다.

그는 문득 소연이 암을 앓게 된 것은 그녀가 입은 상처들 때문일 거라고 생각했다. 소연은 자기의 상처를 제대로 숨기지도 못했고, 그 상처를 건드리는 세상에 대하여 제대로 분노를 폭발시키지도 못했고, 성숙한 자세로, 냉정하게 자기의 상처를 직시하고 참을성 있게 치유하거나 예술작품으로 승화시키지도 못했다. 쉽게 아물지 못한 그 육체와 영혼의 상처가 암을 만든 것이다. 갑자기 정수리가 찡 아파왔다.

그녀가 우울한 목소리로 고백했다.

"사실은 저도 유산을 한 번 해봤어요. 간수 그놈도 모르게 저 혼자서…… 줄줄 흐르는 식은땀으로 멱을 감으면서 피 흘리는 아픔을 견뎌내는 그 고통…… 절대 고독이라는 것이 그것이에요……. 아마 그분이 소록도로 도망쳐 온 것은, 전혀 새롭게 거듭나려는 몸부림이었을 거예요."

냉방기는 방 안 분위기를 차갑게 가라앉혀놓았다. 그는 카운터로 전화를 걸어 맥주 두 병만 가져다 달라고 했다. 맥주가 들어오자, 손수 술을 따라 들이켰다. 묘연이 마주 앉아 대작을 해주었다. 그는 무슨 말이든지 하지 않고는 견딜 수 없었다.

"작은 사슴을 닮은 저 소록도라는 섬 말이요." 하고 그는 말을 하기 시작했다. "저 섬은 자연경관이 무척 귀엽고 아름다운 섬입니다. 그 섬을 둘러싸고 있는 푸른 바다도 그렇고, 흰 모래밭과 숲이 좋은 해수욕장도 그렇고, 산도 그렇고…… 모두가 아름다운데…… 그런데, 소록도는 나병으로 인하여 깊은 상처를 입은 곳입니다. 그 병은 치유의 약이 나오지 않았을 때는 불치병으로 알려져 있었고, 그 병에 한 번 걸리면 신세가 완전히 파탄 났어요. 일본인들은 남성 나환자들을 모두 거세시키는 만행을 저질렀어요."

그녀가 거들었다.

"그 병은 한 번 걸렸다 하면 반드시 얼굴이나 관절에다가 그 병으로 인한 상처의 흔적을 남기는 병이라 하더라고요."

그가 술잔 속의 눌눌한 액체를 들여다보며 말했다.

"나라에서는 이 땅에 살고 있는 양성 환자, 음성 환자들을 위하여, 뒤늦게나마 지상 천국으로 만들어주려 하고 있어요. 그들을 학대했던 것을 참회하고, 정신적으로 육체적으로 치유하려 하는 것이지요."

그러면서 그는 스스로에게 힐문했다.

'그런데, 임종산 너는 지금의 이 참회 여행을 통해 죽어간 소연에게 무엇을 해주고 있는 것이냐. 네가 입힌 상처로 인해 저세상으로 떠나간 그 여자의 가슴을 무슨 수를 써서 치유 승화시켜줄 수 있다고 생각하는 것이냐.'

그는 술을 벌컥벌컥 들이켜고 나서 말했다.

"아, 나라는 놈은 잔인한 사기꾼입니다. 불지옥이나 축생지옥에 떨어질지라도 용서받지 못할 놈입니다."

고개를 회회 저으며 불같이 뜨거운 신음을 토했다.

선유도

　다음 날 아침 그는 숙취로 머리가 지끈지끈 아팠다. 눈살을 찌푸리면서 묘연에게 말했다.

　"오늘은 전라북도 선유도로 갈 터인데…… 거기도 함께 가줄 건가요?"

　그녀가 얼굴에 선크림을 바르며 말했다.

　"물론 가야지요."

　광주행 버스를 탔다. 그녀가 그의 옆자리에 앉았다. 간밤 그녀는 그에게 통사정하듯 말하고 싶었다. '제가 그 소연이 노릇 해드릴게요. 소연이가 환생했다고 생각하시고 저를 사랑해주세요. 소연이 이미 제 속으로 들어와 있어요.' 하지만 그녀는 그냥 잤다.

　그녀는 선유도로 가고 있는 그의 마음을 읽고 있었다. 선유도 소연이라는 그 여자 때문에 가는 것이리라. 그는 이제 소연에게서 벗어나려는 몸부림을 치고 있는 것이다. 그것을 도와주어야 한다. 그녀가 말했다.

"우리 선유도에 들어가서 한 이틀 쉬다가 나와요. 모텔방 안에서 뒹굴고, 실컷 늦잠도 자고 맛있는 것도 먹고…… 저 선생님을 만난 이후, 지금까지 무지무지 행복해요. 죄송하지만, 선생님이 참회하시는 모습을 보는 것까지도 행복해요. 제가 얻은 이 자유…… 꿈을 꾸고 있는 것 같아요."

그리고 '희망이 하나 생겼어요. 그 자유에다가, 선생님과 저 사이의 성스러운 사랑에의 복종이 보태진다면 금상첨화일 거라는 희망.' 이 말이 하고 싶었다. 그러나 그녀는 말을 아꼈다.

그는 등받이에 뒤통수를 기대고 눈을 감았다. 이 여자는 좋은 남자에게서 사람다운 대접을 받고 싶어하고, 사랑다운 사랑을 받고 싶어하고, 자유다운 자유를 쟁취하려 하고, 그 사랑과 자유에 복종하려 한다. 그런데 나는 이 여자에게 좋은 남자가 될 수 없다. 잠을 청했고, 곧 잠 속으로 빠져들어 갔다. 그녀는 그의 잠을 방해하지 않으려고 눈을 감았다.

광주에 내린 그들은 택시를 타고 군산항까지 갔다. 마침 선유도 행 배가 출발하려 하고 있었다. 그는 선실 의자에 앉자마자 눈을 감았다. 그녀가 손에 들고 있던 밀짚모자를 배낭 위에 올려놓으며 말했다.

"또 주무시는 거예요?"

그는 대꾸하지 않았다. 소연과 함께 선유도로 갔던 때를 생각하고 있었다. 그때 소연은 샛노란 배낭을 짊어지고, 갈래머리를 한 채 소년처럼 챙이 긴 감색 모자를 쓰고 있었다.

배가 떴다. 묘연은 창가로 갔다. 그녀의 얼굴은 거무튀튀하게 그을어 있었다. 그는 눈을 감고 있었지만 잠이 오지 않았다. 머리에 소연과의 마지막 만남이 떠올랐다.

소연의 어머니가 종산에게 전화를 걸었다.

"임 선생님에게 송구스럽고 무리한 부탁인 줄 알면서도 이렇게 전화를 하고 있네예……. 지 딸, 소연이, 그 불쌍한 것이 임 선생님을 꼭 한 번 보고 싶다고 그래서……."

그는 아내에게 잠깐 여행을 다녀오겠다고 하고, 부산 소연의 집으로 달려갔다. 소연과 더불어 여행을 하던 그 차림으로였다. 청바지 위에 푸른 등산복을 걸치고 가벼운 등산화를 신고 청색 배낭을 짊어지고.

서울에는 함박눈이 내렸는데, 부산에는 비가 내렸다. 봄인데 여름철의 비처럼 추적추적 내렸다. 소연은 단층 벽돌 한옥의 한쪽 구석방 아랫목에 누워 있었다. 자락이 긴 하얀 잠옷을 입고 있었다. 그가 포항의 백화점에서 사준 레이스가 고운 잠옷이었다. 그와의 사이에 수없이 많은 뜨거운 서사들이 묻어 있는 잠옷.

윗목 구석에 책상이 있고, 그 위에 책꽂이가 있었다. 종산의 저서들 이십여 권이 꽂혀 있었다. 천장에는 형광등이 켜져 있었다. 방안에는 말기 자궁암 환자에게서 나는 역한 냄새, 죽음의 냄새가 가득 차 있었다. 그녀의 몸은 해골에 눌눌한 살갗을 입혀놓은 듯싶었다. 콧등과 볼에는 주근깨들이 선명하게 드러나 있었다. 그렇지만 그녀의 의식은 또렷했다. 종산이 들어서자, 그녀는 어머니에게 밖으로 나가달라고 말했다. 순박하고 인자한, 아무런 내막도 모르는 어머니는 눈물과 콧물을 훔치고 "아이고, 불쌍한 것……." 하고 중얼거리며 밖으로 나갔다.

소연이 그에게 떨리는, 모기 소리만 한 목소리로 말했다.

"선생님, 저 좀 안아주세요."

그는 상체를 굽히고 누워 있는 그녀를 안았다. 그녀는 그의 두 손을 잡아 그녀의 젖가슴으로 가져갔다. 탄력이 있던 젖가슴은 바람이 빠진 듯 주글주글하고 흐물흐물해져 있었다. 그녀의 빨라진 숨결과 여리면서도 급박한 심장박동을 감지할 수 있었다. 그의 가슴속에서 죄의식으로 인한 가책과 두려움과 뜨거운 울음이 솟구쳐 올라왔다. 그의 몸은 떨리고 있었다. 그녀는 눈물이 글썽거리는 눈으로 그를 쳐다보며 말했다.

"보는 눈들이 두려워, 선생님이 저 만나러 와주지 않으면 어찌할까, 했는데, 이렇게 와주셨네요. 어머니한테, 선생님이 오시거든 잘해드리라고 신신당부했어요. 선생님이 사람들의 이목 때문에 숨으

려 하지 않도록, 혹시라도 자존심 상해하지 않도록 신경을 써드리
라고요."

말하기 힘이 드는 듯 한동안 숨을 할딱거리고 있다가 한 손으로
그의 얼굴을 쓰다듬으면서 천천히 말을 이었다.

"제 몸은 떠나가지만 선생님과 저는 영영 이별하는 것이 아닐 거
예요. 제 혼령은 선생님을 그림자처럼 따라다닐 거예요. 따라다니
더라도 글쓰시는 데 방해 안 되도록 할 테니까 혹시라도 저 버리지
마세요. 저 버리지 않으면 오히려 글이 더 잘 써질 거예요. 제가 남
성 작가인 선생님에게 부족할지도 모르는, 섬세한 여성스러운 감성
과 사념을 선생님 속에 계속 불어넣어드릴 거니까…… 저라는 존
재가 사라지면서 선생님 속에 어떤 그림자와 어떤 음습, 어떤 앙금,
어떤 무늬, 어떤 색깔의 무지개 같은 것들을 남기게 될까, 그 결과
어떤 글들이 생성될까를 생각하면 가슴이 절절해져요."

그녀는 마른 입술에 침을 바르고 나서 말을 이었다.

"오늘 밤 아니면 내일 아침에 저 죽을 거예요. 가시지 말고 해운
대 그 모텔에서 머무르세요. 어머니에게, 저 죽으면 예쁘게 화장化
粧을 해가지고 화장火葬을 시켜달라고 했는데…… 제 유골, 선생님
께서 처리해주세요. 어머니에게 부탁했어요. 반드시, 절대로, 제 유
골을 선생님에게 넘겨주라고요. 그 어떠한 이유도 캐묻지 말고……
선생님께서 제 유골을 처리하는 데, 가족들 가운데 어느 누구도 방
해하지 말아달라고요. 어머니가 화를 벌컥 내면서, 그게 무슨 소리

냐고, 선생님과 네가 대관절 어떤 사이였기에, 엄연히 아내가 있는 남자에게 그런 일을 어떻게 부탁할 수 있는 거냐고, 제 유골을 당신이 손수 부산 바다에 뿌려주시겠다고 했지만, 제가 제 말대로 해달라고 통사정을 했어요. 그러니까 결국 어머니가 울면서 제 말대로 하겠다고 하셨어요……. 화장장에서 제 유골 나오면, 선생님 혼자서, 울릉도 갈 때 지고 간 그 배낭 속에 넣어가지고 가서, 선유도 바다하고, 간월도에서 간월암으로 건너가는 갯바닥에 뿌려주세요. 울릉도 바다는 너무 머니까 거기까지는 가시지 말고요."

그는 그녀의 두 손을 한데 모아 잡은 채 오열하기만 했다.

"저는 선생님을 정말로 존경하고 사랑했어요. 제가 떠난 다음에 더 좋은 글 많이 쓰세요. 제 혼령이 멀리 떠나가지 않고, 선생님 옆에 남아 맴돌면서 도와드릴 테니까."

그녀는 슬프게 웃었다. 입 가장자리의 얇은 살갗에 잔주름이 잡히고 하얀 이빨들이 가지런히 드러났다. 그녀가 말을 이었다.

"킬리만자로의 표범은 죽을 때 산의 맨 꼭대기에 올라가 죽는다고 했어요. 저는 요즘 늘, 병든 표범이 되어 하얀 설원을 비틀거리면서 킬리만자로의 꼭대기로 올라가는 꿈을 꾸어요……. 선생님, 저 한 가지 소망이 있는데, 들어주세요. 일 년에 한 차례씩만, 아무 때나, 사모님한테서 며칠 말미를 받아서, 저하고 단둘이 여행했던 항구 포구 바닷가 마을들을 오직 저만을 생각하면서 여행을 해주세요. 제 유골을 뿌린 선유도, 간월도…… 그 근처의 모텔방에 들어가 주무시면서는 한밤에 촛불을 켜놓고, 저하고 마주 앉은 듯이 앉아 맥주를 마시고…… 그리고 그렇게 여행한 이야기를 소설로 써주세요."

그가 오열하며 말했다.

"그래, 소설 쓸게…… 그 소설 속에서 너를 아주 아름다운 사랑의 천사로 살려놓을게. 그 소설책을 너에게 바칠게."

그녀가 오른손 새끼손가락을 그의 앞에 내밀었고, 그가 눈물을 훔치면서 그의 오른손 새끼손가락을 가져다가 걸었다. 그녀가 웃으면서 말했다.

"우리 약속했어요."

"그래 우리 약속했다."

그녀는 어머니를 들어오라고 한 다음 말했다.

"어머니, 다시 말하는데, 어제 제가 말한 대로, 화장장에서 제 유골 나오면, 반드시, 절대로, 선생님에게 드리세요. 어디어디에 뿌릴 것인지 제가 선생님께 다 말씀을 드렸어요. 제 유골 뿌리는 데는 아무도 따라가지 마세요. 존경하는 우리 선생님을 무참하게 만드는 그 어떤 일도 하시면 절대로 안 돼요. 어머니도 아버지도 오빠나 언니들도……. 제가 무정하고 서운할 터이지만, 따라가지 말고 선생님 혼자 처리하도록 하세요."

그녀의 어머니는 눈물을 흘리면서 말했다.

"오냐, 알았다, 이 불쌍한 것……."

소연의 요청대로 해운대의 그 모텔에서 자다가 이튿날 아침 일찍이 소연이 운명했다는 전화연락을 받았다. 소연이 유산을 할 때마다 도와주곤 한 친구 이도순 선생과 함께 화장장으로 가는 영구차 뒷좌석에 탔다. 키가 호리호리하고, 기름한 얼굴이 약간 거무튀튀한 이도순 선생은 부산의 한 여자 중학교에서 국어를 가르친다고 했다. 많이 운 까닭으로 눈이 빨간 이도순 선생이 속삭이듯이 말했다.

"유골 뿌리러 가시는 데에 제가 따라가드리고 싶은데요…….. 그러면 안 될까요?"

그가 이도순 선생에게 고개를 저으면서 말했다.

"소연이가 혼자 가라고 했어요."

이도순 선생이 울음 섞인 소리로 말했다.

"그 아이에게는 선생님이 신이었어요. 오직 선생님에 대한 사랑과 복종이 숭엄한 자유이고 신앙이었어요."

화장장에서 종산은 이도순 선생과 나란히 소연의 영정 앞에 서 있었다. 얼굴이 희고 입술이 발그레한 소연의 사진은 살포시 웃고 있었다. 눈이 거슴츠레하고 하얀 이빨이 드러난 웃음이었다. 영정 앞에는 흰 양초에 켜진 불이 몸을 이리저리 외틀고 있었다. 향불 연기는 몸을 비비꼬면서 솟아올라 흩어졌다.

흰 가운을 입은 화장장 직원이 분쇄된 유골을 눌눌한 종이봉투에 담아 내놓았다. 소연의 어머니가 눈물을 흘리면서, 그것을 받아 한동안 가슴에 품은 채 기도를 하고 나서 종산의 앞에 내밀었다. 그가 따뜻한 화기가 남아 있는 그것을 받아 들었다. 흰 보자기에 싸서 배낭 속에 넣었다. 순간 소연의 오빠가 자기 어머니에게 항의를 했다. 소연의 키 작달막한 오빠는 오래전부터 자기 여동생 소연과 그의 사이를 의심하고 있었다.

"아니, 왜 우리 소연이 유골을 이 사람에게 주는 거예요? 이 사람 이 뭔데?"

옆에 선 아버지가 달래듯이 울음 섞인 목소리로 말했다.

"우리 소연이가 그렇게 해달라고 유언을 했다."

소연의 오빠는 종산의 멱살을 잡아 흔들면서 소리쳤다.

"나쁜 자식아, 네가 우리 착해빠진 소연이를 희롱하고 농락하 고…… 그래 가지고 결국 이렇게 죽어가게 만들었지!"

그녀의 아버지가 아들을 꾸짖으며 말렸다.

"이게 무슨 짓이야!"

이도순 선생도 소연 오빠의 한쪽 팔을 잡아당겼다.

소연의 오빠가 미친 듯이, 말리는 이 손 저 손을 모두 뿌리치고 종 산의 뺨을 모질게 후려쳤다. 그의 코에서 피가 흘렀다. 이도순 선생 이 화를 벌컥 내면서, "오빠 이러면 안 돼요!" 하고 소연의 오빠 앞 을 가로막았다. 소연의 어머니가 아들의 팔을 붙잡고 울며 말했다.

"우리 소연이 조용히 보내주자!"

이도순 선생이 휴지를 꺼내서 종산의 코피를 훔쳐주었다. 그는 무릎을 꿇은 채, 말없이 유골 봉지넣은 배낭을 보듬고만 있었다. 속 으로 외쳤다. 소연을 병들게 한 죄와 벌 달게 받겠습니다. 소연의 오빠가 증오와 울음 섞인 목소리로 말했다.

"나쁜 자식, 아내도 있고 자식들도 있는 소설가라는 자식이, 자기한테 다니면서 공부하겠다는 어린 처녀를 이렇게 죽어가도록 만들어놓다니…… 네가 양심이 있는 놈이야? 내가 네놈의 행실을 인터넷에 올려서 철저하게 짓밟아 뭉개줄 테다."

아버지가 아들을 옆으로 밀어젖히고 나서 종산의 팔을 잡아 일으켰다. 그는 말을 잃은 채 소연의 아버지 앞에 허리와 머리를 굽히고 있기만 했다. 이도순 선생이 그를 밖으로 이끌어냈다. 그는 대기시켜놓은 택시에 올랐다. 이도순 선생이 목멘 소리로 말했다.

"선생님, 소연이하고 마지막 잘 보내십시오."

선유도에 도착한 종산은 배낭을 짊어진 채 예전 소연과 함께 들어가 밤을 지새웠던 모텔방으로 들어갔다. 유골봉지 들어 있는 배낭을 보듬은 채 침대 위에 걸터앉았다. 해가 선유도 서쪽 바다로 떨어지고 있었다. 식당으로 가서 매운탕에 밥을 먹으면서 소주를 마셨다. 노을이 핏빛으로 타오르고 있었다. 눈물로 인해 노을빛이 어지럽게 굴절되었다. 눈물을 훔치며 술잔을 비웠다. 어머, 저 노을! 탄성을 지르던 소연의 목소리를 들으며 거듭 잔을 비웠다. 노을이 스러지고 땅거미가 내리고 있었다. 어둑어둑해졌을 때 배낭을 짊어지고 밖으로 나갔다. 소연과 함께 자전거를 타고 달렸던 그 길을 비틀거리며 걸었다. 모래밭으로 들어섰다. 주저앉아 배낭을 풀었다. 유골봉지를 꺼냈다. 한 줌 집어 뿌리고 다시 한 줌 집어 뿌렸다. 울며 말했다.

"미안하다. 소연아, 나, 이 나쁜 임종산이, 절대로 용서하지 마라. 나를, 너의 그 깜깜한 세상으로 잡아가서 꼬집고 물어뜯고, 복수하고 또 복수해라. 소연아, 소연아아."

배가 선유도항에 옆구리를 댔다. 종산은 배낭을 짊어지고 몸을 일으켰다. 바람이 불어오는 쪽으로 얼굴을 돌렸다. 묘연이 그의 뒤를 따랐다. 섬은 푸른 몸을 천천히 양옆으로 젓고 있었고, 바다는 너울너울 춤을 추고 있었다. 모텔 앞에 이르렀을 때 묘연이 뒤를 돌아보며 말했다.

"저 산하고, 모래밭하고, 바다 색깔하고…… 선유도라는 이름이 아주 잘 어울리네요."

모텔 안으로 들어갔다. 열쇠를 받아 들었다. 방이 넓었다. 더블침대가 놓여 있었다. 창밖으로 바다와 무녀도가 한눈에 들어왔다. 배낭을 내려놓고 침대 위에 걸터앉았다. 그녀는 침대 위에 팔을 십자로 벌리고 드러누웠다. 침대의 낭창거리는 쿠션으로 인해 그녀의 몸이 출렁거렸다. 그는 섬 모퉁이를 굽이도는 바닷자락을 내다보았다. 그녀는 우울해 있는 그를 명랑하게 만들어주고 싶었다. 그녀가 말했다.

"슬슬 배가 고프기 시작하는데요. 우리 샤워하고 맛있는 것 먹으러 가요. 밥을 먹고, 소화 잘되게 산책을 하든지 자전거를 타든지 사륜구동 오토바이를 타든지 그래요."

바닷길 자전거

저녁을 먹고 자전거 두 대를 빌렸다. 묘연은 그가 뒤에서 잡아주자 겨우 탔지만 비틀비틀 십 미터쯤 가다가 넘어졌다. 다시 잡아주고 또다시 잡아주어서야 겨우 탔다. 넘어질 듯했다가 넘어지지 않고, 다시 넘어질 듯했다가 넘어지지 않은 채 곡예를 하듯이 비틀거리며 나아갔다.

"야아, 재미있다."

그녀는 자전거를 타고 달려가면서 호들갑스럽게 웃었다. 붉은 끈이 목에 걸린 밀짚모자가 그녀의 등에서 춤을 추었다. 까까머리인 그녀의 얼굴이 소년처럼 앳되어 보였다. 그는 천천히 페달을 밟으며 그녀의 뒤를 따라갔다. 해수욕장 옆길을 달리던 그녀의 자전거가 넘어졌다. 그녀가 자전거를 눕혀놓고 긴 의자에 걸터앉았다. 그도 그녀의 옆에 자전거를 세워놓고 앉았다. 황혼이 서쪽 바다에서 타올랐고, 온 세상이 새빨개졌고, 눈앞이 어질어질해졌다. 그녀가 쨍 울리는 목소리로 말했다.

"선생님, 저 노을 진하게 타는 것 좀 봐요!"

그녀는 그의 가라앉아 있는 마음에 싱싱한 바람을 불어넣고 싶었다. 탄력이 생기게 하고 싶었다. 주황빛 공단을 질펀하게 깔아놓은 듯싶은 노을은 오래가지 않았다. 곧 숯검정 가루 같은 땅거미가 밀려들기 시작했다.

땅거미 내리는 바다를 보며 소연이 말했었다.

"선생님, 우리 여기 들어와 살까요? 둘이서만. 알콩달콩…… 그럼 야단날 거다. 선생님 집하고 우리 집하고…… 신문 가십난에도 나오고……."

둘이서만 이 섬에 들어와서 살다니, 그게 실현될 수 있는 것인가.

"너는 모든 것 다 버리고 들어와 이 섬 처녀로 살 수 있겠어?"

"선생님이 여기다가 조그마한 집 한 채를 작가실로 마련하면 되잖아요. 그래놓고 선생님은 여기서 저하고 한 달쯤 살다가 서울에 가서 한 달쯤 살다가…… 그렇게 하면 되는 거예요. 선생님 계시는 동안에는 제가 밥 지어드리고, 고기하고 조개 잡아다가 요리해드리고, 차 끓여드리고……."

"그런데, 내가 서울에 가고 없으면 너 혼자 외로워서 어떻게 사냐? 누가 업어가버리면 또 어떻게 하고?"

"선생님이 서울에 가고 없을 때는 문 꽉 잠가놓고 엎드려 소설만 쓰고 있으면 되는 것이지요 뭐."

"아이고, 한 달 동안, 사랑의 꿀단지를 여기다가 놔두고 나 혼자 서울에 가서 어떻게 산단 말이냐? 그냥 모든 것 다 뿌리쳐버리고 훅 도망쳐 와서 너하고 숨어 살아버린다면 모르지만."

"그러다가 사모님이 쫓아오면 어떻게 해요? 제 머리채 잡아 뽑아버리고 두들겨 패놓고, 선생님 손 잡아 끌고 가버리면…… 아, 슬퍼라."

"그럼 더 멀리, 제주도 같은 데로 도망가지 뭐."

소연이 먼바다에 뜨는 샛노란 까치놀을 보며 말했다.

"아, 내일 일은 내일이고 오늘은 오늘이다. 오늘을 즐기자."

다음 날 둘은 자전거를 타고 천천히 선유도를 일주했다. 자전거를 세워놓고 명사십리를 걸었다. 소연은 은구슬 굴러가는 소리로 탄성을 질렀다.

"이 흰 모래 밟는 감촉이 가슴을 저리게 해요!"

쪽빛의 먼바다에서 달려온 파도를 바라보다가 문득 고개를 돌려 망주봉을 보면서 말했다.

"저 산은 낙타가 엎드려 있는 것 같아요."

선유마을 앞바다의 등대 앞에서는 두 팔을 벌리고 환호성을 질렀다. 빨간 등대인데 디자인이 여느 등대와 달랐다. 두 손바닥을 한데 합쳐놓은 듯한 것이었다. 손톱 모양새의 창유리가 예뻤다. 엄지손가락 위쪽에 등을 담은 타원형 통이 있었다. 소연이 말했다.

"왜 하필 합장한 손을 형상화해서 등대를 만들었을까. 바다에 나간 어부들이 무사 귀환하기를 비는 뜻이 담겨 있을까?"

소연이 등대 앞의 시퍼런 물너울을 보다가 말했다.

"선생님, 나 죽으면 화장해서 이 물너울에다가 뿌려줘요."

그가 성을 내어 소리를 질렀다.

"앞길이 창창한 처녀가 그 무슨 망령된 소리냐?"

자전거를 타지 않고 핸들을 잡고 밀면서 소연이 말했다.

"저는 가끔 이런 생각을 할 때가 있어요. 저는 어느 날 문득 죽게 될 것이지만 나의 영혼은 사라지지 않고 영원을 살 것이다. 살았을 적에 진실로 따랐던 소설가를 그림자처럼 졸졸 따라다닐 것이다. 그 사람 속으로 들어갈 것이다. 그래 가지고 그 사람에게 늘 새로운 영감이 떠올라 더 좋은 글을 쓸 수 있도록 작용을 할 것이다. 내 젊은 여성의 섬세한 감각을 그 사람에게 불어넣어줄 것이다. 내 젊은 시각으로 우주를 보도록 도와줄 것이다. 그 사람이 자면 내 영혼도 자고, 그 사람이 밥을 먹으면 내 영혼도 먹고, 그 사람이 글을 쓰면 나도 쓰고, 그 사람이 여행을 하면 나도 그 사람을 따라 여행을 할 것이다. 그 사람이 죽으면 그 사람의 영혼하고 함께 훨훨 날아다닐 것이다. 구름 위를 날고 하늘을 날고, 미국에 가고 인도에도 가고 호주에도 가고 지중해를 가고…… 그렇게 영원을 살 것이다."

어두워졌을 때 묘연이 마트에서 맥주 두 병과 오징어 한 마리를 샀다. 숙소로 돌아오자마자 그녀가 병마개를 텄다. 컵 둘에다 술을 따랐다. 그는 반쯤 마시다가 방바닥에 놓았지만 그녀는 단숨에 다 들이켜고 나서 숨을 할딱거렸다. 그를 향해 빙긋 웃었다. 그가 그녀의 빈 잔에 술을 따라주었다. 그녀는 컵을 들어 반쯤 들이켠 다음 방바닥에 놓고 오징어 찢은 것을 입에 넣고 씹었다. 그는 그녀가 두려워졌다. 이렇게 마주 앉아 있는 우리는 무엇일까, 하는 생각, 희극의 한 대목 같다는 생각이 들었다. 고개를 떨어뜨리며 픽 웃었다. 그녀가 물었다.

"선생님, 왜 그렇게 웃으세요?"

'픽' 하는 웃음 속에 그녀의 인생을 깔보는 비웃음과 빈정거림이 담겨 있는 듯싶었다. 그가 도리질을 했다. 그녀는 그와 긴밀한 관계를 맺고 싶었다. 서로에게 허방이 되어주는 관계. 그녀는 잔에 담긴 술을 다 마셔버리고 나서, 병을 집어 들어 자기의 빈 잔에 따라놓고 말했다.

"카잔차키스의 조르바가 그랬어요. 여자가 외로워하고 슬퍼하도록 그냥 버려두는 사회는 무책임한 사회라고요."

그는 고개를 떨어뜨렸다. 그녀가 금방 무슨 일인가를 낼 듯싶어 조마조마했다. 그녀는 용기를 냈다. 그에게 다가가 입술을 그의 입술에 포개려고 들었다. 그녀에게서 까닭을 알 수 없는 찬 바람이 날아왔다. 그가 고개를 젖히며 그녀를 밀어냈다. 그녀가 밀려나며 말했다.

"소연이라는 여자한테 끝까지 지조를 지키겠다는 거예요, 뭐예요?"

"저는 소연을 멀리 보낸 다음 남성이 화학적으로 거세되어버렸어요."

그는 심호흡을 하고 나서 말을 이었다.

"여기 선유도에 초분공원이 있어요. 가짜로 이런저런 초분의 형상들을 만들어놓은 겁니다. 초분이 사실은 풍장風葬입니다. 시신이 썩어서 공기 속으로 증발이 되는 거요. 저는 흑산도에서부터 묘연 씨와 함께 다니는 동안, 제 육체와 영혼이 풍장되고 있었어요. 묘연이라는 여자는 나를 조금씩 해체하기 시작했고, 나는 천천히 분해되고 증발되어 알 수 없는 블랙홀 속으로 빨려 들어가고 있어요."

그녀가 술을 들이켜고 나서 말했다.

"운명이에요. 제가 선생님을 해체하고 있다면, 해체하고 있는 쪽이나 해체당하고 있는 쪽이나 어찌할 수 없는 운명일 듯싶어요. 저는 한데 묶여 있는 소연과 선생님 사이로 스며들고 있는 거예요. 그래 가지고 둘 사이를 갈라놓고 선생님 속에 온전하게 들어앉을 거예요. 선생님은 저의 허방에 빠질 마음의 준비를 하세요."

그는 눈살을 찌푸렸다. 묘연과 나는 서로에게 허방이 되어줄 수 있을까. 한 번 빠져 넘어진 김에 한숨 푹 자고 일어서곤 할 그 허방. 그는 도리질을 했다. 소연과의 사이에 앙금이 남아 있었다. 소연의

혼령을 그는 제대로 위로해 떠나보내주지 못하고 있었다. 소연의
한을 풀어주지 못하고 있었다.

그는 소연이 좋은 소설을 쓸 수 있도록 해주려고 애를 썼었다. 소
연은 부산의 한 철새보호운동을 하는 남자의 이야기를 쓰겠다고 나
섰었다. 소설 쓰기의 초심자인 그녀는 체험하지 않은 그 이야기를
제대로 써내지를 못했다. 섬세하지 못하고 건조한 문장을 썼고, 굽
이굽이에 관념과 설명이 설컹설컹 씹혔다. 주인공을 작가의 맘대로
끌고 다니고 있었다. 서사가 작위적이었다.

또 한 번은 해운대해수욕장 아랫목 바다에서 고기잡이를 하는 어
부의 이야기를 쓰겠다고 나섰지만 소재를 제대로 소화시키지 못했
다. 형상화가 제대로 되지 않았다는 그의 지적에 그녀는 풀이 죽었
고, 술을 한잔하고는 그의 가슴에 얼굴을 묻은 채 말했다.

"제가 제대로 쓰지 못하고 망쳐놓은 이야기들을 선생님께서 가져
다가 쓰세요. 저 앞으로 소설 쓰지 않을 거예요. 선생님께서 쓰시도
록 도와드리기만 할 거예요. 선생님이 제작하는 에밀레종의 쇳물
속에 몸을 던진 소녀가 될 거예요."

그는 화를 내며 말했다.

"무슨 소리를 하는 거야?"

소연은 도리질을 하며 말했다.

"한 소설에서 이런 이야기를 읽었어요. 청자를 굽는 도공을 사랑

하는 여자가 있었는데, 그 도공이 제대로 만들어지지 않는 비색翡色
으로 인해 거듭 절망을 하니까, 그 여자가 자기 뼛가루를 유약 만드
는 데 사용하라는 유서를 남기고 불에 타서 죽었다는 이야기. 저도
할 수만 있다면 선생님의 소설을 위해 제 몸을 기꺼이 바칠 거예
요."

결국 그는 한 순수덩어리인 여성에게 '소설을 써라, 써라.' 해서
그 여성을 망쳐놓기만 했다. 소연은 그의 한쪽 날개 속으로 들어와
살다가 죽어갔는데, 철면피한 그는 그녀와의 사랑 이야기를 써서
발표하여 잘 먹고 잘 살고 있었다. 그는 소연의 순수한 삶과 순절殉
節 같은 죽음과 곡진한 사랑을 잔인하게 우려먹고 있었다. 그러한
죄의식을 가진 채 어떻게 묘연의 허방 속에 빠져들 수 있단 말인가.
길 잃고 방황하는 묘연을 어떻게 나의 우울한 안개지역의 시공을
돌파하는 에너지로 이용한단 말인가. 묘연은 사랑다운 사랑과 자유
다운 자유를 다 쟁취하려 하고 있는데, 내가 그것을 어떻게 채워줄
수 있는가.

묘연이 말했다.

"그 소연이라는 청순가련형인 여자가 선생님에게는 첫사랑 같은
존재였던가 봐요. 그런데 그 여자가 떠나가면서 만들어준 상처가
아직 치유되지 않고 있는 것 같아요."

그는 심호흡을 하고 나서 술 한 잔을 들이켰다. 그녀가 말을 이
었다.

"제 아버지가 이런 이야기를 했어요. 아버지 친구 가운데 제법 돈이 많은 사람이 있는데, 잔병치레를 하던 아내가 죽었대요. 그런데 아내의 관이 나가기 전에 중매가 들어와야만 상처喪妻한 사람이 남은 생을 건강하고 행복하게 잘 살게 된다면서, 어떤 한 친구가 새 아내 될 사람과의 혼담 이야기를 드러내놓고 했답니다. 그것은 죽은 여자로 볼 때 잔인한 일이지만, 퍽 일리 있는 일이라고 하더라고요. 무슨 이야기이냐 하면, 사랑이 떠나간 자리, 사랑으로 인해 생긴 상처를 치유할 수 있는 묘약은 또 다른 여자와의 사랑이라는 거예요. 제가 선생님의 그 상처를 치유해드릴게요. 다 잊어버리고 아무런 생각도 뭣도 없이 저에게 모든 것을 맡겨보세요. 제가 하라는 대로만 따라하시면 돼요. 그냥 본능대로만……."

그는 빈 술병들을 구석으로 밀어놓고, 도리질을 하며 "그만 잡시다." 하고 말했다. 그녀가 말했다.

"선생님, 저는 잃어버린 길을 찾으려고 나섰어요. 길은 어디에 있는 것이어서 찾는 것이 아니고, 저 스스로 만들어야 한다고 생각해요."

그는 모로 누우며 말했다.

"그 말 맞아요. 묘연 씨 당신의 길은 당신이 만들어야 하고, 내 길은 내가 만들어야겠지요."

그녀는 등 뒤에서 그를 끌어안으면서 말했다.

"좋은 수가 있어요. 저의 새 길과 선생님의 새 길이 한데 겹쳐지도록 만들면 되잖아요? 끌어안고 자면 내일 아침 우리는 전혀 다른 존재들로 새로이 거듭날 거예요."

그는 그녀에게 안긴 채 도리질을 하면서 말했다.

"제 친구 중에, 진돗개 암컷 한 마리를 키우는 친구가 있어요. 그 친구는 그 개가 발정이 나자, 동네 개들 가운데서 자기 개와 궁합이 맞다 싶은 견물犬物 헌칠하고 씩씩한 놈을 골라서 그놈하고 짝을 지어주려고 들었어요. 그런데 친구네 개는 주인이 중매해준 견물 좋다 싶은 그놈한테 절대로 몸을 열어주지 않는 거예요. 그런데, 어느 날 친구가 출타했다가 들어오니 어처구니없는 사건이 일어나 있었어요. 자기네 개가 어떤 개하고 흘레붙어 있는데, 그 상대의 수컷이 체구가 발바리처럼 왜소한 데다 얼굴에 긴 털들이 부수수하고 괴죄죄한, 구역질 날 만큼 추잡한 검정개였대요. 그 친구가 하는 말이, 도저히 자기로서는 자기네 개의 심사를 이해할 수 없었다는 거예요……. 사람에게 있어서도 사랑의 감정이란 것은 이해할 수 없는 부분이 있는 거예요. 떠나간 그 아이하고 묘연 씨하고는 미모에 있어서, 체구에 있어서, 지적인 면에 있어서, 인생의 성숙도에 있어서, 비교할 수 없을 정도로 차이가 나요. 그럼에도 불구하고 저는 그 아이를 그리워하고 있거든요. 그 아이의 몸에는 알알이 보석이 박혀 있었어요. 그런 여자 하나 가슴에 품어 망쳐놨으면 됐지, 또 다른 여인을 그렇게 하고 싶지 않습니다. 아니,

함께 여행하는 그 아이를 옆에 둔 채 저는 다른 여자와 사랑을 나눌 수가 없어요."

3장 너의 길, 나의 길

달

창문에 치자색의 햇살이 비치고 있었다. 그가 얼굴에 선크림을 바르고 있는 묘연을 향해 말했다.

"오늘은 간월도엘 가야겠어요."

그녀가 말했다.

"소녀는 주인님께서 가시는 대로……."

군산항으로 가는 쾌속선에 올랐다. 지정 좌석에 나란히 앉고 나서 그녀가 물었다.

"제가 군산항에서 내릴 때, 만일, 제 간수가 부하들을 데리고 나타나 저를 잡아간다면 선생님께서는 어찌하시겠어요? 저를 아랑곳하지 않고 간월도엘 가시겠지요? 정말 그러실 거예요? 그러면 선생님의 일상에서 묘연이라는 여자는 말끔하게 지워지는 것이겠지요?"

그녀의 목소리는 물기를 머금고 있었다. 그는 냉담하게 말했다.

"얼마 전에 열반하신 법정스님은 누군가가 값비싼 난蘭을 선물해 올 경우, 그것을 받지 않고 되돌려주거나 잘 관리할 만한 다른 사람에게 주었답니다. 그 아이 떠난 다음부터 나는 그 어떤 존재하고도 인연을 함부로 맺지 않으려 합니다. 인연을 맺게 되면 그날부터 인연을 맺은 상대의 노예가 됩니다. 때문에 한사코 단순하고 간편하게 살려고 애를 씁니다. 그렇게 사는 것이 내 사랑과 자유를 오롯하게 양생하는 것입니다."

그녀가 야속해하며 말했다.

"그러한 무소유의 삶에는 성스러운 자유만 있고, 속된 사랑과 정이란 것, 진짜 사람 냄새라는 것이 결핍되어 있지 않아요? 중생들은 견뎌낼 수 있을 정도의 탐욕 맛으로 세상을 살아가는 법인데……"

그는 스스로에게, 너는 비굴해, 하고 공박하며 말했다.

"내가 생각하기로는, 죄수와 간수로서 만난, 묘연이란 여자와 그녀의 남편의 인연은 운명인 듯싶습니다. 묘연이라는 여인이 새로 열어야 할 길이란 것은, 그 사람에게서 도망쳐서 얻는 자유의 길이 아니고, 그 사람에게 달려가 그 사람을 포용해주는 관세음보살로 거듭나는 길 아닙니까?"

그녀가 짜증스럽게 말했다.

"돌아가서 그 잔혹한 간수놈을 달래서 보듬고 살아가라는 것인가

요? 야수를 끌어안아주는 성녀聖女가 되라는 것인가요? 안 돼요. 그
것은 감옥이고 죽음이에요."

그녀는 간수로부터의 영원한 도망만이 오롯한 사랑과 자유를 쟁
취하는 길이라고 생각하고 있었다. 그가 동문서답을 했다.

"나는 소연이하고 함께 간월도엘 두 번 갔어요. 한 번은 그 아이
에게 달을 보여주려고 갔고, 또 한 번은 그 아이의 유골을 뿌려주려
고 갔습니다."

그녀는 그에게, 하긴 한 사람의 허약한 이중적인 소설가에게 저
의 악마를 퇴치시켜달라는 것은 무리겠지요, 하고 말하려다가 입을
다물었다. 그는 허공으로 눈길을 던졌다. 그의 머리에 만월이 떴다.
그녀가 말했다.

"오늘 제가 만일 잡혀가지 않으면, 저에게도 그 달을 보여주세요.
그리고 세월이 흐르고 또 흐른 다음 제가 병들어 죽게 되면 제 유골
도 그 섬에 뿌려주세요."

그는 동문서답을 했다.

"똑같이 달을 보는 일인데, 무학대사는 그것을 간월看月이라고 말
했는데, 다산 정약용 선생은 견월見月이라고 말했습니다."

"간월과 견월이 어떤 차이가 있어요? 그것이 제가 지금 당면한
사랑다운 사랑, 자유다운 자유의 쟁취와 어떤 관계가 있다는 거예
요?"

그는 마찬가지로 동문서답을 했다.

"다산이 정리해놓은 서첩이 있는데 그 이름이 『견월첩』입니다. 그것은 유학자인 다산 정약용과 선승인 혜장이 서로 주고받은 시문과 편지글을 다산이 정리해놓은 서첩입니다. 그 서첩 이름을 왜 견월첩이라고 명명했을까. 그 달은 하늘에 떠 있는 달이 아니고 '참된 삶' '깨달음'인 것입니다. 『원각경』에서, 달을 가리키면 달眞理을 봐야지 왜 손가락을 보느냐는 말이 있는데, 거기에서 가져온 것입니다."

"간월도는 진리를 보는 섬이라는 말이네요? 내가 진짜로 가야 할 길이 보이는 섬이라는 말이네요?"

"견월이 진리를 가까이에서 보는 것이라면, 간월은 멀리 떨어져 있는 진리를 손으로 눈썹 차양을 한 채 바라본다는 것입니다."

그녀가 문득 답답해하며 신경질적으로 말했다.

"말을 왜 그렇게 빙빙 돌리세요? 저는 조금 전에, 제 간수가 군산항에서 기다리고 있다가 저를 붙잡아 개 끌듯이 끌고 가면 선생님은 어떻게 하겠느냐고 물었어요."

그는 입을 굳게 다문 채 허공을 쳐다보았다.

"마부를 잃어버린 나그네는 혼자서 병든 말의 고삐를 끌고 속절없이 쓸쓸하게 떠나가겠지요."

그녀가 빈정거리듯 추궁했다.

"선생님은 한없이 비겁하고 무책임하세요. 저와 선생님의 인연은 며칠 동안 새끼줄처럼 꼬아지고 엮여졌다고 생각하고 있었는데, 그게 제 착각이네요?"

이 여자와 엮여진 인연은 무엇일까. 그는 말을 잃어버렸다. 그녀가 말을 이었다.

"선생님, 참으로 무능하고 겁이 많으세요. 그 간수놈이 저를 붙잡아 끌고 가려고 할 경우, 왜 그 간수하고 피투성이가 되도록 싸워 저를 쟁취하겠다는 말을 하지 못하세요?"

내가 그렇게 목숨을 걸고 싸워 쟁취해야 할 만큼 이 여자는 나에게 소중한 존재인가. 그가 말했다.

"고는 묶은 자가 풀어야 합니다."

그녀는 눈에 물이 고였다. 두 손바닥으로 얼굴을 가리면서 고개를 숙였다.

배가 군산항 부두에 머리를 댔다. 묘연은 밀짚모자를 깊이 눌러쓰고 종산의 한쪽 팔을 잡고 걸었다. 그녀는 속으로 부르짖었다. 우리는 운명 공동체다. 밀짚모자의 붉은 끈은 턱 밑의 목을 조이고 있었다. 대합실로 들어서다가 그녀는 소스라치게 놀랐다. 화장실 쪽의 바람벽에 전단지 두 장이 나란히 붙어 있었다. 전단지 속에, 긴 머리를 늘어뜨린 묘연의 웃고 있는 사진이 들어 있었다. 그 밑에 현상금 이천만 원이라는 큰 글씨들이 있고, 연락처의 전화번호가 밑에 있었다. 아무도 그녀를 보는 사람이 없자, 그녀는 전단지 앞으로 갔다. 그것들을 찢어 구겨 휴지통 속에 넣어버렸다. 그에게 속삭였다.

"선생님, 어떤 경우가 있어도 저 놓치지 마세요. 만일 저를 끌고 가려 하는 자가 있으면 싸우세요. 선생님 속에 제 길이 있고 제 속에 선생님의 길이 있잖아요?"

그는 그녀의 말에 동의할 수 없다고 속으로 소리쳤다. 그런데 그의 속에 들어 있는 소연이 말했다. '운명이에요, 그 여자를 제가 선생님에게 보냈어요. 묘연이란 여자 속에 선생님의 길이 들어 있어요.'

대합실 밖으로 나갔다. 흰 햇살이 그녀가 쓴 밀짚모자 위에 쏟아지고 있었다. 그는 택시 안으로 그녀를 밀어넣은 다음 그녀 옆에 타고, 간월도까지 가자고 말했다. 택시가 출발했을 때 그는 눈을 감았다. 군산항에서 간월도까지의 시공을 초월해버리고 싶었다. 그녀가 불만스럽게 말했다.

"또 주무실 거예요?"

달을 보는 암자

간월도는 조그마한 섬인데, 그 섬은 절의 전각들과 요사채로 가득 차 있다. 섬 전체가 절이고, 절 자체가 한 개의 작은 섬이다. 썰물이 지면 육지와 연결이 되지만 밀물이 지면 섬이 되는 것이다. 전에는 줄을 잡아당기어 오가는 나룻배가 있었지만, 태풍으로 떠나가 버린 것이다.

간월마을에 이르렀을 때는 바야흐로 썰물이 지고 있었지만, 아직은 간월도와 간월마을 사이에 바닷물이 많이 남아 있었다. 오래전에 소연의 유골을 뿌린 그 바다. 파도 위에서 소연이 웃고 있었다. 두 시간쯤 지나야 간월암으로 건너갈 수 있을 듯싶었다.

식당으로 들어가 영양굴밥을 먹었다. 배릿하면서도 고소하고 달콤한 밥맛이 일품이었다. 얼굴이 동글납작한 주인 여자가 말했다.

"이 어리굴젓 말이지유, 무학대사가 태조 임금님한테 진상한 것이래유. 어리굴젓을 영양굴밥에 비벼 먹으면 소화가 아주 잘돼유."

그 말대로 비벼 먹었다. 어리굴젓은 이승을 하직한 소연이고, 영양굴밥은 살아 있는 그와 묘연이었다. 밥을 달게 먹던 묘연이 그를 흘긋 보았다. 그는 고개를 떨어뜨렸다. 그녀는 소연 속으로 빠져들고 있는 그를 건져 올리고 싶었다.

"왜 하필 저 자그마한 섬에다가 절을 지었을까요?"

그는 고개를 숙인 채 먹기만 했다. 어려운 질문이었다. 파도 소리가 아련히 들려왔다. 하고많은 너른 땅들 다 놔두고, 왜 하필 저 조그마한 섬에다가 절을 지었을까. 밥을 먹고, 썰물이 져서 절로 가는 길이 드러날 때까지 그의 머릿속에는 그 질문이 떠나지 않았다. 그 질문 앞에서 생각이 막혀 있는 스스로가 답답했다. 사람이나 짐승이나, 자기가 볼 수 있는 것만 보지 볼 수 없는 것은 보지 못한다.

돼지의 눈에는 돼지만 보이고 부처님의 눈에는 부처님만 보이는 법이라는 말을 남긴 그 무학대사는 왜 하고많은 땅들을 다 놔두고 하필이면 저 비좁은 자그마한 섬에 절을 지었을까. 그것은 역설逆說이다. 말로써 저 너머의 달月을 드러내 보여주는 어법이다. 드러난 흑갈색의 자갈밭을 밟아 절을 향해 가면서 그가 그녀에게 말했다.

"내 옆으로 다가온 묘연 씨는 언제부터인가 나를 노예로 삼아버렸어요."

그녀가 당연하다는 듯이 말했다.

"찢어지게 가난한 집에 들어온 도둑은 그 집주인에게 도둑 마음을 도둑맞는 법이라 했어요."

그가 말했다.

"무학대사는 바다를 품으려고 이 섬에 들어왔다가 바다에게 포용을 당했을 것입니다."

그녀는 고개를 끄덕거렸다. 그는 폐사가 되어 있는 이 절을 다시 복원시킨 만공滿空스님을 떠올렸다.

"만공스님은 섬이 절이고 절 자체가 섬인 이 절로써 찾아오는 사람들에게 많은 것을 이야기해주려고, 이 절을 부활시켰을 듯싶어요."

바다에서 달려온 바람이 묘연의 머리에 얹혀 있는 밀짚모자를 벗겼다. 붉은 끈이 그녀의 목을 졸랐고, 밀짚모자는 그녀의 등에서 흔들거렸다. 아, 나와 묘연을 이어놓고 있는 인연의 끈은 저 붉은 끈 같은 것이다. 나는 저 밀짚모자처럼 저 여자의 등에서 흔들거리고 있다. 그녀가 물었다.

"사람들에게 많은 것을 이야기해주려고, 이 절을 부활시켰다니요?"

그가 말했다.

"밀물이 지면 바다는, 묘연 씨가 쓴 밀짚모자의 붉은 끈처럼 섬의 목을 조입니다. 그런데 썰물이 지면 섬이 놓여납니다. 모든 사람에게 있어서는 자유와 구속이 무한히 반복되는 것입니다."

말을 하고 나서 하늘을 쳐다보았다. 소연의 목소리가 들려왔다.

'선생님, 저는 선생님 속으로 들어가면 훨훨 자유로워지고, 선생님 밖으로 나오면 세상으로부터 구속을 당한 듯 답답해져요. 그래서 자꾸 선생님 속으로 쪼르르 달려가곤 하는 거예요.'

대웅전과 산신각 등을 둘러보고 난 묘연이 서쪽으로 트인 바다를 보며 말했다.

"낙조가 아름답겠어요."

"동쪽 바다 수평선에서의 해오름이 역동적인 희망이라면 서쪽 바다의 낙조는 절망이고 소멸에의 슬픔일 터인데, 왜 낙조가 아름다운 이 섬에다 절을 지었을까. 소연은 낙조가 세상을 새빨갛게 했을 때 울었어요. 울면서 자기 죽은 다음에 유골을 이 절 주위의 바다에 뿌려달라고 했어요. 소연은 낙조의 바다 속으로 들어갔어요."

그녀가 바다를 향해 말했다.

"저는 소연하고는 달라요. 낙조는 사람을 허무에 젖어들게 하는데, 저에게 있어서 허무는 더 싱싱하게 소생하도록 하는 밑거름이 되곤 해요. 저는 해면海綿처럼, 아무리 힘껏 눌러놓아도 다시 살아나는 여자예요. 낙조가 슬프게 느껴지는 이 섬에다 절을 지은 까닭은 사람들에게, 허무를 통해 희망을 가르치려는 역설일 거예요."

"묘연 씨가 잃어버렸다는 길, 이미 찾았네요!"

대웅전으로 들어가 부처님에게 절을 했다. 그녀도 따라 들어와 절을 했다. 대웅전 안에는 어두운 보랏빛 그늘이 부처님을 둘러싸고 있었다. 부처님은 가엾어하는 눈빛으로 그를 내려다보았다. 대웅전 밖으로 나온 그녀가 물었다.

"선생님은 부처님한테 절을 하면서는 무슨 소원을 말하세요? 늘 똑같은 소원을 말하세요, 아니면 그때그때 다른 소원을 말하세요?"

"나는 부처님에게 절하지 않아요. 부처님을 대면할 때마다 나는 고독하고 불쌍한, 길을 잃어버린 나를 대면해요. 나는 나에게 절을 하면서 물어요. 너는 무엇이냐. 너는 지금 어디로 가고 있는 것이냐."

그녀가 말했다.

"저는 한 시인의 시를 속으로 외면서 절을 해요……. '절하고 싶어 절에 갑니다./절하고 또 절하면 저절로 내 병 낫습니다./땀 뻘뻘 흘리며 절하는/한 순간 한 순간의 절은 영원을 짜는 피륙/절하고 싶어 절에 갑니다.'"

「절하고 싶어 절에 갑니다」라는 시를 듣고 나자, 그는 그녀에게 무슨 말이든지 지껄이고 싶어졌다.

"저는 달 때문에 죽은 한 스님의 이야기를 알고 있어요."

만공滿空

절을 등지고 간월마을의 모텔을 향해 가면서 말을 이었다.

"······ 깊은 산속의 암자에서 은사를 모시고 수도를 하던 젊은 스님이 차를 끓이려고 숲 속의 옹달샘으로 물을 길으러 갔어요. 한여름이었고, 달이 휘영청 밝았는데, 딱딱딱딱······ 목탁새가 울었어요. 그 새 울음이 어웅한 달빛 골짜기를 울렸어요. 마치 어웅한 골짜기가 하나의 거대한 목탁처럼 어웅어웅 울었어요. 그 목탁새의 울음소리를 따라 그 스님의 가슴도 어웅어웅 울었어요. 그 스님은 자기의 몸뚱이와 영혼과 그의 삶이 목탁처럼 울린다고 생각하며 옹달샘 앞으로 갔어요. 목탁새는 전생에 득도하지 못한 채 죽은 스님의 넋이 된 한스러운 새라는 속설이 있잖아요? 그 새를 생각하며 바가지를 옹달샘 속에 넣었습니다. 순간 옹달샘 속에 빠져 있는 달을 보았어요. 스님이 바가지로 물을 떠올렸는데, 바가지 속에 달이 담겨 있었어요. 스님은 '아! 내가 달을 길어 올렸다!' 하고 소리쳤어요. 동시에 스님의 머릿속은 환하게 밝아졌어요. 달이 머릿속으로 들어왔어요. 순간적으로 깨달음의 환희를 가슴에 보듬은 스님은 바가지에 길은 달을 가지고 암자로 달려가서 은사 스님에게 소리쳤어요. '큰스님, 제가 달을 길었습니다.' 큰스님이 '어디 보자.' 하고 말했어요. 스님은 큰스님 앞에 들고 온 바가지를 내밀었어요. 그런데 바가지 속에는 달이 없어져버렸습니다. 동시에 머릿속의 달도 사라졌습니다. 그 스님은 없어진 달 때문에 슬피 울었어요. 은사 스님이 '이놈아, 그 달은 원래 없었던 것이다.' 하고 꾸짖어도 그 스님은 울음을 그치지 않고 울고, 울고 또 울다가 병들어 죽었어요."

"참 바보 같은 스님이네요."

"폐사가 되어 있는 간월암을 만공스님이 복원해놓은 까닭이 그것입니다……. 조그마한 섬을 가득 채워놓은 간월암의 전각과 요사채들 그 자체가 만공滿空, 즉 '텅 빈 가득함'을 가르치는 시공時空이에요. 보름달을 만월이라고 하는데, 그 달은 가득 차 있는 것이 아니고, 사실은 '텅 비어 있는 가득한 것'이거든요."

"가득 찬 것이나 텅 빈 것이나 똑같다는 것이네요?"

달 몸살

그는 소연의 유골을 뿌리던 밤을 떠올렸다. 손바닥에 유골가루의
감촉이 되살아나고 있었다. 미세한 먼지처럼 가슬가슬하면서도 점
착력이 있는 그 가루. 그는 마른 입술에 침을 바르며 후회했다. '그
유골가루를 바다에 뿌려버리지 말고, 한 도방陶房으로 가지고 가서
그것으로 청자 찻잔 하나를 만들 것을, 그래 가지고 그 잔으로 날마
다 차를 마실 것을, 아니 예쁜 여자인형 하나를 만들어 가슴에 품고
다닐 것을……'

그녀가 말했다.

"여기까지 오셨으니까 소야도까지 가시지요."

그가 음습한 목소리로 말했다.

"나도 거기엘 가려던 참이었어요."

소연이 꽃게를 먹고 싶다고 해서 갔던 곳이다. 그녀가 말했다.

"소야도에 제 외가가 있다고 들었어요."

그가 고개를 끄덕거리며 "소야도에 묘연 씨의 뿌리가 있네요." 하고 나서 말했다.

"이따가 낙조도 보고 싶고, 밤바다에 빠져 일렁거리는 별들도 보고 싶고……. 나는 오늘 밤 여기에서 자고 싶습니다."

간월도의 밤바다에 빠져 일렁거리는 별들, 그것은 소연의 눈빛일 터이다. 그는 소연과 묘연의 삶이 점차 하나의 궤도에 겹쳐지고 있다고 생각됐다. 그들 두 여자와 자기와의 묘한 인연을 생각하며 모텔방으로 들어갔다. 그녀는 욕실로 들어갔다. 변기에 물 흘리는 소리가 들리고 잠시 조용해졌다가 샤워하는 소리가 들렸다. 그는 침대에 걸터앉았다. 창문으로 맥주 색깔의 빗긴 저녁 햇살이 스며들고 있었다.

그도 샤워를 하기 위해 욕실로 들어갔다. 그녀의 체취와 비누 냄새로 가득 차 있었다. 샤워를 하고 나왔을 때 바야흐로 창밖의 하늘이 붉게 물들고 있었다. 하늘은 고운 비단을 깔아놓은 듯싶었다.

저녁을 먹고 들어온 그녀가 이를 닦고 나와서 그에게 말했다.

"바야흐로 밀물이 지고 있는가 봐요."

바다와 마을에는 어둠이 깔려 있었고, 가로등들이 눈을 부릅뜨고 들 있었다. 간월암의 외등들이 전각들과 숲과 바다에 어린 어둠을 살라 먹고 있었다. 동창으로 달이 보였다. 그녀가 달을 보면서 말을 이었다.

"제 어머니는 달 몸살을 아주 심하게 앓곤 했어요. 달이 밝으면 견디지 못하고 들썽거리는 거예요. 어머니는 몸매가 늘씬하고 얼굴이 갸름하고 눈썹이 새까맣고 입술이 도톰하고 목이 길고…… 참 예뻤어요. 그런데 어떻게 해서, 제 아버지와 더불어 살게 되었는지 알 수 없어요."

그는 방바닥에 누우면서 '달 몸살' 이란 말을 입속에 넣고 씹었다. 달 몸살은 달의 인력으로 인해 생길 터이다. 달의 인력에 따라 썰물이 지고 밀물이 진다. 밀물이 지면 충일充溢해지고, 썰물이 지면 텅 빈 상실감에 젖어들면서 쓸쓸해진다. 그녀가 달을 향해 말했다.

"저도 어머니를 닮아서 그런지, 달 몸살을 아주 심하게 앓곤 해요."

그녀는 맥주 두 병만 마시자고 했다. 그가 고개를 끄덕거리자 그녀는 웃옷을 걸치고 나갔다.

그는 배낭에서 양초 한 개를 꺼냈다. 성냥을 그어 불을 붙였다. 재떨이를 방 한가운데 놓고 그 위에 양초를 세웠다. 천장의 형광등을 죽였다. 방 안에는 노란 달빛과 불그죽죽한 촛불 빛이 어우러졌다. 심지와 맞닿은 부분은 푸르고, 가운데 부분은 노랗고, 끝부분은 검붉은 촛불. 소연이 촛불 속에서 웃고 있었다.

슈퍼마켓에서 맥주와 새우깡과 오징어를 사가지고 들어오던 그녀가 방 안의 촛불 분위기에 놀라 탄성을 질렀다. 병마개를 튼 다음 두 개의 컵에 따랐다. 그에게 한 컵을 건넸다. 달은 우중충한 여름 하늘에서 주황색의 얼굴을 하고 있었고 샛노란 촛불은 자꾸 몸을 모로 꼬며 빛을 뿜고 있었다.

그녀는 어머니를 생각했다. 그녀가 초등학교 오 학년 때 어머니는 집을 나가버렸다. 어디로 갔는지 그 후로는 편지 한 통 전화 한 통 없었다. 아버지는 어찌 된 일인지, 찾으려고 하지 않고 말없이 고기만 잡았다. 그 연유를 알 수 있을 듯싶었다. 아버지는 어머니의 끼를 감당할 수 없었던 것일까. 술을 한 컵 마시고 난 그녀가 새우깡을 씹었다. 와삭와삭 소리가 방 안을 울렸다. 그녀가 말했다.

"우리 어머니의 끼는 광기에 가까웠어요. 저렇게 달이 뜬 밤이면 소주 한 병을 다 마시고 마을의 이 골목 저 골목이나, 들판이나 바닷가를 헤매었어요. 새벽녘이면 이슬에 축축하게 젖어서 들어왔어요. 귀신에 썰 듯싶었어요. 후우, 하고 한숨을 자꾸 쉬어요. 우리 어머니의 달 몸살은 사실은 바다 물때의 몸살이라고 해야 옳을 것이에요. 달 밝고 밀물이 지면 그 증세가 더 심해지니까요. 이제 생각하니, 달과 우리 어머니 달 몸살 사이에 알 수 없는 무엇인가가 있어요."

그 '알 수 없는 무엇' 이란 무엇인가. 성聖과 속俗 사이의 길항인가. 소연은 말했었다.

"우리 어머니는 물질하는 해녀라 그런지, 달 몸살 비 몸살을 많이 했어요. 달이 휘영청 떠도 몸살을 하지만, 비가 오려고 해도 몸살을 했어요. 다리 아프다 좀 주물러주라, 허리가 쑤신다, 허리 좀 밟아주라…… 제가 밟아주면 아이고 시원타, 아이고 시원타 했어요. 몸살이 더 심하면 소주를 마셔요. 취하면 「섬마을 선생」을 간드러지게 불러요. 아버지가 들어오면, 무얼 하다가 이제 오느냐고 투정을 해요. 아버지의 가슴을 때리면서…… 그러다가 조용해져요. 조용해지는 듯싶다가 어머니의 앓는 소리가 들려요. 사랑을 나누는 것이지요……. 좌우간 저는 바다하고 엮이어 살 운명을 타고났어요."

묘연이 슬픈 목소리로 빈정거리듯이 말했다.

"우리 어머니는 늘 마음과 몸이 열려 있는 여자였어요. 도덕적으로 보면 정조관념이 희박한 여자인 거예요. 아마, 항구나 포구에 배가 들랑거리듯이 무수한 남성들이 어머니의 몸을 들락거렸을 거예요. 우리 어머니가 태어난 곳은 어떤 곳인지 오래전부터 가보고 싶었어요."

묘연의 뿌리

　대부도항에서 배를 타고 덕적도로 갔다. 덕적도 진리포구에 소야
도로 들어가는 작은 배가 있었다. 소야도는 덕적도 진리포구의 맞
은편에 있었다. 소야도蘇爺島를 글자 그대로 해석하면, '소정방 어
른의 섬'이라는 뜻이다. 백제를 멸망시키기 위해 당나라에서 온 소
정방의 군대가 주둔해 있던 섬이라 하여.

　소야도에 들어선 묘연의 눈은 빛났다. 돌멩이 하나 풀잎 하나 들
꽃 한 송이도 허투루 보지 않으려 들었다. 바다를 향해 안존하게 앉
아 있는 소야마을로 들어선 묘연은 골목길을 누비고 다녔다. 빈집,
녹슨 연통과 허물어진 돌담, 채마밭, 번듯한 양옥, 칠이 벗겨진 허
름한 기와집……. 그녀는 여기저기를 두리번거렸다. 어머니가 태
어났을 듯싶은 집을 찾는 것이었다.

그는 서까래가 썩어 문드러지고 기왓장들이 날아간 빈집 안을 들여다보았다. 툇마루는 반쯤 떨어져버렸고, 마당에는 실망초와 명아주풀과 육손이풀과 도깨비바늘풀 들이 무성했다. 문짝이 떨어져 나간 부엌 안에는 까만 어둠이 담겨 있었다. 그 안에 음산한 해조음이 들락거리고 있었다. 저 집에서 묘연의 어머니가 태어나지 않았을까.

그가 해안통에서 어구를 손질하고 있는 칠십 대쯤 되어 보이는 작달막한 남자에게 물었다.

"혹시, 삼십오 년쯤 전에, 이 마을에서 저기 전라도 우이도란 섬으로 시집을 간 여자를 아십니까?"

얼굴이 구릿빛인 그 남자는, 자기는 소야도에서 그렇게 오래 살지 않았다고 하면서, 골목 안쪽을 손가락질해주며 말했다.

"저기 저 막다른 집 할머니한테 가 물어보슈."

그는 묘연과 더불어 그 막다른 집으로 갔다. 자그마한 옥색의 조립식 집이었다. 머리가 허옇고 주름살이 소나무 껍질처럼 거칠고 깊고, 볼이 우묵 들어간 노파가 방에 누워 있었다. 그와 그녀는 방으로 들어갔다. 그가 물었다.

"할머니, 삼십오 년 전쯤에 저기 전라도 우이도란 섬으로……?"

할머니가 한동안 눈을 끔벅거리다가 고개를 끄덕거렸다. 이빨들이 다 빠져버린 까닭으로 헛바람이 새는 불분명한 말씨로 말했다.

"아마, 저기, 저, 큰바우 딸을 말하는가 보네! 그 집 딸 점순이, 생풀 같은 홀엄씨였는데…… 전라도에서 온 사람 따라서…… 그냥 밤에 옷 보따리 하나 들고 갔어."

"그 여자 친정집이 어디에 있어요?"

할머니가 바람벽을 가리키면서 말했다.

"이쪽 담 너머, 다 쓰러져가는 헌집 옆…… 콩밭이 그 집터여."

"그럼 그 집에 살던 사람들은 모두 어디로 갔어요?"

"진즉에 다 죽었어. 그런데 왜 그것을 물어?"

그가, 이 여자의 친정집을 찾고 있는 것이라고 말했다. 할머니가 묘연의 손을 잡고 흐린 눈으로 그녀의 얼굴을 보았다. 혀를 쯧쯧 차며 말했다.

"그러면 네가…… 점순이 딸이란 말이네?"

그녀의 가슴에 뭉쳐진 뜨거운 덩어리가 목구멍으로 올라왔다. 눈에 뜨거운 물이 고였다. 그녀가 눈물을 훔치면서 고개를 끄덕거리자 할머니가 말했다.

"느그 외할아버지가 죽은 지 한 십여 년 뒤에, 네 어머니 점순이가 병이 들어서 몸이 비쩍 말라가지고 돌아왔어. 어느 푹푹 찌는 무더운 날 해질 무렵에."

할머니는 예전에 큰바우 내외와 살던 정리로 보아 늘 가서 점순이가 사는 것을 들여다보곤 했다고 했다. 점순이는 날마다 산에서 무슨 약초인가를 캐오고, 땔나무를 해다가 부엌에 쌓았다. 그러면서 알 수 없는 짓을 하곤 했다. 약초를 달여 먹고, 부엌 아궁이에 무

슨 연기인가를 피우고, 홑치마만 입고 아랫몸에다가 그 연기를 쐬
곤 한다는 소문이 났다. 할머니가 몰래 가서 보니, 점순이가 마른
나무에다가 무엇인가를 뿌린 다음에 불을 붙이고는 그 연기를 속살
에 쏘였다. 점순이의 몸은 더욱 여위었고, 얼굴은 점차 누렇게 떴
다. 그녀는 또 밤이면 바다엘 나갔다가 새벽녘에 들어오곤 했다. 몰
래 뒤를 따라가서 보니, 바닷물에 아랫몸을 담그고 있었다. 그해 초
겨울의 어느 날 한밤에 점순이의 집에 불이 나서 폭삭 내려앉았는
데, 점순이는 홑치마만 입은 채 부엌에서 불에 타 죽어 있었다.

"저쪽 해수욕장으로 가는 길 오른쪽에 있는 것이 느그 어머니 무
덤이다."

그녀는 그를 앞장서서 서까래가 썩어 문드러지고 기왓장들이 날
아간 빈집으로 갔다. 그 빈집 옆의 콩밭 앞에 한동안 서 있었다. 바
다 쪽에서 달려온 바람이 콩잎사귀들을 흔들었다. 그녀는 콩밭 안
으로 들어가 한동안 우두커니 서 있었다. 하늘을 쳐다보았다. 그녀
의 밀짚모자가 얼굴에 거무스레한 그늘을 드리우고 있었다.

그는 콩밭에서 떠날 줄 모르는 묘연이 가엾었다. 소연이 그녀를
위로해주라고 말했다. 그가 그녀의 손을 이끌었다. '멧부루해수욕
장 가는 길'이라는 표지판을 따라 경사 완만한 숲길로 들어섰다. 무
성한 억새풀 속새풀 개망초꽃 들 속에 자그마한 무덤이 있었다. 묘
연은 그 무덤 앞에 우두커니 서 있었다. 아, 어머니. 뻐꾹새가 울었

다. 그녀는 무릎을 꿇고 두 손을 풀 위에 짚으며 절을 했다. 그녀의 손바닥 아래에서 풀들이 서걱거렸다. 맹렬하게 타오르는 시뻘건 불길이 머리에 그려졌다. 그 불길 속에서 한 여인이 몸부림치고 허우적거리고 있었다. 가슴속에서 뜨거운 울음이 북받쳐 올라왔다. 어머니, 불쌍한 어머니……. 달 몸살과 비 몸살을 견디지 못하던 어머니. 그녀는 어헉 어헉, 하고 울었다. 그도 그녀 옆에 엎드려 무덤을 향해 절을 했다. 그가 주저앉은 채 두 손바닥으로 얼굴을 가리며 우는 그녀의 두 어깨를 잡아 일으켰다.

모래밭에 해당화나무 두 그루가 나란히 앉아 있었다. 방울토마토 같은 노란 열매들과 꽃 두 송이를 달고 있었다. 그 꽃들 저쪽으로 바다가 펼쳐졌다. 묘연이 해당화나무 앞에서 발을 멈추었다. 소연과 왔을 때도 그렇게 꽃들이 피어 있었다. 연한 자주색의 꽃잎들이 바람에 하늘거렸다. 소연은 그 꽃에 코를 대고 킁킁거렸었다. 묘연과 소연이 한데 겹쳐지고 있었다.

묘연은 어머니의 발이 닿았을 모래밭을 거닐었다. 신을 벗고 모래톱을 핥는 파도 자락을 밟았다. 멀리 등대가 보였다. 갈매기들이 물고기 사냥을 하고 있었다. 그녀는 물속으로 걸어 들어갔다. 밤이면 어머니가 병든 아랫몸을 담그곤 한 바다. 배낭을 벗어 들었다. 밀짚모자를 벗어서 배낭 위에 얹었다. 종아리가 잠기고 무릎이 잠기고 허벅다리가 잠기고 허리가 잠겼다. 이어 가슴이 잠겼다. 그녀는 어머니의 바다와 섞이고 있었다. 한동안 목이 잠기는 곳에서 서 있던 그녀가 천천히 몸을 돌려 나왔다. 모래밭으로 나온 그녀가 말했다.

"저 기도하고 싶어요."

그녀가 앞장서 갔다. 마을 변두리에 교회가 있었다. 시멘트 건물 위에 십자가가 서 있었다. 감리교 소야교회. 그녀는 젖은 옷 그대로 교회 안으로 들어갔다. 십자가에 못 박혀 있는 예수를 향해 머리를 숙여 합장을 했다. 주님, 부디 가엾은 어머니를 천국의 편한 세상으로 이끌어주십시오.

대부도항으로 가는 배 위에서 그녀가 말했다.

"저 드높은 곳에 한 고귀한 분이 계시는데, 신부님이나 목사님이 찾아가 보면 여호와 하느님으로 보이고, 스님이 찾아가 보면 부처님으로 보인대요. 그 고귀한 분의 몸은 홀로그램으로 인해, 찾아가는 사람에 따라 하느님으로 보였다가 부처님으로 보였다가 그러는 거예요……. 제 기도를 드높은 곳에 있는 그분이 받아들일 거예요."

그는 불에 타 죽은 묘연의 어머니를 생각했다. 세상에는 두 개의 불이 있다. 내부의 불과 외부의 불. 내부의 불이 외부의 불보다 더 무섭다. 그녀의 내부의 불이 외부의 불을 불러들였고, 그리하여 그 여자는 불에 타 죽은 것이다. 그래, 그렇다. 나와 소연의 내부에 들어 있는 불도 마침내 소연을 타 죽게 한 것이다.

매기의 추억

배가 대부도항에 도착했다. 그녀가 그에게 물었다.

"다음 가야 할 곳은 어디예요?"

"여기서 하룻밤 자고 내일 일찍이 남해로 갈 거예요."

누에섬의 전망대에서 낙조를 보는 그의 가슴은 쓰라렸다. 소연과 함께 낙조를 보던 생각이 떠올랐다. 아, 그 아이가 살아 있다면 얼마나 좋을까. 건강하게 살아 있어서, 누군가하고 결혼을 하여, 나와의 과거 아픔들을 다 잊어버리고 아들딸 낳고 잘 산다면…… 가끔 편지를 주고받거나, 전화로 목소리를 나누거나, 만나 차 한 잔을 마시면서 살아간다면…… 나는 늙어가고, 소연은 중견 소설가가 되어 활발하게 활동을 한다면…… 얼마나 좋을까.

그는 조개구이집으로 들어가면서 그녀에게 말했다.

"「매기의 추억」알지요?"

그녀가 말했다.

"알아요, '옛날의 금잔디 동산에 매기 같이 앉아서 놀던 곳…….'"

짭짤하면서 졸깃졸깃하고 고소한 조개구이 안주가 좋아서 소주 한 잔을 곁들여 마시지 않을 수 없었다. 곧 얼근하게 취했다. 그때도 소연과 더불어 조개구이에 저녁밥을 곁들여 먹었었다. "조개가 여성들에게 아주 좋단다.' 하고 그가 말했었다. '옛날 젊은 여성들의 건강한 수태를 위해서는, 의원이 전복 떡조개 모시조개 소라고둥 바지락 따위를 처방했더란다."

그녀가 "「매기의 추억」…… 제가 불러드릴까요?" 하고 말했다. 그녀는 소야도교회의 주님에게 어머니를 맡겨놓고 왔다. 「매기의 추억」을 부르면서 어머니로부터 벗어나고 싶었다. 그녀가 목소리를 낮추어 그 노래를 불렀고 그가 속으로 따라 불렀다.

옛날의 금잔디 동산에 매기 같이 앉아서 놀던 곳
물레방아 소리 들린다 매기야 네 희미한 옛 생각
동산 수풀은 없어지고 장미화만 피어 만발하였다
물레방아 소리 그쳤다 매기 내 사랑하는 매기야

그녀의 머리에 참담하게 죽어간 어머니의 모습이 어렸다. 그녀는 눈물을 흘리면서 이 절을 불렀다.

옛날의 금잔디 동산에 매기 같이 앉아서 놀던 곳
물레방아 소리 들린다 매기야 네 희미한 옛 생각
지금 우리는 늙어지고 매기 머리는 백발이 다 되었다
옛날의 노래를 부르자 매기 내 사랑하는 매기야.

그는 코끝이 찡 아려왔고 눈에 물이 고였다. 캐나다 시인 조지 존슨이 학교 선생을 했는데, 제자 매기 클락하고 결혼을 했다. 그런데 매기 클락이 일 년도 다 못 되어 폐결핵으로 죽었다. 조지 존슨은 그 아픔을 벗어나려고 슬픈 추억과 상념을 시로 썼다. "동산 수풀은 없어지고 장미화만 피어 만발하였다, 물레방아 소리 그쳤다……지금 우리는 늙어지고 매기 머리는 백발이 다 되었다, 옛날의 노래를 부르자……"고 한 것은 백년해로한 것을 가상한 슬픈 시어들이다. 소연이 살아 있고, 소연과 추억여행을 하면서 이 노래를 부른다면 얼마나 좋을까.

한 여자 돌 속에 묻혀 있네

　이튿날 아침 일찍이 남해로 가는 버스에 올랐다. 그는 자리에 앉
자마자 눈을 감았다. 연한 연두색의 아메바 무늬가 떠다니는 푸른
어둠의 허공 속으로 빠져들었다. 「남해 금산」이라는 이성복의 시를
외는 소연의 목소리가 들려왔다.

　한 여자 돌 속에 묻혀 있었네/그 여자 사랑에 나도 돌 속에 들어
갔네…….

　그때, 소연은 앓고 있었다. 몸이 말라가고 있었고, 목이 더 가늘어
지고, 광대뼈가 나오고 볼이 우묵 들어갔고, 눈이 퀭해졌고, 콧등과
볼의 주근깨들이 선명하게 드러났고, 입술은 묽은 보라색이 되었고,

눈빛은 흐려졌다. 그녀는 병원에서 준 약을 먹으며, 그와 함께 보리 암까지 여행을 한 것이었다. 샛노란 복수초꽃과 향기로운 매화는 지고, 복숭아꽃 살구꽃은 한창이고, 수선화가 노랗게 벌어지고 있을 때였다. 보리암 근처에까지 택시를 타고 올라갔다. 보리암의 부처님에게 절을 했다. 암자의 서쪽 봉우리에 거대한 토란 뿌리 같은 두루뭉술한 바위가 있었다. 그 바위 앞에 선 소연이 말했다.

"선생님, 여기 이 바위에다가 선생님의 분신과 제 분신을 묻어놓고 가요. 만일 우리들 가운데 누군가가 먼저 이 세상을 떠나가면 살아 있는 사람이 와서 여기 묻어놓은 분신을 꺼내 놀다가 가는 거예요."

그날 밤 암자 근처의 여관에서 잤는데, 꽃샘바람이 모질게 불었다. 바람은 꽃잎 같은 눈송이들을 몰고 왔다. 지금 한창 피어 있는 꽃들 어찌하라고 이렇게 눈이 올까. 저녁을 먹은 다음 소연은 여관 주인이 담근 동동주를 마셨다. 그가 마시지 말라고 말렸지만, 그녀는 괜찮다고 하면서 마셨다. 취한 그녀는 그가 동해변의 호텔에서 쓴 시 「시계」를 외었다.

우리 다음 생에는 시계가 되자
너는 발 빠른 분침으로 나는 발 느린 시침으로
한 시간마다 뜨겁게 만나자
순간을 사랑하는 숨결로 영원을 직조해내는

우리 다음 생에는 시계가 되자

그리고 우리

한 천 년의 강물이 흘러간 뒤에

열두 점 머리 한가운데서 서로를 얼싸안고 숨을 멈추어버린 그
시계

우리 다음 생에는 이 세상 한복판에서 너의 영원을 함께 부둥켜
안은 미라가 되자

박새들의 아픈 사랑을 모르고 어찌 하늘과 땅에 우리의 영원을
수놓을 수 있으랴.

보리암

　버스가 남해터미널에 도착했다. 종산은 죽방렴竹防簾 고기를 먹으러 가자고 묘연에게 말했다.

　한 어부의 배를 타고 죽방렴을 보러 갔다. 죽방렴은 남해의 지족 해협에 있었다. 지족해협은 남해읍과 창선도가 가장 가까이 마주 대하는, 강물처럼 흐르는 폭이 좁은 바다인데, 밀물과 썰물의 물살 속도가 빨랐다. 그들이 배를 타고 들어간 것은, 썰물이 멈추고 나서 아직 밀물이 시작되지 않은, 소강상태인 때였다. 어부는 문화 해설사처럼 설명을 했다.

　"바다의 물이 얕으면서도 유속이 시속 십오 킬로쯤 되도록 빠른 이곳에 저렇게 V자로 참나무 말뚝을 박고 대발을 칩니다. V자 아래쪽의 뾰족한 부분을 조금 트고, 원형의 볼록한 임통을 만듭니다.

임통도 참나무 말뚝을 둥그렇게 박은 다음 대발을 덧대놓았어요. 일단 V자 끝의 임통으로 고기가 들어오면 다시는 빠져나가지 못하게 하는 장치가 있습니다. 밀물에는 열리고, 썰물에는 닫히는 장치……. 나는 하루 두 차례 썰물 때에 배를 타고 들어와서 임통에 들어 있는 고기들을 뜰채로 건져내는데, 여기서 잡히는 고기는 어떠한 어장의 것보다 신선해요."

묘연이 그에게 말했다.

"선생님은 죽방렴이고, 저는 소연 다음으로 선생님의 죽방렴 임통에 갇혀 있게 된 물고기네요."

그는 생각했다. 아, 사실은 소연이 죽방렴 임통이고 나는 거기 갇혀 있는 물고기이다. 이제는 이 여자 묘연이 나를 가두는 임통이 되려고 한다.

택시를 타고 금산의 보리암으로 가면서 그녀가 말했다.

"제 어머니의 불행은 아마, 자기의 죽방렴 임통에 들어온 어떤 한 남자를 절대로 빠져나가지 못하게 하는 술수를 가지고 있지 못한 데에 있었을 거예요."

그러나 '그 임통 속에 너무 많은 남자들이 들락거린 것이 어머니를 병들게 한 원인이었을 거예요.' 이 말을 하고 싶었지만, 이 악물어버렸다.

보리암에 이르러 타고 간 택시를 보냈다. 보리암의 서편 봉우리 위의 두루뭉술한 바위 앞으로 갔다. 소연의 분신과 그의 분신을 묻어놓은 바위였다. 두 팔을 벌리고 바위를 끌어안았다. 소연이 웃고 있었다. 바람이 등 뒤쪽에서 불어왔다. 서쪽 지평선으로 해가 떨어지고 있었다. 비낀 햇살은 눌눌해졌다.

묘연은 '한 여자 돌 속에 묻혀 있었네, 그 여자 사랑에 나도 돌 속에 들어갔네.'라는 시를 생각하며 두루뭉술한 바위 앞에서 입을 굳게 다물고 해를 향해 서 있었다. 그는 그 바위에 등을 기대고 서 있었다. 관광객들 몇이 제각기 자리를 잡은 채 낙조의 순간을 기다리고 있었다.

해가 빨간 기구처럼 천천히 지평선 끝으로 가라앉았다. 서쪽 하늘로 핏빛 노을이 타올랐다. 산과 들과 바다가 모두 불그죽죽해졌다. 그녀의 얼굴도 그의 얼굴도 붉어졌다. 관광객들은 사진기로 낙조를 찍었다. 휴대폰으로 찍는 사람도 있었다. 땅거미가 내렸다. 산봉우리와 숲이 거무스름해졌다. 멀리 내려다보이는 바다도 검어졌다. 관광객들이 하나둘씩 자리를 떴다.

그와 그녀는 보리암 옆의 여관에 방을 얻어둔 터이므로 어두워지는 시공 속에서 여유롭게 서 있었다. 그녀가 그의 옆으로 다가서면서 볼멘소리를 했다.

"선생님은 맹신도盲信道예요."

그녀는 진즉부터 그의 야비함에 대하여 비난해줄 생각을 가지고 있었다. 그가 그녀의 비난을 감수한다면, 그와 그녀 사이에 만들어져 있는 질서를 깨부수고 새 질서를 만들 생각이었다.

그는 예감했다. 그녀의 가슴과 입에서 까만 땅거미의 숯가루 같은 너울이 흘러나오려 하고 있다는 것. 그녀 어머니의 죽음과 소연의 죽음이 다 남자에 의한 것이었다. 그 공통분모가 가슴을 옥죄었으므로 그는 무겁게 침묵했다.

그녀가 비아냥거리듯이 말했다.

"선생님은 양을 죽여 제사를 지내는 사제처럼 피를 즐기고 있어요."

그는 한동안 생각의 가닥을 이리저리 뒤적거리다가 공격적으로 물었다.

"저에게서 짐승 냄새가 납니까?"

그녀는 짙어지는 어둠을 바라보며 생각했다. 이 남자는, 대개의 남자들이 그러하듯이, 사실은 별것도 아닌, 소연이란 처녀가 첫 번째 경험으로 인하여 흘린 피를 숭엄하게 생각하고, 그 피 앞에 무조건 복종하고 있는 것이다. 아니, 사실은, 그 피를 추억하며 야비하게 즐기고 있는 것이다. 그녀는 그가 좀 더 확실하게 그의 잔인한 이중성을 터득하도록 말해주고 싶었다.

"선생님은 어찌할 수 없는 심 봉사예요. 소연이란 처녀를, 선생님의 어떤 성취를 위해 제물로 사용한 거예요. 자기의 눈을 뜨기 위하여, 인당수의 제물로 딸을 팔고, 그 혹독한 참회로 인하여 눈을 뜬 심 봉사처럼…… 지금 참회의 여행을, 소연의 발길이 닿은 곳이면

다 찾아다니며 사실은 추억을 즐기고 있어요. 그 얼마나 잔인한 일이에요?"

그는 정수리로 아픈 불덩이 하나가 떨어진 것처럼 전신에 전율이 일어났고 맥이 빠졌다. 그녀가 말을 이었다.

"선생님은 위선자예요. 절망에 빠진 한 처녀의 가슴에 희망을 불어넣어준다는 미명하에, 소설을 써라, 소설을 써라…… 그러면서 몸과 마음을 유린하고, 세 번이나 임신을 하게 하고 그때마다 돈을 주어 유산을 시키라고 사주하고…… 그리하여 결국 그 어린 여자를 죽어가게 했어요. 그래놓고 지금, 뻔뻔하게도 자기의 살아 있음과 위선적인 참회의 추억 여행을 합리화시키고, 그러면서 사실상은 그것을 사치스럽게 즐기고 있는……. 자본주의에 맛들인 소설가 임종산. 선생님은 스스로를 기만하고 있어요. 그 여자의 처녀를 빼앗는 순간에 맛본 시뻘건 피의 감동, 세상에 알려지지 않게, 은밀하게 유산시키는 데 성공한, 살인을 교사하는 데 성공한 그 아슬아슬한 돌파를 통해 선생님은 그때마다 무슨 생각을 하고 무엇을 얻었어요? 그 여자의 죽음에 대하여 참회하고 사죄하는 여행을 통해 무엇을 더 얻으려는 것인가요? 그 이야기에다가, 길을 잃었다고 구제 요청을 한 이 호묘연을 만나 동행한 사실들, 그년의 어머니의 처참한 죽음에 대한 이야기까지를 또 한 편의 소설로 써서 출판하고, 비싼 원고료와 인세를 챙기고, 그리고 음탕한 수컷 개처럼 명예라는 암컷 개牝犬를 얻으려는 것이지요?"

그녀의 가슴에는 그녀의 어머니를 죽어가게 한 세상의 남성들의 야비함에 대한 분노가 끓고 있었다. 별들이 무언가를 훔치려는 도둑의 눈들처럼 나타나기 시작하는 밤하늘을 향해 그녀는 음습한 비난을 분노처럼 내뿜고 있었다. 그를 향해 기관총탄처럼 말을 날려 보내고 있었고, 그의 가슴에는 새빨간 구멍들이 숭숭 뚫리고 있었고 피가 흐르고 있었다.

그의 머리에서는 생각이 모두 달아나버렸다. 하얗게 텅 비었다. 가슴이 답답해졌다. 눈을 힘주어 감았다. 그의 의식은 칠흑 같은 어둠 속으로 빠져들어갔다. 그녀의 말이 모두 옳다고 생각됐다. 참담해진 그는 심호흡을 거듭하고 나서 말했다.

"그렇습니다. 저야말로 제 길을 잃은 사람입니다."

그러나 그 말은 자기 합리화를 위한 하나의 보호막이었다.

그녀는 울먹거리면서 "죄송해요. 제가 너무 험한 막말을 했네요." 하고 나서 두 손바닥으로 얼굴을 덮고 울었다.

그녀의 영혼과 육체는 하나의 큰 모순덩어리였다.

잔인하고 야비하다고 생각되는 그에게 분노하면서도 그에게서 사랑과 자유를 얻어내려고 하고 있었다. 그의 허방이 되어주고, 그의 속에 허방을 만들어 빠져들어가 안식하고 싶어하고 있었다. 한데 그의 위선이 그녀를 절망하게 하고 있었다.

그가 맥없는 목소리로 말했다.

"묘연 씨에게 절망을 주어 미안합니다. 미안합니다만 나는 당신의 희망이 될 수 없어요."

그는 그녀에게 길을 찾아주고 싶었다.

"위선자인 데다 구제할 길 없는 이중인격자인 내가 내 진짜 길을 찾는 것보다는, 묘연 씨가 묘연 씨의 길을 찾는 일이 훨씬 수월하다고 생각됩니다. 묘연 씨는 당신의 길 위에서 길을 잃어버렸다고 느끼고 있고, 그 길을 찾아 헤매고 있어요. 내가 생각하기로는, 당신은 돌아가 당신이 간수라고 말하는 당신의 남편을 죄수로 만들고, 당신이 간수가 되어 사는 것이 당신의 길을 올바로 찾는 길일 터입니다. 그것보다 더 한 차원 높은 길은, 당신도 간수가 아니고 당신의 남편도 간수가 아닌, 그 어느 누구도 간수가 아닌 길, 어느 누구도 죄수가 아닌 길이 참된 길인 것이겠지요. 둘 사이의 화해를 통해 사랑과 자유와 복종이 회복되어야 한단 말입니다."

그녀는 "아!" 하고 기막힌 탄식을 뿜고 나서 목소리를 높여 말했다.

"선생님은 제 말귀를 못 알아들으세요? 아님 못 알아듣는 체하는 거예요? 까놓고 이야기한다면, 저는 선생님이 저의 허방이 되어달라는 것이에요. 저는 선생님이 잔인한 이중인격자일지라도, 한 사람의 시인 소설가로서 단 한 순간만이라도, 순수한 사랑으로 저를 한번 온전하게 안아달라는 것이어요. 모든 사람은 성인이 아닌 이상 백 퍼센트 순수할 수는 없어요. 선생님이 저를 사랑해주면 제 길 잃어버린 병은 금방 치유될 수 있어요. 그런데, 제 병을 뻔히 뚫어보고 있으면서도 선생님은 저를 참담하게 깔아뭉개고 있어요. 선생님은 지금 위선으로 포장되어 있어요……. 아, 이것이 내 운명인가, 저는 참으로 순순한 시인 같은 남자를 아직 만나지 못하고 있어요!"

그는 그녀를 감당할 수 없었다. 세차게 도리질을 하면서 말했다.

"당신은 지옥에 떨어져야 마땅한, 모순덩어리 자체인 이 위선자의 말을 신뢰하지 마시오."

그녀는 그에게로 가까이 다가서면서 두 주먹으로 그의 가슴을 두들겨댔다. 그는 그녀를 끌어안고 등을 토닥거리며 말했다.

"묘연 씨 가야 할 길의 정답은, 구상 시인의 시「꽃자리」속에 들어 있습니다. '네가 시방 가시방석처럼 여기는 너의 앉은 자리가 바로 꽃자리니라.' …… 묘연 씨 돌아가서 사실은 이 세상에서 가장 가엾을지도 모르는 그 사람을 구제하십시오."

고래사냥

　이튿날 아침 그녀가 얼굴에 선크림을 바르면서 "간밤에 가슴이 툭 터지도록 답답하게 헤매고 또 헤맨 꿈을 꾸었어요." 하고 말했다. 윗목 구석에서 배낭을 챙기고 있던 그는, 이 여자 변죽이 참 좋다, 하고 생각했다.

　그들은 간밤, 심하게 다투고 난 부부처럼 서로에게 등을 돌리고 말없이 잤다. 그는 쓰디쓴 고독 속으로 빠져들었다. 이 여자와 나 사이에는 이제 헤어져야 할 일만 남았다. 헤어진 다음에는 어디에서 다시 만날 일이 있기나 하겠는가. 마지막으로, 혼자 소연의 냄새가 어려 있는 울릉도의 그 리조트에 들러 참회의 하룻밤을 보낸 다음 서울의 아내에게로 돌아가기로 작정했다. 이제는 참으로 깊이 침잠하여 절대 고독을 이겨내며 새로운 삶을 모색해야 한다. 그것이 그가 찾은 새 길이었다.

그녀는 자기가 꾸곤 하는 그 알 수 없는 꿈속에 무슨 비의悲意인가가 들어 있다고 생각했다. 그의 해몽을 듣고 싶었다. 그녀가 말했다. "……산골짜기 어귀로 들어섰다가 길을 잃었어요. 높고 험한 산 등성이가 앞을 가로막고 있었어요. 몸을 돌려 오솔길을 따라가니까 산이 끝나고 강이 나왔어요. 허옇게 가로누워 있는 강 건너에 사람의 마을이 있었어요. 그 강을 건너가야 하는데, 강의 물너울은 푸르고 질펀했어요. 어디엔가는 강을 건너갈 수 있는 다리가 놓여 있거나 나룻배가 있을 것이라 생각하며 걸었어요. 그렇지만 다리도 나룻배도 나타나지 않았어요. 상류로, 상류로 올라가면 신을 벗고 건널 수 있는 여울목 같은 것이 나타날 것이라는 희망을 가지고 강변을 따라 걸었어요. 그런데 아무리 가고 또 가도 여울목이 나타나지 않았어요. 길을 물어보고 싶은데 사람들의 모습이 보이지 않았어요. 한없이 가다가 보니 이때껏 보이던 강 저편의 마을이 보이지 않았어요. 눈앞에 검은 숯가루 같은 어둠이 쏟아졌어요. 절망 속으로 빠져들었어요. 갈 길은 바쁜데 오줌이 마려웠어요. 소변을 보고 나서 가자고 생각하며, 주저앉아 지퍼를 내리고 엉덩이를 까고 방광에 힘을 주다가 번뜩 눈을 번쩍 떴어요." 그녀는 한심해하면서 말을 이었다. "……잠을 자기만 하면 알 수 없는 지옥 같은 검은 산하를 헤매거나 어두컴컴한 도시의 거리를 헤매는 꿈을 꾸곤 해요…… 간수의 감시를 받으면서 감옥살이를 하던 때부터 그 꿈을 계속 꾸고 있어요."

그도 그러한 꿈을 꾸곤 했다. 그가 말했다.

"길 위에서 길을 잃어버린 자들의 꿈이 그러합니다. 아마 자기의 정체성을 잃어버렸기 때문일 터입니다."

그녀는 화장품을 배낭 속에 넣으면서 "우리는 동상동몽同床同夢 속에서 사네요." 하고 나서 흘긋 보니, 그의 얼굴이 딱딱하게 굳어져 있었다. 이 남자가 이제 나와 헤어지려 한다고 직감했다. 그와 자기 사이에 화해가 필요하다고 생각했다. 그녀의 머리에 줄줄이 말이 만들어지고 있었다. '세상은 모순투성이에요. 제가, 선생님이 안주할 수 있는 허방이 되어드릴게요. 그 허방 속에 선생님의 길이 있어요.' 그러나 그녀는 그 말들을 입 밖으로 내뱉지 않았다. 겨우 이렇게 말했을 뿐이었다.

"선생님, 남자는 자기를 알아주는 사람을 위해 목숨을 바치고 여자는 자기를 사랑해주는 사람을 위해 단장을 한다고 했어요."

그는 허공을 쳐다보았다. 전날 해 질 녘에 그의 뇌리와 심장에 거듭 꽂히던 그녀의 바늘 같은 말들이 되살아났다. 잔인한 이중인격자, 위선자……. 그는 떫은 입맛을 다시며 배낭을 짊어졌다.

그녀는 그가 자기를 떨쳐버리고 울릉도엘 혼자서 갔다가 오려 한다는 것을 알아챘다. 그녀가 그를 따라 일어서며 말했다.

"선생님, 삐치셨어요?"

그는 못 들은 체했다. 그녀가 말했다.

"저 버리고 혼자 가시지 말고 저하고 함께 가요. 그곳 리조트에, 선생님이 만들어놓은 신화가 살고 있잖아요. 그 신화 속으로 들어가면 우리 서로가 말향고래가 되는 거예요. 뱃속에 신비로운 향료를 만들어 간직하고 사는 말향고래요. 가끔 한 번씩 큰 재채기를 해서, 뱃속에 지닌 향료를 밖으로 뿜어내는⋯⋯. 소연이란 여자가 잡았다 놓친 그 말향고래를 제가 잡아 가지겠어요."

허무의 바다 건너가기

울릉도행 배를 타기 위하여 택시를 타고 포항항으로 갔다.

"선생님의 길과 제 길의 막다른 귀착점은 결국 한곳에 있어요."

차창 밖으로 풍경들이 현기증 나게 스쳐 지나갔다. 그가 창밖의 풍경을 보며 말했다.

"울릉도에 갈지라도 이제 각자 따로 갔다가 오는 겁니다. 묘연 씨의 길과 내 길은 따로 있습니다."

그녀는 도리질을 하고, 그의 손 하나를 잡아다가 자기의 무릎 위에 놓으면서 말했다.

"안 돼요, 선생님. 우리 차근차근히 만들어가는 거예요. 서로의 속에 허방을…… 넘어지더라도 다치지 않는 고향의 숲과 바다 같은 허방…… 세상사에 지치면 거기에 빠져 넘어지고, 넘어지면 넘어진 김에 한숨 푹 늘어지게 자고 털고 나서곤 하는 허방."

그는 도리질을 하며 허공을 쳐다보았다. 그 허방은, 말향고래가 재채기를 해서 뱉어놓은 향덩어리로 인해 향기로워진 평화와 자유와 사랑과 성스러운 복종의 세상일 수 있는가? 묘연의 잃어버린 길이 그 말향고래의 몸에 병적으로 생긴 용연향 속에 들어 있는 건가? 그 용연향은 사실상 암처럼 그 주인을 아프게 하곤 하는 것인데?

그녀가 말했다.

"말향고래, 그것은 말하자면 원시의 몸으로 된 시예요. 제가 그 고래를 잡으면 코를 꿰어 끌고 다니면서 그 고래로 하여금 거듭 재채기를 해서 용연향 덩어리를 뱉어내게 할 거예요. 세상천지가 온통 향기로 가득 차게."

그가 진정으로 말했다.

"울릉도 다녀와서는 돌아가세요. 그 남자에게로…… 돌아가서 가엾은 그 남자의 관세음보살이 되세요."

그녀는 강하게 부인했다.

"아니에요. 아니에요."

포항항의 청남색 바다 물굽이에 흰 갈매기들이 날고 있었다. 그와 그녀는 여객터미널의 대합실문 앞으로 달려갔다. 유리문에 전단지 두 장이 나란히 붙어 있었다. 머리를 하얗게 깎은, 컴퓨터로 합성한 묘연의 사진이 빙그레 웃고 있었다. 사람을 찾습니다. 현상금 이천만 원…….

그녀는 사방을 두리번거리다가 자기를 주시하는 사람이 보이지 않자 그 전단지 앞으로 다가갔다. 그것들을 뜯어서 구겨 쥐었다. 그때 관광객들 속에서 남자들 셋이 달려와 그와 그녀를 둘러쌌다. 두남자가 그녀의 손목 하나씩을 낚아챘다. 그녀가 그들의 손을 뿌리치면서 "놔아!" 하고 소리쳤다. 머리에서 벗겨진 그녀의 밀짚모자가 등에서 흔들거렸고, 빨간 끈이 가느다란 목을 조였다. 그가 그들을 젖히고, 그녀의 손목을 낚아채려 하는데, 주먹이 그의 얼굴로 날아들었다. 발길이 그의 가슴 한복판을 찍었다. 울분 어린 남자의 목소리가 들렸다.

"이런, 늙어빠진 새끼!"

그는 땅바닥에 나뒹굴면서 그를 가격하는 남자의 한쪽 볼에 그어진 칼자국을 보았다. 사람들은 울을 짜고 선 채 굿을 보고만 있었다. 그의 코와 입에서는 피가 흘렀다. 발길이 그의 옆구리로 날아들었다. 억, 소리를 지르며 허리를 구부렸다.

그녀의 팔 하나씩을 잡아 옆구리에 낀 두 남자는 차들이 줄지어서 있는 찻길로 그녀를 끌고 갔다. 찻길 가장자리에 윤기 나는 검은 승용차와 빨간 스포츠카와 하얀 지프가 한 줄로 늘어서 있었다. 그들이 검은 승용차의 문을 열고 발버둥치는 그녀를 밀어넣었고, 그를 두들겨 팬 남자가 그 차의 운전석에 탔다. 차가 움직이려 하는 순간에, 뒤쪽의 차문이 열리고 그녀가 튀어 달아났다. 두 남자가 붙잡으려고 쫓아갔다. 그녀는 차도로 들어섰다. 달리는 차들에게 치일 듯 말 듯 아슬아슬하게 도망을 쳤다. 인도를 벗어나서 해수욕장의 흰 모래밭으로 접어들었다. 뒤를 쫓는 두 남자의 속도가 더 빨랐다. 그녀가 곧 잡힐 듯싶었다. 그녀는 오른쪽으로 방향을 돌리더니 바닷물로 뛰어 들어갔다. 먼바다에서 파도들이 달려왔다. 두 남자는 모래톱 앞에서 발을 멈추었지만, 그녀는 짙푸른 바다 한가운데로 헤엄을 쳐 갔다. 그녀의 박박 깎은 머리가 햇빛을 반사시키면서 파도 속으로 멀어져 갔다. 갈매기들이 그녀의 머리 위를 선회하고 있었다. 해수욕장의 감시 쾌속 보트가 그녀를 향해 달려갔다.

부두 가장자리에 옆구리를 대고 있던 울릉도행 카페리가 부우 하고 고동을 울리면서 거대한 몸을 돌렸다.

울릉도리조트에서 촛불을 밝혀놓은 채 하룻밤을 지새우고 돌아온 이듬해, 아카시아 꽃향기가 마당으로 날아들고 있는 한낮에 묘연의 편지가 그의 집으로 배달되었다.

저에게 자유자재와 사랑과 복종의 길을 확인시켜준 존경스러운 말향고래님께.

청산도 서편제의 꾸불꾸불한 아리랑 길을 소연이와 더불어 보리피리 불면서 걸은 다음, 모텔에서 밤새도록 맥주 마시고 쓰러져 자고 나오다가 우체국에 들어와 이 편지를 씁니다. 비로소 잃어버렸던 자유와 사랑이 홍수처럼 밀려들어 왔는데 감당할 수가 없습니다. 저의 간수가 멀리 떠나갔거든요. 꼭두새벽녘에 자동차 사고로.

간수에게 붙잡혀서 광주 뉴오렌지로 간 저는, 선생님께서 그것이 제 운명일 것이라고 하여, 그 자리가 제 꽃자리일 거라고 하여, 정글 속에서 사는 포악한 야수 한 마리를 포용하고 구제하는 관세음보살이 되어보려고 백방으로 애를 썼는데, 그게 모두 허사였고……저는 이제 다시 길을 잃고 새 길을 찾아 나섰습니다.

소연과 선생님과 저와 셋이서 함께 한 그 항항포포의 여행이 늘 서향瑞香처럼 저를 취하게 하곤 합니다. 선생님, 저하고 다시 한 번, 저의 길 찾아주기의 여행을 해주실 수 없으세요. 지금은 장흥 노력항과 제주 성산포항 사이를, 쾌속선으로 한 시간 반 만에 왕래할 수 있습니다. 우도봉의 기능을 잃어버린 그 옛 등대 밑에서부터 다시 길 찾기의 여행을 시작하고 싶습니다. 선생님의 허방 속에서 길을 찾고, 그 길에서 자유를 찾고 그 자유 앞에 복종하며 살고 싶습니다.

사랑한다는 것은 서로의 가슴에 다리를 놓는 일입니다. 사랑한다는 것은 멱 감는 선녀의 날개 감추기이고, 아기 둘 낳은 선녀가 그것들을 안고 업고 하늘나라로 달아나기입니다. 사랑한다는 것은 학鶴각시가 자기 깃털을 뽑아 길쌈을 하기이고, 그 남편이 그 베를 팔아 모은 살림을 주색잡기로 탕진하기입니다. 사랑한다는 것은 서로에게 밧줄 끝을 던져주고 그것을 끌어당기기입니다. 사랑한다는 것은 심연 속의 허기진 갈치들이 서로의 꼬리를 잘라 먹기입니다. 사랑한다는 것은 허무의 바다 건너가기입니다. 한쪽은 나룻배가 되고 다른 한쪽은 사공이 되어.

성聖과 속俗의 길항 속에서
잃어버린 길 찾아가기

총총한 정신으로 길을 가다가 문득 길을 잃고 헤매곤 한다. 나는 평생 동안, 늘 그래 왔다. 이 소설은 길을 가다가 길을 잃어버린 이야기이고, 새 길을 찾아 헤매는 이야기이다.

항항포포港港浦浦라는 말은 이 땅의 모든 항구와 모든 포구라는 말이다.

바다는 내가 평생 동안 풀어야 할 철학적인 명제이다. 밀물과 썰물의 오묘한 흐름과 출렁거림으로 숨을 쉬는 그 바다는 참구參究하고 또 참구해야 할 우주적인 화두이다. 밀물과 썰물을 닮은 나의 삶이란 무엇이고, 죽음이란 무엇인가, 어떻게 사는 것이 더욱 잘 사는 것인가.

바다에는 신화가 살고 있다. 누천년 동안 달과 별과 해와 바람과 사랑의 밀어를 나누어온 그 바다의 실체는 파도가 아니고 물이다. 나는 물로 만들어진 사람이다. 때문에 바다는 나를 늘 싱싱하게 만든다. 길 잃은 나에게 새로운 길을 가르쳐준다. 내가 그의 속으로 흘러들어 가고 그가 나에게로 흘러들어 온다. 내가 그의 속에서 출렁거리고 그가 나에게서 알 수 없는, 싱싱한 은어의 유영 같은 여울 물살을 짓는다. 바다와 나의 숨바꼭질, 그것은 우주적인 교환이다.

바다에서 이야기를 얻고 시를 줍는다. 우울해 있다가도 바다로 나가면 미친 듯이 맹렬하게 살고 싶어진다. 바다는 신화의 가시적인 모습이다. 그것은 우주적인 자궁이고, 드넓어지고 드높아지는 화엄 세상이다.

바다는 얼굴과 표정을 수시로 바꾼다. 쪽색으로, 흰색으로, 붉은색으로, 회색으로, 검은색으로.

바다는 어떤 때는 마녀 같고 어떤 때는 청순한 처녀 같고, 또 어떤 때는 창녀 같다. 다시 어떤 때는 어머니 같고, 누님 같고, 누이 같고, 화사한 어린 신부같이 오묘하다. 사리 때의 바다는 이십 대의 고혹적인 여자 같고, 서무날 너무날의 바다는 삼십 대의 알 것 다 알아버린 여자 같고, 다섯무날 여섯무날의 바다는 사십 대의 늦바람난 여자 같고, 조금 무렵의 여자는 폐경 전후의 거울 앞에 앉아 화장하는 오십 대 여자 같다.

지금 나의 시간은 흐르고 흘러 바다의 어귀에 이르러 있다. 오래 전부터, 바다 속에 한 여자를 묻어놓고 사는 한 소설가의 이야기, 성스러움과 속됨의 길항 속에서 잃어버린 길 찾기에 관한 이야기를 쓰고 싶었다. 모든 항구 모든 포구를 헤매다가 바다 속으로 들어간 한 여자가 있었는데, 그 여자는 인당수에 빠진 심청이의 이미지를 가지고 있다.

이 책의 화두는 사랑과 자유에 대한 신앙적인 복종, 혹은 성스러움과 속된 세상바다 속에서 잃어버린 길을 찾으려는 몸부림이다.

많은 자료를 준 한국어촌어항협회와, 연재를 하고 나서 책을 만들어준 『현대문학』의 여러분에게 감사하고, 이 나이에도 이렇듯 책을 쓸 수 있는 육체와 영혼을 물려주신 노모와 소설가 남편 관리를 충실하게 하는 내 순한 아내와, 나를 늘 깨어 있게 촉구하는 아들딸과 이 책을 읽어준 독자 여러분에게 감사한다.

2011년 2월,

해산토굴 주인 한승원

항항포포

지은이 | 한승원
펴낸이 | 양숙진

초판 1쇄 펴낸날 | 2011년 3월 7일

펴낸곳 | ㈜현대문학
등록번호 | 제1-452호
주소 | 137-905 서울시 서초구 잠원동 41-10
전화 | 516-3770
팩스 | 516-5433
홈페이지 | www.hdmh.co.kr

ISBN 978-89-7275-495-4 03810

* 책 값은 뒤표지에 있습니다.